U0044459

風雲時代

風雲時代

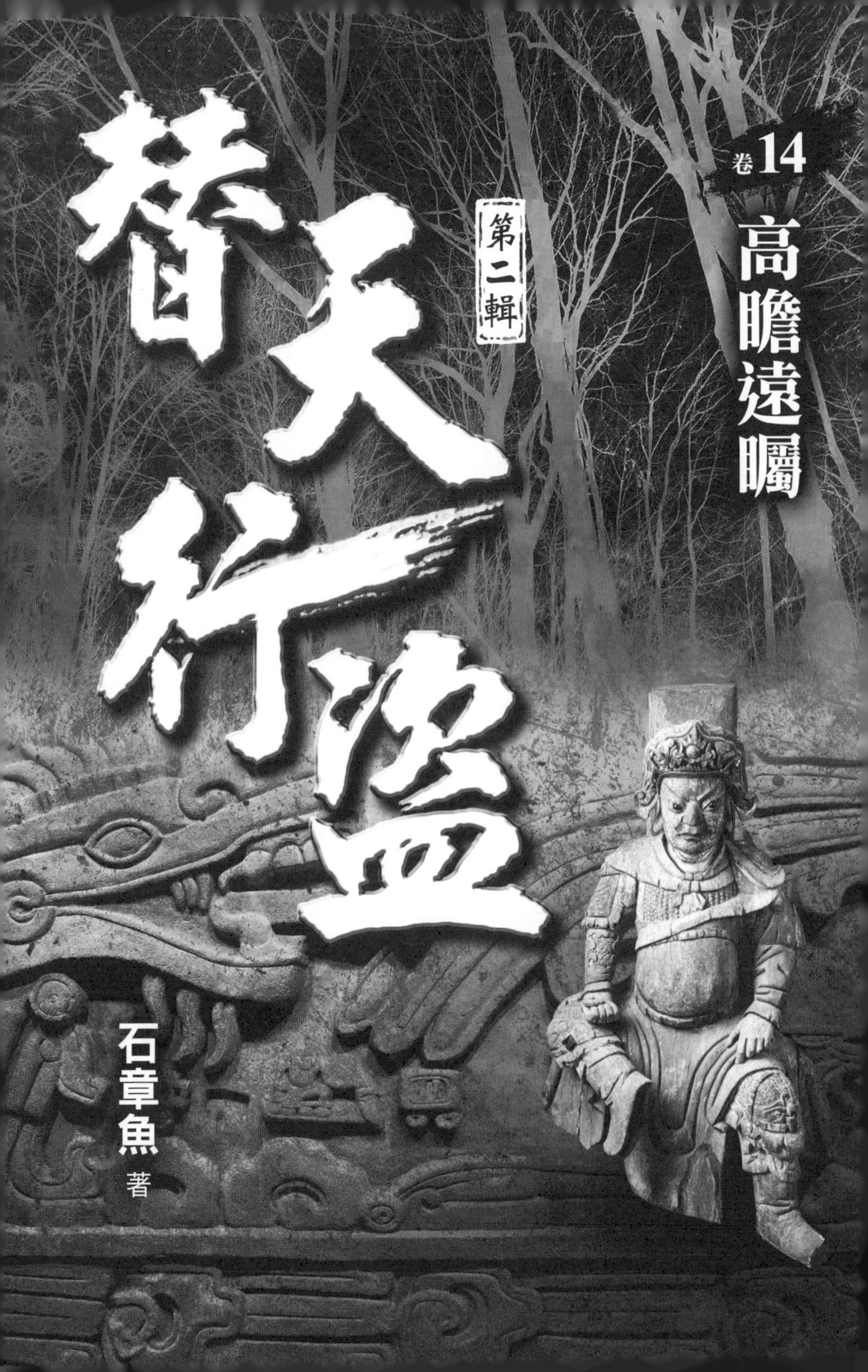
替天行盜
第二輯
卷14
高瞻遠矚
石章魚 著

很多時候
換一種思維便是換一片天地

目錄

CONTENTS

第一章

接班人的名頭

在金山江湖中，羅獵的名頭可是不小。
雖然嶄露頭角尚不到一年時間，
但他在火車上斬殺布蘭科胞弟的事蹟早就傳遍了整個江湖。
隨後，安良堂曹濱將其收至門下，
並有傳言說曹濱把羅獵看做了接班人，
他在安良堂中的地位幾乎可同董彪平起平坐。

收到了呂堯的請帖，董彪是一臉的苦相。

這種事肯定不能拿去請示曹濱，必須要給老大留有充分的迴旋餘地。堂口的幾名核心兄弟知曉了此事，一個個義憤填膺，紛紛指責那呂堯做事也忒不講究了，這分明是要將濱哥、彪哥二人架在火上烤，更飽含著從中挑撥離間的意味。

董彪歎道：「說實話，咱們濱哥在堂口轉型這件事上，做的確實有不到位的地方，老呂他們弟兄們心有怨言也屬正常，這麼做，無非就是想一吐心中的那股子鬱悶之氣。」

聽到董彪的這句話，那幾名兄弟的心中均是咯噔一下，這麼多年來，還是第一次從彪哥的口中聽到對濱哥的批評，難不成，這彪哥跟濱哥之間也有了矛盾？

董彪似乎沒有看到兄弟的變化，只顧著自己一吐為快，點了支香煙，猛抽了一口，吐著濃煙接道：「按理說，這新賭場開業邀請各江湖門派前往祝賀，也算是行規了，只是那老呂怎麼就那麼不懂世故呢？非得給我出這麼個難題。」言罷，董彪重重地歎了口氣。

正在這時，羅獵下了樓，看樣子正準備要出門。董彪見到了，兩隻眼珠骨碌碌轉了幾圈，心中生出了對策。「少爺，哪去啊？」

羅獵笑呵呵回道：「去神學院聽西蒙講課，順便補個覺。」

董彪招了招手，道：「耽誤你十分鐘，彪哥有事跟你商量。」

羅獵大大方方坐了下來，問道：「彪哥，找我商量什麼事呀？要是玻璃廠的事情最好別問我，我現在都快要被濱哥給逼瘋了。」

有兄弟好奇問道：「濱哥怎麼逼你了？」

羅獵苦笑道：「他要我做玻璃廠的工程師，你說，這不是趕鴨子上架麼？」

「噗——」董彪噴出一口煙來，以表示他的可樂態度，那幾名兄弟也不知是被羅獵的話逗到還是因為董彪的誇張，一個個都露出了笑容來。

笑過之後，董彪將呂堯的請帖遞給了羅獵，並問道：「就這破事，你咋看呢？」

羅獵看了眼，隨即將請帖還了回去，道：「我只知道這種事可不敢跟濱哥說，他現在正因為我不答應他做玻璃廠工程師的事而著急上火呢，要是再拿這件事來招惹他，保管能把他給惹毛了，到時候，咱們誰都沒有好日子過。」

董彪道：「這還用你交代？要是敢招惹他，那我們哥幾個還在這兒犯什麼難為？」

羅獵聳了下肩，撇嘴道：「那你們就接著難為吧，我也沒啥好建議，先走了！」

董彪一把將羅獵給摁住了，本著臉道：「說好了耽誤你十分鐘的，這才幾分鐘？咱可不能說話不算數對不？」

羅獵苦笑兩聲，只得乖乖坐好。

「這事吧，難辦在哪兒呢？」董彪一臉苦相，唉聲歎氣道：「呂堯他確實不太懂事，可他畢竟跟了濱哥二十多年，沒功勞也有苦勞啊！再說，年輕那會，我跟濱哥犯了事，是老呂他頂下來的，在大牢中，他可是沒少遭罪，就憑這一點，咱們也得念著人家的好，是不？」

幾位兄弟包括羅獵均下意識地點了點頭。

董彪接道：「所以啊，人家將請帖送了過來，咱們好歹也得派個人過去露露臉才對。可是那呂堯剛因為犯了事而被濱哥責罰，又逐出了堂口，所以呢，我去露面肯定不合適，說不定會引起人家馬菲亞的誤會，只能從你們中間選一個過去意思意思。」

羅獵的臉上現出了鄙夷之色，冷哼一聲，道：「彪哥，你這是打好了套等著我往裡鑽是不？」

董彪陪笑道：「哪敢呢！彪哥這是在跟你講道理，你想啊，讓他們去的話，萬一惹到了濱哥，一頓板子自然是少不了，但要是換了你過去，即便濱哥知道了，他也捨不得打你，對不？」

那幾位兄弟連忙附和道：「是啊，是啊！羅獵兄弟，彪哥說得對，你啊，就算幫我們哥幾個一個大忙，兄弟們一定會將這份情記在心裡。」

董彪板著臉道：「只記在心裡怎麼夠？你們幾個，帶上我，咱們一定要請少爺搓一頓大餐，金山最好的餐館，任少爺挑選，怎麼樣？」

那幾位異口同聲道：「應該，絕對應該！」

到了這份上，羅獵只覺得自己像是被綁架了一般，不答應下來，董彪的臉面沒地方放，那幾名堂口核心兄弟的臉面也要得罪掉，而他這種特殊的身分原本就不好跟堂口兄弟們相處，要是再由著自己的性子，只怕這種微妙的關係會更加糟糕。

「我去就我去，沒啥大不了，不過，請客吃飯的事情就免了吧，金山有哪家餐館燒的菜能比得上周嫂呢？你們要真是有心表示感謝的話，不如兌現嘍，一人十美元，怎麼樣？」羅獵露出了頑皮的神態，此刻，狠宰他們一把，不單不會傷害了他們，反倒更能跟他們幾個打成一片。

那幾位不禁面面相覷，大夥湊一塊吃餐飯，最終拿大頭的一定是彪哥，可一人十美元，那可就訛不到彪哥了。

董彪登時樂了，巴掌一拍，喝道：「沒問題，就按你說的辦！」

羅獵站起身來，道：「那我現在能走了麼？」

董彪跟著起身，道：「我開車送你過去。」

這哥倆說走就走，將那幾位兄弟留在了身後繼續面面相覷。

幾乎是同時，喬治・甘比諾也接到了簽署了呂堯大名的請柬，雖然前一天已經跟曹濱交談過，解決了最大的一個心結，但看著那份請帖，喬治的心裡還是有著一種說不清楚的煩躁。臥榻之側豈容他人鼾睡，這不單單是華人才會有的意識形態，放在了洋人身上，也是一樣。馬菲亞兄弟已然養成了吃獨食的習慣，自然不能理解了金山複雜的關係環境，看到呂堯的請柬，不禁是勃然大怒。

「喬治，他們簡直是欺人太甚！」喬治的手下弟兄不由得爆發出了怨言，這也難怪，畢竟在東海岸他們依然養成了一家獨大的處事習慣。「我認為，咱們必須給他們一些眼色瞧瞧，即便看在安良堂湯姆的面上可以允許他們經營這家賭場，但我們必須要讓他們明白，在金山賭場生意上，誰才是統治者。」

屬下的憤怒使得喬治清醒了過來。雖然他也是極為不爽，但在這種關頭，卻沒能忘記了曹濱貌似實話實說，但同時包含著警告的解釋，那呂堯好歹也是個中華人，只要是中華人，一旦受到了欺負，那麼安良堂將會義無反顧地為他出頭。「統治者？不，詹姆斯，你們必須明白，我們才剛剛踏上金山這塊土地，真正的統治者應該是安良堂的湯姆，而且，我們應該跟湯姆形成朋友的關係，我們決不能輕易冒犯湯姆，否則的話，這將是對家族利益的最大損害。我們已經失去了山德羅，我不希望看到再有兄弟損失在這種無謂的爭鬥中。」

手下兄弟聽了喬治的解釋，仍舊不服，以詹姆斯為代表且回應道：「喬治，我們無法認同你的觀點，既然我們從東海岸趕過來的時候已經做好了跟安良堂決一死戰的準備，那麼，此時此刻，我們認為馬菲亞的名聲絕不可允許被侵犯。」

喬治顯然要比山德羅睿智得多，聽了屬下的言論，登時緊張起來，臉上的神情也變得相當嚴肅，他清了下嗓子，呵斥道：「在我們出發之時，並不清楚安良堂湯姆的真實想法，所以，那時候我們才做了最壞的打算。可眼下，我們完全有機會跟湯姆相處成朋友，若是我們存心破壞了這種關係，那麼我認為將會是對馬菲亞組織的背叛。爭一時臉面的話就不要再提了，我是不可能在現階段做出得罪湯姆的決定的。」

馬菲亞組織繼承了洋人的言論自由的風格，但是，當領頭者做出了決斷之後，屬下兄弟必須遵照執行，這也是組織規矩。因而，當喬治做出最終決斷後，詹姆斯等人便不再反駁，不過，另一個現實問題卻擺在了喬治的面前。

呂堯的新賭場開業，馬菲亞到底是派人參加還是不派人參加？

不光是安良堂和馬菲亞，其他金山江湖門派也都收到了馬通寶、盧通河二人親自送上的請帖。一時間，關於呂堯的各種話題傳的是沸沸揚揚。

再過一天，呂堯的新賭場張燈結綵隆重開業，並請了舞獅前來表演，賭場門口登時是鑼鼓喧天，好不熱鬧。然而，除了剛招募到門下的弟子以及前來看熱鬧的附近居民之外，別無嘉賓道賀。

賭場門內，放置著一張大床，床上鋪著厚厚的錦衾，錦衾上趴著個人，正是那焦點之人呂堯。大床左右，分別立著馬通寶、盧通河二人，一眼看過去，便可以覺察到此二人心中的焦躁及不安。這也難怪，門戶初開，山頭初立，新賭場開業，請帖散出去幾十張，到頭來卻落了個無人道賀的結果，那麼自己的臉面可就真的丟光了。

只是丟了臉面卻不是最嚴重的結果，原本指望的熟客賭徒也會因此而流失大部，那才是對他們最要命的打擊。

「你們兩個怎麼能沒精打采呢？要趕緊打起精神來，客人們就要到了！」呂堯淡定自若，胸有成竹，掏出懷錶看了下時間，道：「九點鐘之前，彪哥一定會安排人過來，只要安良堂的人一到，各門各派便將紛踏而至。」

馬通寶回應道：「先生，恕我直言，我不認為那彪哥還會派人過來。」

呂堯淡然一笑，問道：「哦？何以見得？」

馬通寶道：「咱們在請帖上寫得很清楚，八點半，慶典開始。那彪哥應該能夠想到安良堂的作用，他要是願意幫咱們一把的話，那派來的人早就該到了。」

盧通河跟道：「我認同寶哥的分析，先生，咱們不能再指望董……不能指望彪哥了，咱們得另想辦法才對啊！」

呂堯笑道：「那是因為你們兩個不熟知彪哥的個性，他呀，一定是在報復我那日給他吃了閉門羹。呵呵，我這個同鄉啊，雖然只比我小了三歲，但個性上就像是個長不大的孩子一樣，越是跟他親近的人，越是容易遭到他的捉弄，安良堂上下，除了濱哥，還有哪一個沒被彪哥捉弄過的？」

話音剛落，從外面衝進來一名門下弟子，急沖沖彙報道：「先生，寶哥河哥，安良堂來人了！」

馬盧二人陡然一凜，竟然有些不知所措。那呂堯仍舊是一副淡定的神態，不慌不忙問道：「來人是誰呀？」

前來彙報的那名弟子面帶喜色，彎下腰來，附在呂堯耳邊回道：「羅獵！」

呂堯頓時喜形於色，喝道：「叫兄弟來，抬床出門，我要親自迎接！」

在金山江湖中，羅獵的名頭可是不小。雖然嶄露頭角尚不到一年時間，但他在火車上斬殺布蘭科胞弟的事蹟早就傳遍了整個江湖。隨後，安良堂曹濱將其收至門下，並有傳言說曹濱把羅獵看做了接班人，他在安良堂中的地位幾乎可同董彪平起平坐。

呂堯跟羅獵不怎麼熟悉，卻對內幕還是相當瞭解，傳言自然不可相信，但傳言卻可以充分利用。安良堂一位可以跟董彪平起平坐的重要人物親自前來道賀，那能說明什麼呢？各門各派，自己想去吧！

馬通寶趕緊叫來了兄弟，抬著床，迎出了賭場門外。那羅獵看到此番景象，不禁失笑，道：「呂叔，你傷沒好，不必如此多禮。」

呂堯故作慍色，道：「你怎麼能叫我呂叔呢？我們可都是一個輩分上的兄弟啊！」

羅獵笑著回道：「彪哥說，呂叔自立門戶了，就不能再以堂口弟兄相互稱呼，論年齡，您比我大了兩輪，叫您一聲叔也是應該。」

呂堯埋怨道：「哪有什麼應該？拋開了堂口規矩，咱們只論私交，我可是管你師父叫鬼叔的哦，你再反過來稱呼我一輩，那豈不是亂了輩分？」

鑼鼓喧天中，圍觀群眾並不能聽到此二人在說些什麼，只能看到他們之間的關係頗為融洽，並不像是敷衍之舉。於是，那些個裝扮成看熱鬧的各門派眼線趕緊退了出來，飛奔數百米只為了比別家門派早一秒鐘將資訊傳遞到位。

像是約好了一般，羅獵前腳剛到，馬菲亞的喬治帶著兩名弟兄後腳隨即趕到，而且，還為呂堯備下了一份厚禮。「呂先生，雖然我們是競爭對手，但我們都是湯姆和傑克的朋友，所以，我們之間也應該以朋友相待，我代表馬菲亞，祝呂先生的賭場生意興隆。」

雖然送去了請帖，但猛然看到喬治親自前來，饒是呂堯這種老江湖，卻還是吃了一驚。但見羅獵一副坦然自若的樣子，呂堯登時明白，一定是董彪在背後做了工作。

安良堂及馬菲亞均到場祝賀，其他門派再無理由躲在一旁，於是，各家代表均紛紛露面，跟呂堯之前的預料完全一致，真可謂是蜂擁而至。

圍觀群眾中另有一名東方面孔一直在冷眼觀望，此人顯然不是某個門派的眼線，更像是附近的居民，然而，別的居民總是三三兩兩的群聚在一塊你一言我一語地議論著什麼，而此人卻始終獨自一人，同身邊他人亦未有發生過隻言片語的交流。

各門派代表均已到場，呂堯將眾人引入了賭場內，門外的舞獅表演也隨即停了下來，圍觀群眾沒有了熱鬧可看，自然開始散場。

那名東方面孔果然不是附近居民，隨著人群散去後，獨自一人在路邊攔了一輛計程車，駛去了市區的方向。

整個金山江湖，幾乎所有的門派均派出代表前來恭賀，這使得投入到呂堯門下的兄弟們異常興奮，尤其是那馬通寶、盧通河二人，更是為自己的美好前途做出了無限憧憬。開業場面如此熱鬧，這賭場的生意肯定差不了。

開業慶典這種喜慶之事，擱在了中華，理應是道賀之人需備下一份重禮，身為主人應設宴款待。但這兒畢竟是金山，是以洋人為主的美利堅合眾國，各家幫派雖然也有東方面孔，但多數還是白種洋人。洋人們討厭各種繁瑣禮節，在進到賭場中參觀了一圈後，便紛紛告辭而去。

羅獵也是急著想走，他夜裡一如既往地沒能睡好，急需在西蒙神父的課堂上補個覺。但呂堯怎麼肯依，執意要求羅獵留下來玩上幾把，順便吃個午飯再回去。

呂堯的年紀比濱哥還要大，因而，羅獵是真的拿他當父輩來看，實在不忍心違拗呂堯的邀請，便也只能順從地留了下來。

呂堯口中所稱玩上幾把，馬盧二人心領神會，叫來了最為放心的荷官，叮囑了兩句。於是，羅獵如有神助，押大開大，押小開小，甚至連點數都能有十之一二押得中。羅獵雖覺無聊，更知道這是呂堯的故意安排，但想到自己一個月也就只有十五美元的零花錢，而呂堯又吞了堂口那麼大一筆錢，也就笑而不語，只管著贏錢。

中午吃飯時，卻鬧了個不歡而散，只因為呂堯有意無意地提起了曹濱和董彪，並直言不諱地表達了他的觀點：曹濱不仗義，安良堂也就董彪才講究些。

羅獵不願意苟同於呂堯的這種觀點，於是便和呂堯爭論了幾句。呂堯也不知道犯了哪根神經，居然發起火來。雖然那股子火氣是衝著曹濱而去，但聽在了羅獵的耳朵中，非但刺耳，而且極為厭煩。

一向是以禮待人的羅獵終究隱忍不住，拂袖而去。

馬通寶大為不解，不知道呂堯好端端的為什麼會鬧這麼一齣，要說是一時之氣，那呂堯一向以沉穩著稱，怎可能發生這種情緒失控的事情來？但見呂堯怒氣未消，馬通寶也只能在心中疑問，卻不敢顯露出來。但盧通河就沒有那麼好的耐性了，心中不解，口中便直接問了出來。

呂堯聽到了盧通河的疑問，反倒冷靜了下來，嘿嘿一笑後，解釋道：「我就是想要羅獵這小子給曹濱帶個話過去，咱們明人不做暗事，恩是恩，怨是怨，恩怨分明，堂堂正正。」

這個解釋顯然有些牽強，但身為弟子，馬盧二人也只有聽從的份，絕無再質疑的膽。

「馬菲亞喬治的表現倒是讓我有些吃驚。」呂堯得意之後，想到了喬治帶來的那份賀禮，尋思了一番後，道：「把他送來的禮物打開看看，這洋人，居然會按照咱們華人的規矩來做事，說實話，我是真的沒能想到。」

喬治送來的重禮確實很重，只不過，在未見到禮物本身之前，只能說是重量很重，一個人抱著有些吃力，兩個人抬著才剛剛好。馬通寶叫了兩名兄弟，將那份重禮抬到了呂堯面前，並親自動手，打開了包裝在外面的紙箱。

只是一眼，便是冷汗直流。

紙箱中裝著的，卻是一個比正常人的頭顱大出了兩倍有餘的石膏灌注的骷髏頭，骷髏的額骨上還刻著四個字：只此一家。

這哪裡還是賀禮？

這分明就是恐嚇！

呂堯也是一怔，但隨即便笑開了，自嘲道：「虎落平陽被犬欺啊！這些個洋人，以為我呂堯離開了安良堂就是一隻大花貓了？真是愚蠢！」

馬通寶拭去了額頭的汗珠，應道：「先生，那咱們該如何應對？」

呂堯一字一頓道：「韜光養晦，蓄勢待發。」

呂堯的自信和氣勢感染了馬通寶、盧通河二人，他們兩個也迅速從剛才的驚嚇中恢復過來。盧通河點了點頭，咬著牙關擠出了兩個字來：「明白！」馬通寶則以嚴厲的目光掃視著那兩名抬過來紙箱的兄弟，沉聲喝道：「你們倆知不知道該怎麼做？」

那倆兄弟還算是聰明，連聲應道：「我們什麼都沒看到，根本不知道發生了什麼。」

馬通寶點了點頭，道：「很好，去忙吧，今天開業第一天，生意就這麼紅火，今後咱們賭場只會更加火爆，跟著呂先生，你們不會有虧吃的。」

馬通寶說的是實情，這才是午時剛過，按理說，本應該是賭場剛剛上客的時候，但眼下賭場中已然是人聲鼎沸了，若是到了晚上，恐怕出現了比肩接踵的現象都不奇怪。

開業慶典的場面以及隨後賭場的生意均令呂堯頗為滿意，於是便安心地讓幾名門下兄弟將他送回了家中。馬盧倆兄弟留在賭場照顧生意，眼見著進場的人遠遠多於離場的人，那心中的滋味，比喝了蜜還覺得要甜了許多。

到了深夜，賭場中才見到客人開始稀落，但留到深夜仍不肯歸去的賭客才是真正的賭客，賭場在這種賭客身上的抽水往往會達到一個頂十個的效果，因而，馬盧二人不再躲在後台，而是親自出來相陪，一直忙活到了凌晨三點多鐘。

最後一台賭客終於結束了，馬通寶趕緊清點了賭場帳目，據以往的經驗看，他心中估計，賭場這一天的收入絕對不低於兩百美元。帳房用的人都是之前的老部下，做起事情來熟練得很，不過十分鐘的樣子，帳目便核算清楚了，開業第一天，賭場的毛利潤便達到了二百八十美元。

這個結果可以說是相當滿意了，只要能維持住這樣的生意，莫說養活手下五十多個兄弟，就是再多上一倍也是綽綽有餘。馬盧倆兄弟興奮之餘，在送走了手下弟兄後，忍不住開了瓶酒，也不用什麼下酒菜，哥倆就著開心便喝了起來，邊喝，邊商討了一些對未來的打算。

天濛濛亮，這哥倆終於從興奮狀態回歸過來，醉醺醺準備關門走人，好不容易將鐵鎖掛住了門栓，只見其身後忽然閃出數條人影出來。這些個人影顯然是有備而來，而且個個身手不凡，其中四人將馬盧二人夾在了中間，四把寒光閃閃的鋼刀分別架在了此二人的脖頸處。「咱們不圖財，也不想傷人，希望你們二位能夠配合。」

馬通寶陡然酒醒，冷靜回道：「好漢有何要求，儘管明說。」

對方為首一人道：「咱們想請你二位其中一人跟我們去個地方喝喝茶說說話，另一人待天亮後知會呂三爺一聲，咱們想跟呂三爺約個地方見個面，談談合作事宜。」

盧通河帶著三分酒意搶道：「我，我跟你們走！」

馬通寶輕歎一聲，道：「你還是留下來吧，通河，跟先生說清楚，對方並沒有幾分敵意。」

對方為首那人讚道：「馬兄果然是明眼人，沒錯，請轉告呂三爺，生意不成情意在，咱們既然是江湖人，就會守江湖規矩，除非迫不得已，否則咱們絕不會傷人。」

言罷，那人令幫手取出黑布袋子，將馬通寶、盧通河的眼睛都圍了個嚴淨。「盧兄稍安勿躁，待咱們離去後便以呼哨聲告知與你，你方可摘去遮擋，兄弟們不才，但一手弓箭功夫卻能在二十米之外將你射成隻刺蝟，還望盧兄多多配合。」

盧通河心中雖覺憋屈，但性命落在了人家的手上，也只能是乖乖地點頭同意。

對方為首之人揮了下手，這幫人隨即便架著馬通寶迅速消失在了晨曦之下。

雖然被蒙住了雙眼，但馬通寶仍舊能夠感覺得到對方一共乘坐了三輛馬車，先是向東走了大約有三四里地，然後轉向了南，又轉向了西……分明是在兜圈子，但終於將馬通寶徹底兜暈了方向。待馬車停下，那些人仍舊沒有解除其雙眼上的黑布，而是架著他登上了一座不算高的山，再下來後，這才摘去了他眼上的黑布。

映入眼簾的卻是一間極為普通的農舍。

「馬兄一路辛苦，其實，咱們本不必如此麻煩，你也能看得出來，這兒僅僅是咱們的一個臨時落腳點，跟你說完話之後，咱們再也不會到這兒來了。」說話之人正是那對方為首之人，此人一身夜行打扮，身材魁梧卻不失幹練：「咱坐不改姓行不改名，姓劉名進，大清朝內機局領正四品任職統領。馬兄雖然人在美利堅，但根應該還在大清朝，理應配合朝廷的道理，就不需要咱再多講了吧！」

此人正是耿漢手下得力幹將，原內機局右統領劉進。如今內機局雖然已經飛灰湮滅，但劉進卻習慣於以勢壓人，當耿漢不在身邊之時，還是不自覺地將自己原來的身分亮了出來。

馬通寶稍顯唯諾回應道：「劉大人想問些什麼，請儘管開口。」

劉進沉吟片刻，道：「那呂堯究竟因何緣故跟安良堂曹濱鬧翻？」

馬通寶冷哼一聲，回道：「先生跟了曹濱二十年，這二十年來，先生不辭勞苦嘔心瀝血，為安良堂經營著賭場生意，安良堂今日之資產，少說也有一半來自於先生。可如今，那曹濱說一聲要轉型，便拋下了先生還有先生這一支下的所有兄弟。」

劉進鎖著眉頭疑道：「曹濱不會如此絕情吧？如此做法，他又何以服眾？」

馬通寶冷笑道：「他倒是做出了一副仗義的樣子來，說安良堂即將要開辦一家玻璃廠，要之前吃賭場飯的這幫弟兄都去玻璃廠做工人，還說能保證各位弟兄的收入不至於下降。可是，弟兄們吃慣了賭場這碗飯，誰還樂意去工廠做勞工？曹濱的這種做法，跟拋棄了咱們又有何區別？先生看不下去，從賭場的收入中截留下來一筆錢，準備分給弟兄們預備個不測風雲，哪想著那曹濱早已經像防賊一般防住了先生，派了董彪前去查了先生的帳目，硬說是先生私吞了安良堂的公款。」

劉進聽著，微微點頭，馬通寶的說辭和江湖中的傳言基本吻合，看來其說法應是有相當的可信度。「呂三爺截留下來的那筆錢有多少呢？竟然能導致他跟曹濱反目成仇？」劉進不動聲色地再拋出了一個問題。

馬通寶道：「具體多少我也不知，但咱們這一支弟兄足有一百七八十人，最少的也拿到了五十美元，多的人，就像我，拿了先生的兩百美元。」

劉進在心中盤算了一下，粗略估計，這筆錢的總數應該不低於一萬美元，這絕對是一筆大數目，難怪那曹濱會跟呂堯翻臉。「咱還有個疑問，咱聽說安良堂的懲戒規矩是小錯斬指，大錯斷掌，大字輩以上弟兄可以三刀六洞相抵斷掌之罪，然而那曹濱卻未對呂三爺下此狠手，這其中，又究竟是何緣故？」

馬通寶道：「劉大人有所不知，我家先生，乃是董彪同村兄弟，二十多年前，他們一同渡海來到了美利堅，過程中可謂是九死一生，同村十餘人，活著踏上美利堅土地的只有我家先生和董彪二人，那曹濱顧忌董彪臉面，當然不敢處以斷掌之罰，也就無需談及三刀六洞了。」

劉進道：「呂三爺也算是江湖上響噹噹一號人物了，受此欺辱，難道就不記恨那曹濱麼？」

馬通寶憤恨道：「誰說不恨呢？」

劉進微微搖頭，道：「咱親眼看到那羅獵代表安良堂前去道賀，而呂三爺拖著傷殘之軀出門迎接，看他神情只有欣喜卻無厭惡，哪又有絲毫懷恨在心的表現？」

馬通寶難免現出一絲鄙夷神色，道：「那是先生仗義，為了給兄弟們討口飯吃而委曲求全。要知道那安良堂不出面，金山各大江湖門派便不會有人出面道賀，我們新開的賭場又怎麼能獲得火爆生意？那馬菲亞又將對我們產生怎樣的小人之心？你不懂我家先生，但我馬通寶跟了先生十多年，對他的心思瞭若指掌。若是不恨，又怎麼在好端端一餐午飯期間跟那羅獵鬧了個不歡而散？」

午飯時發生了什麼，那劉進斷然不知，但見馬通寶說話時的神情，絕非是撒謊之言。那劉進問完了這些話，像是心中有了數，臉上不由地蕩漾出開懷的神色。

出這間農舍，有一山間小道，沿小道繞過半個山，便可見到一條山澗溪流。溪流清澈見底，其間罕見魚兒遊動，然而，山澗旁一塊巨石上，卻端坐一人，手持一杆長竿，正在靜心垂釣。劉進悄無聲息地靠近了那人，距離尚有五步之遠，便停下了腳步，一言不發杵在了那兒。

「都問清楚了？」那人說是在釣魚，可除了手上一杆長竿之外，卻別無他物。

劉進垂手應道：「問清楚了，老大，跟咱們得到的資訊幾乎一致。」

那人緩緩轉過身來，正是消失已久的耿漢。「幾乎一致？那就說明還是有細微出入，是麼？」

劉進點頭應道：「是的，老大，馬通寶說，慶典後羅獵留下來吃了個午飯，卻在飯桌上跟呂堯鬧了個不歡而散。」

耿漢似笑非笑道：「哦？怎麼鬧出來個不歡而散的？」

劉進歎道：「那呂堯對曹濱還是心有憤恨，當著羅獵的面，發了幾句牢騷，羅獵聽不下去，二人紅了臉。」

耿漢點了點頭，道：「那你以為，這一切究竟是曹濱設下的圈套，還是自然發生的呢？」

劉進道：「難以斷言！老大，我以為只有見到了呂堯，才能判斷出這中間究竟是真是假。」

耿漢微閉了雙眼，沉思了片刻，道：「曹濱為了得到我手中的玉璽，不惜以整個金山的賭場生意和山德羅做了交易，這難怪那山德羅會背叛我，換做了誰，也無法經得住這等誘惑。山德羅死了，那曹濱原本可以毀約，他只需要拿出當初的轉讓合約來證明他的清白也就夠了，可他卻執意完成這項交易，這其中，難道只是一個簡單的轉型嗎？唉！都怪我當時太著急了，沒能靜下心來好好琢磨一番，否則也不會漏下了那份合約，讓它眼睜睜又回到了曹濱的手上。」

劉進道：「但老大您接下來的以退為進卻也扳回了一局，那曹濱雖然找到了剩下的貨，可他拿在手上卻猶如燙手的山芋，吃不下，又捨不得扔，只是這樣拿著，更是無用。」

耿漢微微搖頭，道：「魚無餌則絕無上鉤可能，曹濱手上掌握的那批貨便是誘我上鉤的餌。我騙得了別人，卻騙不了他，我始終感覺，呂堯之變，應該是曹濱賣給我的一個破綻。」

劉進道：「是故意賣出的破綻也好，是無意間生成的變故也罷，兄弟們已經決定了，就按老大您的設計拚上一把，成了，咱們弟兄們跟著老大吃香的喝辣的，只管享受那份三輩子也花不盡的財富，輸了，咱們弟兄們也沒二話說，權當是報答老大這些年來的照顧和提攜。」

耿漢擺了擺手，道：「你們的一番決心和勇氣令我感動，可是，大劉啊，我耿漢現在只剩下了你們這些個忠心耿耿的兄弟，若是連你們也搭進去了，我耿漢獨活於世又有何意義呢？稍安勿躁，容我仔細想想，要麼不出手，繼續跟曹濱這樣耗下去，要麼就出手必成事，運走那批貨，咱們從此過上富甲一方的日子。」

劉進抱拳施禮，朗聲道：「弟兄們聽從老大吩咐。」

耿漢微微頷首，道：「正如你所說，是真是假，或許只有見到了呂堯方可做出定論。大劉，事不宜遲，儘快去見呂堯吧！」

劉進再次抱拳，一揖至地，轉身離去。

呂堯昨日活動頗多，使得屁股上的傷痂有些開裂，疼了大半夜，自然沒能睡好，到了黎明時分，疼痛稍稍有些緩解，這才有了深睡。可剛沉睡了沒多會，便被盧通河急促的敲門聲所驚醒。

「出什麼事了?」呂堯讓夫人去開了門,不等盧通河進到臥房,便急切問道。

盧通河衝進了呂堯的臥房,焦急道:「先生,就在剛才,一夥陌生人劫走了寶哥,還交代我給你知會一聲,他們想跟您見個面,談談合作。」

呂堯猛然一怔,愣了半晌,遲疑道:「一夥陌生人?是洋人還是什麼人?」

盧通河道:「聽口音像是從大清朝來的人,地方口音重得很。哦,對了,先生,寶哥臨被劫走的時候跟我說,讓我跟先生說清楚,那夥人並沒有幾分敵意。」

呂堯冷哼了一聲,皺著眉頭道:「沒有幾分敵意?沒有敵意的話,又何必以這種方式相約呢?」呂堯趴在床上,彎起手指來以指關節敲著腦門,一邊思索,一邊呢喃自語:「……從大清朝來的人……莫非是初春時分內機局剩下的那夥子殘渣餘孽?他們約我談談合作……莫非是想針對曹濱不成?」

盧通河道:「那不是剛好麼?先生,咱們可以借助他們,給曹濱找點鬧心事,也好出了咱們心頭的那口惡氣!」

呂堯趁下了臉來,喝道:「說多少遍了?你們這些小輩兄弟,不能直呼濱哥名諱!」但見盧通河認了錯,那呂堯接著道:「再有,那曹濱不管怎麼待我,畢竟都是堂口自家人的事情,咱們現在雖然脫離了堂口自立了門戶,但畢竟吃了二十年的安良堂的飯,胳膊肘始終是要往裡拐的,硬是要往外拐的話,只怕會先傷到了自己哦!」

盧通河道:「那寶哥怎麼辦?那夥人雖然口口聲聲說不會傷人,可我聽得出來,咱們要是不配合他們的話，只怕寶哥他……」

呂堯歎道：「我們尚不知對方是誰，又是什麼用意，所以，現在說配合還是不配合，似乎為時過早，通河啊，你也別回去了，就在我這兒湊合睡一會，等吃了午飯，就趕緊回賭場等著，他們既然說要跟我見面談，就一定會去賭場通知你時間地點。」

盧通河道：「可先生您的傷……要不，我約他們到先生的家裡來？」

呂堯苦笑道：「通河啊，遇到事情最忌諱的就是慌亂，心裡一旦慌亂，就會做出錯誤的舉措，而你，卻始終未能冷靜下來。」

盧通河撓了下後腦勺，道：「先生，我確實有些慌亂，真不知該如何應對了。」

呂堯歎了口氣，道：「他們是不會到我家裡來的，如果他們願意來我家，就沒必要劫走通寶了。既然你不知道該如何應對，那麼就少想一些，踏踏實實去補個覺，然後等著他們來找你就是了。」

盧通河應下了，跟去了客房，和衣而臥。卻因滿肚子心思消褪不去，躺在床上，卻始終沒能睡著。

到了中午，呂堯的夫人做好了午飯，叫了盧通河起床。盧通河起來後，簡單洗漱了一番，草草吃了幾口，便告辭呂堯，回到了賭場。

人畢竟還是有生理極限的，那盧通河來到賭場之後，坐在經理室中，只是一小會，那滿肚子的心思便不再有作用了，不由地打起了瞌睡，恍惚間，忽然感覺有些動靜，猛然睜眼，面前赫然站著一人。

盧通河反應極快，立刻拉開了抽屜，拿出了槍來，指向了來人。

倒不是那人的反應太慢，而是那人根本沒打算跟盧通河動手，但見對方如此緊張，那人只是呵呵一笑，道了句：「想讓你寶哥安然無恙，你最好還是收起手槍。」

盧通河愣了片刻，終究還是歎了口氣，垂下了槍口。

那人再是一笑，道：「我只是過來傳個話，今晚十點鐘，四號碼頭的四號倉庫，有人要見呂三爺，見到了，不管談得怎樣，你家寶哥都會安然無恙，見不到，那就去海裡撈屍好了，也不能遲到，遲到一分鐘，你家寶哥就會少一根手指。」

盧通河沙啞著嗓子問道：「你們究竟是什麼人？」

那人又是一笑，道：「和你一樣，來自於大清朝的人！」

盧通河微微一怔，再問道：「你們究竟是為何而來？」

那人緩緩搖頭，道：「該說的我都說了，不該說的我無論如何也不會多說。要想知道答案，那麼今晚你帶著呂三爺準時赴約就好了。哦，對了，今晚的約定，只能是你一個人帶著呂三爺前往，多一個人影子，你家寶哥便再也看不見明天的太陽。」

盧通河道：「可先生他身上有傷，只能俯臥，我一個人又如何能帶他走那麼遠的路呢？」

那人魅邪笑道：「我說過，我只是個傳話的，發話之人怎麼吩咐，我便怎麼把話傳到，至於你做得到還是做不到，我可管不了。還有，你下次拿槍對準別人的時候，應該事先檢查一下槍膛中是否還有子彈，槍膛中若是沒有子彈的話，那就只是塊鐵疙瘩，一點殺傷力都沒有。」

那人說完，再留下了詭異一笑，然後飄然離去。

盧通河下意識轉開左輪的槍膛，不禁失色，那膛中，果然是一顆子彈都沒有。

自從有了自己獨立的辦公室，盧通河總是習慣在書桌抽屜中放一把裝滿六顆子彈的左輪手槍。這並不是為了防身，在過去近十年的賭場工作歷程中，盧通河還從來沒遇見過需要用槍保護自己的情形。但呂堯有著相同的習慣，將呂堯看做了自身偶像的盧通河很自然地要模仿著呂堯的一切。

原本是裝滿了子彈的手槍忽地就不見了子彈，這只能說明那人在自己之前已經進到了賭場之中。這樣一想，盧通河不禁是毛骨悚然，這間賭場只有大門一個通道可以進出，而那扇大門在自己離去的時候分明是鎖上了的，而且，在自己返回來的時候，門上的鐵鎖並無異樣。

那人是怎麼進到賭場中來的呢？

盧通河百思而不得其解。

驚嚇之後的困惑使得盧通河忘記了再等上一等，以便有兄弟趕來的時候能夠將當日的賭場生意安排一番，恍恍惚惚間，盧通河離開了賭場，連大門都忘記了鎖，便重新回到了呂堯的家中。

「先生，他們來了，在我趕到賭場之前便進了賭場等著我了。」那盧通河的思維已然被驚恐及困惑所左右，見到了呂堯，竟然忘記了先說重要的事情，倒是先把自己心裡最害怕最想不懂的事情說了出來。

呂堯微微皺眉，問道：「來人都跟你說了些什麼？」

盧通河愣了片刻，這才反應過來，應道：「他讓我帶著您於今晚十點鐘趕到四號碼頭的四號倉庫，不能遲到，也不能多帶第三個人，要不然就會殺了寶哥。」

呂堯冷笑道：「他們好大的口氣！哼，讓咱們去咱們就乖乖去了？不用搭理他們，你該幹什麼就去幹什麼，等差不多到時間了，隨便帶個兄弟趕過去，告訴他們，想見我呂堯，得由我來確定時間地點。」

盧通河驚道：「可是……」

呂堯沉著臉打斷了盧通河的遲疑，道：「怎麼？你怕了？」

盧通河回了回神，道：「我不是怕，我是擔心他們會對寶哥不利。」

呂堯冷笑道：「他們既然有求於我，那麼在沒有交談之前，就絕不會傷害通寶。而且，他們越是小心謹慎，那就說明他們越是不敢輕舉易動，你就放心好了，只管大膽去，大膽說。」

口中說不怕的盧通河事實上怕得要命，前去賭場傳話的那人很顯然只是這幫神秘人中的一名小嘍囉，小嘍囉便已經能有如此身手做出如此詭異事情，那麼其領頭人會有怎樣的身手能耐那就可想而知了。

但礙於面子，盧通河將這種恐懼感深埋在了心底，依照呂堯的指示，在賭場中魂不守舍地熬到了晚上八點鐘，然後叫了輛計程車，趕去了四號碼頭。

在局面尚不明朗的狀況下，耿漢自然不敢輕易露面。不單耿漢不敢露面，就連劉進也是躲到了暗處。明面上，他們只安排了兩名弟兄守在了四號碼頭的四號倉庫，為的就是萬一情況有變，他們的損失可以控制在最小的範圍。

十點差一刻，盧通河帶著一名兄弟來到了四號碼頭的四號倉庫附近。其行蹤，早已處在了劉進等人的監視之下。對於呂堯的尚未露面，劉進並沒有絲毫惱火情緒，恰恰相反，他還生出了幾分欣慰。這只能說明，那呂堯對己方頗有些過分的邀約方式有著一定程度的反感，為了臉面，甚至連自己手下弟兄的安危都要放在一邊。

這才符合一個江湖人的處事原則。

混江湖的，尤其是單立門戶的宗主級人物，勢必將臉面看得比自己的性命還要重，而劉進提出來的見面方式明顯有著逼迫就範的意思，引得呂堯的反彈實屬正常。反之，那呂堯若是乖乖遵從了，就只能說明呂堯心中有鬼。

盧通河懷著忐忑不安的心情踏進了四號倉庫的大門，倉庫內幽暗寂靜，四下裡視線所至，並無人跡。盧通河輕咳了一聲，叫了聲：「有人在嗎？」

身後，倉庫大門無聲息地關上了，鐵門合攏時發出了巨大的聲響，盧通河被驚的猛然顫抖了一下，下意識地將手伸進了懷中。槍是摸到了，但緊張所致，盧通河竟然一時未能打開槍套，更不消說拔出槍來。

黑暗處，終於響起了一聲回應：「呂三爺為何沒來？」

盧通河強作鎮定道：「我家先生說了，想見他，需得由他來確定見面地點和見面時間。」

黑暗處傳出了幾聲冷笑，之後有人道：「既然如此，那就等著為馬通寶收屍吧！」

盧通河情急之下陡生勇氣，大聲喝道：「且慢！」

躲在黑暗中的那人道：「你還有何話說？」

盧通河道：「你們約見我家先生，想必是有求我家先生，然而，你們卻如此相逼相迫，毫無誠意可言，試問，誰會委屈求全同你們合作？誰又會逆來順受按你們的指令行事？醒醒吧，我家寶哥不是個貪生怕死之人，我盧通河也不是個膽小如鼠之人，至於我家先生，更是一個視死如歸的好漢，想拿生死來要脅我們？做你的黃粱美夢去吧！」那盧通河一通硬話說出口來，心中的恐懼感竟然隨之消滅了許多，說到了最後，居然頗有些澎湃豪氣，拉著隨從的兄弟，昂首轉身便往門口走去。

倉庫深處忽然亮起了火把，火光映射下，閃現出兩條身影，其中一人叫道：「盧兄，請留步！」

豪氣和膽怯往往就在一線間，那盧通河憋出了一口豪氣來，便再無膽怯之心，聽到身後的叫聲，他只是停住了腳步，卻未轉身，冷冷回道：「要殺要剮，悉聽尊便，給你個後背，不剛好方便你背後偷襲麼？」

這分明是在嘲諷劉進等人凌晨時分對馬盧二人的偷襲，火把下的那人聽到了，難免也生出一絲尷尬來。「那什麼，盧兄，我們這樣做也是迫不得已，如有得罪，兄弟在這兒給盧兄賠禮了。至於馬通寶馬兄，我們可不敢動他一根手指，如今他正在一處風景優美之地優哉快活，只待我們頭和呂三爺見過面後，不管談成怎樣，我們都會將馬兄毫髮無損地送回來。」

聽到對方示弱，盧通河這才轉過身來，回敬道：「大家操持的都是刀尖上舔血的營生，生生死死的早就看得淡了，拿這玩意來要脅對方，有意思嗎？」

那人陪不是道：「盧兄教誨得對，是我們誤會呂三爺了，不然絕不會出此下策。好吧，就按呂三爺吩咐，時間，地點，方式，均由他老人家確定，我等絕無異議。」

盧通河冷哼道：「早知如此，又何必當初？看在你態度誠懇的份上，我就答應了你，待我回去後，立刻向我家先生稟報，至於見面的具體安排，你等可以於明日午時後前來我賭場詢問。」

另一舉著火把的兄弟突然冷笑道：「敢情你老兄是在忽悠咱們？那呂三爺派你前

來，就是讓你來跟咱們理論的不成？」

先前那人不等盧通河有所反應，搶先勸解道：「話不能這麼說，呂三爺畢竟是一方霸主，咱們有求於他，理應順從於他。」

舉火把那人不服，當著盧通河的面，便跟先前那人爭辯起來。盧通河不明就裡，只得在一旁冷眼旁觀。

那二人爭辯了好一會，也沒能辯出個高低出來，氣得舉火把的那人乾脆將火把丟了過來，一個人躲回到了暗處。先前那人接住了火把，很不好意思地再跟盧通河解釋了一番，最終還是由他拿定了主意：「明日午時，兄弟必將登門拜訪，屆時希望能夠得到呂三爺的定話。」

盧通河只覺得似乎有哪裡不太對勁，可一時半會又想不明白蹊蹺之處，於是便跟那人附和了兩句，隨後帶著手下弟兄離開了倉庫。

朗月當空，繁星閃爍，盧通河走出碼頭，仰首沖天，在心中怒吼了一聲。那一刻，他無比暢快，自感即便是曹濱、董彪這樣的人物在遇到自己所處的境地時也不過如此了。

時間已晚，路上的計程車很是稀罕，盧通河帶著手下兄弟走了好久，終於攔下了一輛，待到回到了呂堯家中的時候，已經接近了零點時分。

「先生，我見過他們了！」見到了呂堯，盧通河很想細緻地彙報一下，畢竟今晚的整個過程，頗為令他自豪。

呂堯卻沒讓盧通河把話說完，以一聲長歎打斷了盧通河後面的話語，道：「他們已經來過了，二十分鐘前剛剛離去。」

前來呂堯家中拜見呂堯的正是劉進。

第二章

一百萬美元的誘惑

當曹濱決定轉型安良堂並將賭場生意轉讓出去的時候，
那呂堯做下的第一件事便是截留了上萬美元的公款，
這個舉動表明了那呂堯必然是一個對錢很是看重的人物，
故而，耿漢做出了以錢財開路的決定，
並相信，即便那呂堯並不是真的跟曹濱鬧翻了臉，
在一百萬美元的誘惑下，他也將會轉變立場。

這並非耿漢的原有計劃，而是劉進的突發奇想。

面對這種逼迫式的約見，且不論呂堯跟曹濱鬧翻一事是真是假，那呂堯既然派了盧通河前來相見，那麼此刻其戒備之心必然處於最為薄弱之時。當劉進意識到這一點的時候，立刻向耿漢提出了建議。

耿漢稍加琢磨，認為劉進的建議頗有道理，於是，耿漢立刻調整了策略，一邊令倉庫中的兄弟儘量拖住盧通河，另一邊，令劉進帶了二名兄弟以最快的速度趕去了呂堯的家中。

對劉進的突然造訪，呂堯並沒有表現出幾分驚詫來，反倒是流露出了些許讚賞的神色。「你便是劫走我門下弟子馬通寶的那些個人，是麼？」

劉進規規矩矩地抱起雙拳施了個禮，道：「不瞞呂三爺，我等在金山的生存空間極為有限，以此手段對待呂三爺門下弟子，也是出於無奈，望呂三爺見諒。」

呂堯冷笑道：「見諒？你讓我如何見諒？我身為一門之主，無法保護門下弟子的安危，反倒要見諒你們這幫肇事凶徒，傳出去，豈不是要被江湖朋友笑掉了大牙？」

劉進陪笑道：「我等有求於呂三爺，一時又不能分辨呂三爺是敵是友，只得請貴門馬兄跟我們辛苦走一趟。如此行為，確實冒犯了呂三爺，若是三爺不肯原諒，我劉進願以貴門派規矩自懲三刀六洞以示賠罪！」

呂堯冷冷回道：「那倒不必，我呂堯已經自立門戶，三刀六洞已經不是我的規矩。至於你口中所說是敵是友，在你說明來意之前，最好不要做出定論。不過，你能看到這個空檔而敢於前來我家，說明你並非是平庸之輩，因而，我對你的來意也稍有期待，希望你不會令我失望。」

劉進道：「呂三爺痛快！明人不做暗事，那我就直說了，我來找你只有一個用意，你我聯手，共同對付曹濱！」

呂堯呵呵一笑，道：「果然不出我所料，如果我猜得沒錯，你應該就是年初被滅的大清朝內機局的殘留分子，而你的主使，則是內機局前任領頭人耿漢，對麼？」

劉進迅速在心中盤算開來，若是那呂堯跟曹濱鬧翻只是故意設下的騙局，那麼，此刻的呂堯理應裝傻才是，但眼前那呂堯卻毫無顧忌地將他們的老底揭了出來，這便可說明那呂堯聯手曹濱設局的可能性並不大。

又多了幾分信任的劉進乾脆坦然承認了，淡淡一笑後，道：「呂三爺火眼金睛，我等晚輩不敢有絲毫欺瞞，沒錯，我就是當日因執行炸翻火車任務而僥倖逃脫曹濱、董彪設下的陷阱的劉進，但我此刻意欲報復曹濱，卻絕非為內機局報仇。」

呂堯笑道：「我當然知道，你們跟安良堂纏鬥已久，為的不就是那批大煙麼？我呂堯雖然沒參與其中，但這些個事情，卻瞞不過我。」

劉進道：「沒錯，兄弟我正是因此而來，那曹濱擋了兄弟的發財之道，兄弟不得已才會針對他。呂三爺，您所遭遇的處境，跟兄弟我不是如出一轍麼？」

呂堯搖了搖頭，道：「你錯了！大錯而特錯！我呂堯對那曹濱雖然滿心憤恨，但始終是做過一家人。我可以跟曹濱鬧翻，甚或大打出手，不過，那都是關起門來的事情，而你，以及你背後的耿漢，卻是外人，江湖上沒有胳膊肘往外拐的道理，我呂堯絕不會和你們走到一起。」

劉進笑了笑，道：「江湖傳說呂三爺重感情講義氣，今日一見，果然如此！只是，不知道呂三爺再為曹濱講義氣的時候，有沒有考慮過他是怎樣待你的？有沒有考慮過他將來又會怎樣待你？眼下你只開了這一家賭場，那曹濱勉強可以裝作看不見，但若是呂三爺還想開第二家賭場，第三家賭場的時候，會發生怎樣的事情呢？」

呂堯擺了擺手，道：「有曹濱在，我自然開不了第二家賭場，更不用多想那第三家賭場。和你們聯手，扳倒了曹濱，那馬菲亞也不會容許我多開一家，甚至還要將我手上的這一家給封了。所以，這筆賬算過來算過去，我要是胳膊肘往外拐的話，除了可以出得一時之氣，別無好處，卻多有弊端。兄弟，呂堯這些年的飯可是沒白吃啊，這筆賬，我還是能算得過來的！」

劉進道：「可是，三爺您卻少算了一筆賬！」

呂堯略顯不解，道：「少算了那筆賬？」

劉進道：「呂三爺相助咱們達到了目的，咱們自然不會虧待呂三爺，耿爺說了，事成之後，孝敬三爺這個數。」劉進伸出了一根手指，擺在了呂堯的眼前。

呂堯不屑道：「一萬美元？」

劉進搖了搖手指。

呂堯收起了不屑神情，再道：「十萬美元？」

劉進依舊搖了搖手指。

呂堯驚道：「一百萬美元？」

劉進這才收起了手指來，道：「有了這筆錢，呂三爺何苦還在江湖上打拚？隨便去了哪裡，豈不都是逍遙快活麼？」

從馬通寶的口中，劉進得知那呂堯在安良堂領到的薪水一年才不過兩千美元，這份收入在金山已經算是相當可以的了，但距離成為百萬富豪卻相差了十萬八千里。而當曹濱決定轉型安良堂並將賭場生意轉讓出去的時候，那呂堯做下的第一件事便是截留了上萬美元的公款，這個舉動表明了那呂堯必然是一個對錢很是看重的人物，故而，耿漢做出了以錢財開路的決定，並相信，即便那呂堯並不是真的跟曹濱鬧翻了臉，在一百萬美元的誘惑下，他也將會轉變立場。

事實果然如此。

呂堯聽到了這份承諾的時候，雙眼便立刻放射出異樣的光芒來，雖然他隨即便微閉上了雙眼，遮掩住了自己的失態，但臉上的神情依舊能夠表現出他激動的心情。

「口說無憑，你讓我如何相信？」呂堯沉默了片刻，終於睜開雙眼，道：「你也莫說立字為據的話來，當你們事成之後，我即便手上留有字據，又如何能夠找到你們呢？」

劉進道：「三爺所言，並非多慮，換做了是我，也會有著一樣的疑問。不過，耿爺令我前來與呂三爺相談，早已經為呂三爺做好了打算。」

呂堯稍顯喜色，道：「哦？那耿漢有何打算？說來聽聽。」

劉進道：「明著來，即便咱們聯手，在實力上仍舊是遠不如曹濱，因而，咱們只能暗中行事。不管是明是暗，待事成之時，三爺您便再無留在金山的道理了，您可以瞞得過曹濱一時，卻瞞不過他一世，一旦被他想明白了，那麼三爺即便有再多的錢財也是無福消受，是麼？」

呂堯點了點頭，道：「甚是有理，你接著說下去。」

劉進接道：「所以，當咱們滿載著貨物的輪船起航之時，耿爺希望能在船上看到您。咱們雖然有玉璽在手，到了大清朝自然是暢通無阻，但那麼多的貨若是想賣出個好價錢來，卻少不了您這樣的老江湖的協助。耿爺說了，等到了大清朝，賣出貨物得到的銀子，先拿出一百萬兩來付給您呂三爺作為酬謝，將來再賺到的錢，自然也少不了您呂三爺的一份。」

呂堯沉吟道：「大清江湖，遠比這美利堅江湖要複雜得多，耿漢那麼大的一批貨運到了大清朝，想順利脫手換成銀子確實不是一兩個人就能完成的事情。能將我帶上，的確是一個對雙方都有利的想法，也足以證明了你家耿爺的誠意。好吧，你現在可以說說你們的計畫了，在你們的計畫中，需要我做些什麼？」

劉進道：「簡單，只需要三爺您在某天的一大早將董彪邀請到你家裡來，並且留他到吃午飯的時間也就夠了。」

呂堯鎖緊了眉頭，疑道：「你們這是打算對董彪下手麼？」

劉進苦笑搖頭，道：「董二當家無論是長槍還是短槍，使得均是出神入化，對他下手，咱們實在沒有把握。但羅獵那小子可就不一樣了，他太過癡迷飛刀而忽視了火槍的威力，可咱們怕的只是火槍，對他的那一手飛刀絕技卻有著十足的把握。只要三爺能留下董二當家，那麼咱們便可以將羅獵請到一個讓曹濱找不到的地方，那羅獵在曹濱的心中可是價值萬金，而咱們的那批貨對曹濱來說卻是不名一文，就算加上那枚玉璽，也抵不過羅獵在曹濱心中的價值，因而，咱們可以確定，只要請到了羅獵，咱們就能將那批貨裝上船。」

呂堯深吸了口氣，道：「曹濱心硬，但獨對董彪及那羅獵柔軟，他視董彪為親兄弟，視羅獵為親兒子，只要你們能擄走他們中的任一人，想必那曹濱都會屈從於你們的條件。此計雖然甚好，不過，你卻敢於對我合盤托出你們的計畫，難道就不怕我因欲討好曹濱而向他告密麼？」

劉進笑道：「人為財死鳥為食亡，呂三爺在曹濱麾下，即便拚上十輩子，也難以積攢到百萬家財，三爺是個聰明人，一定會做出最正確的選擇。」

呂堯放聲大笑。大笑中，難免又扯到了屁股上的傷痂，疼得呂堯呲牙咧嘴。

劉進見狀，不由關切道：「三爺的傷勢還未見好麼？」

呂堯沉著臉回應道：「你這是在懷疑我故弄玄虛麼？」

劉進陪笑道：「豈敢！兄弟只是覺得那七十杖若是能打得虛一些，三爺的傷勢便不見得有這麼重。」

呂堯冷笑了一聲，略顯憤恨道：「為何要虛打？我呂堯是那種受不了七十杖的人嗎？」

劉進豎起了拇指，讚道：「三爺硬氣！」

呂堯輕歎一聲，神色也隨之緩和下來，道：「也虧得我那彪弟，若不是他替我挨了三十杖，我這一把老骨頭，看樣子即便不死，也絕難再站起來了，唉……寄人籬下，看人家的臉色吃飯，這日子可是不好過啊！」

劉進跟著歎道：「可不是嘛！所以啊，三爺，咱們聯起手來幹他一票大的，這才是明智之舉吶！」

呂堯唏噓道：「魚我所欲也，熊掌亦我所欲也，二者不可兼得，只能捨去其一，兄弟，你不是我，想像不出我心中有多艱難。名利雙收……說起來簡單做起來難啊！放眼安良堂，能實現那名利雙收的人，除了曹濱，還能有誰？」

劉進跟道：「名為虛，利為實，有名而無利，便是那五彩斑斕的泡沫，有利而失名，咱可以換個地方重新樹名。」

呂堯兩眼一亮，不禁喝道：「精闢！一語而解我心頭困惑！沒錯，在金山我呂堯失去了名，在洛杉磯我呂堯可以重新樹立，即便美利堅已然容不下了我，只要有了足夠的利，我可以去法蘭西，去大不列顛，甚或留在大清朝，天下之大，難道還找不到我呂堯的立足之地嗎？」

劉進再次豎起了大拇指來，讚道：「三爺英明！」

呂堯夫人將劉進送走之後，回到臥室，不無憂慮對呂堯道：「當家的，你真要和他們聯手針對濱哥麼？」

呂堯倏地沉下了臉來，喝道：「婦道人家，你懂什麼？」

呂堯夫人囁啜兩聲，卻不知說了些什麼，最終幽歎了一聲，轉身去了。

二十分鐘後，盧通河回來了。聽說對方已經來過了，盧通河頓時明白過來，在倉庫之中，並非是自己的豪氣鎮住了對方，而是對方有意的順勢而為，為的只是拖延一些時間而已。

「先生，他們都提出了什麼樣的要求啊？」盧通河下意識地問了一句。

呂堯長歎一聲，道：「還能有什麼？無非是想借助咱們在安良堂的關係對曹濱不利麼？」

「那……您答應他們了麼？」盧通河的臉上閃現出一絲既有不安又有興奮的複雜神色。

呂堯冷哼了一聲，肅容道：「我怎麼會做出胳臂肘往外拐的事情呢？再說，搞倒了曹濱對咱們能有什麼好處？要知道，大樹底下好乘涼，樹要是沒有了，咱們都要挨受烈日的暴曬。那馬菲亞的喬治，正虎視眈眈地盯著咱們，假若沒有了曹濱的庇護，他們分分鐘便敢跟咱們開戰。咱們雖說也有幾十名敢拚命的兄弟，可這些個兄弟，哪有開槍殺人的膽子啊？就算有，那點個能耐也不是人家的對手啊！」

盧通河自以為自己是見過風浪的人，可凌晨時分被人家輕而易舉地控制住則完全摧毀了他的這份自信，待到晚上去了倉庫而重新建立起來的自信，則又被人家已經來過的事實再次摧毀。至此，盧通河再也沒有了之前的那種狂妄。

「先生說得對，咱們確實沒這份實力跟馬菲亞對抗，可是，劫走寶哥的那幫人一樣的心黑手辣，咱們若是不答應他們，恐怕寶哥他……」盧通河跟馬通寶的關係確不一般，想到談判破裂，馬通寶很有可能會遭毒手，盧通河不由得紅了眼眶。

呂堯長歎一聲，道：「是我無能，連累了門下弟子，如今沒別的辦法，也只能求助於你們彪哥了！我想，你們彪哥一定不會見死不救的。」聽到了彪哥的名字，盧通河的雙眸中頓時閃爍出光亮來，起身便要往外走，卻被呂堯一聲叫住：「你幹嘛去？

他們肯定在外面監視著咱們，先等上一等，待到黎明時分，他們最為困乏之時，從後門溜出去，這才有可能請得到你們彪哥。」

天色剛剛有了那麼一絲光亮，堂口的值班弟兄便叫醒了董彪。聽說呂堯那邊有難，董彪顧不上洗漱，便將盧通河請到了自己的房間中來。

盧通河見到了董彪，撲通一聲便跪了下來，帶著哭腔傾述道：「彪哥，有一夥陌生人與昨天凌晨劫走了寶哥，還逼迫我家先生跟他們聯手針對濱哥，我家先生拒絕了那夥人的要求，可寶哥可能就會被他們……被他們沉屍大海去了！」

董彪皺著眉頭道：「你先起來，我問你，那夥人究竟是些什麼人？」

盧通河站起身來，垂手肅容道：「我不知道……我家先生說，想請你到他那兒去一趟，有些話必須跟你當著面才能說得清楚。」

董彪道：「這麼大的事情，跟我說有個屁用？還是得跟濱哥說啊！」

盧通河的雙頰上已然掛上了幾顆淚珠，道：「我家先生說，請你過去，就是要跟你商量要不要跟濱哥說，要說的話，又該怎麼說。」

董彪歎了口氣，應道：「這個老呂，就是迂腐！他跟濱哥之間，不就是沒打招呼便截留了一萬多美元麼？他要是光明正大的提出來，或是事後跟濱哥坦然認帳說明道理，哪會走到今天這一步？行吧，你先下去等著我，我洗個臉刷個牙再換身衣服，最多也就十分鐘。」

盧通河在水池旁也就等了七八分鐘，董彪便下了樓來，堂口值班兄弟請示道：「彪哥，要不要把你的車開過來呢？」

董彪想了想，道：「也就十來分鐘的路，走過去吧，也好省點油錢。」

十來分鐘的路，一個來回，最多也就是半個小時，再加上跟呂堯相談半個小時，按理說，董彪最多出去一個小時便應該回到堂口。可是，直到七點多鐘，羅獵出來吃早飯的時候，都沒見到董彪的身影。

吃過了早飯，羅獵和往常一樣，自己開了輛車離開了堂口，前去神學院以聽西蒙講課的方式來補上一覺。

深秋之季，風已見冷，車子稍一開快，冰冷的秋風撲在了臉上，便有著針扎一般的刺痛，羅獵不得已，只得放慢了車速，以不到二十公里的時速向市區的方向駛去。

唐人街與市區之間的結合部原本荒蕪一人，如今隨著城市的發展，這一段地區雖然不夠熱鬧，但總算是有了些建築商鋪，不再像以前那般荒蕪，氣候若是暖和的話，在一段路上，羅獵可以將車子開到六十公里的時速，但如今接近初冬，氣候漸冷，而少了各種建築以及人跡，那風兒更顯得冰冷，於是，羅獵不由得再次降低了車速。

前方不遠處有一個踩著自行車趕路的男人，瞅著背影，羅獵生出了似曾相識的感覺，正想著等到追到跟前再看上一眼的時候，卻見那人莫名其妙地便倒在了路中央，羅獵心善，連忙踩下了剎車，將車子停穩了之後，跳下車來，就準備上前探視一番，卻全然沒注意到身後的道路兩側，同時躍出了兩條人影。

倒在馬路中央的那人待羅獵蹲到了他身邊的時候突然出手，一柄寒光凜凜的短刀閃電般刺向了羅獵的咽喉。羅獵反應極快，猛然後仰並就勢一個側翻，堪堪躲過迎面刺來的一刀。

偷襲之人翻身躍起，不等羅獵調整過來，又是一刀刺了出去。

羅獵只得再退。

但此時，道路兩側躍出的各兩條人影已然封住了羅獵的退路。

「莫要做無謂的反抗了，咱們並不想傷了你。」那騎著自行車倒在路中央並向羅獵連著刺出兩刀的人正是劉進，連他在內，一共五人，將羅獵團團圍住。「把你的飛刀交出來，乖乖地跟咱們去個地方，咱們保證不會動你一根手指。」

此時，羅獵的左右掌心中各扣了一柄飛刀，只需蓄力一發，面前必然會有兩人喪命，若是能抗得過身後三人的雷霆一擊的話，那麼，主動權便將掌握在羅獵的手中。可是，或許是因為連著好多天的失眠消磨了羅獵的鬥志，他居然屈從了劉進的威逼。

「你們是什麼人？為什麼要劫持我？」羅獵緩緩放下手中飛刀，並舉起了雙手。

劉進沒有作答，而是大踏兩步，來到了羅獵的面前，將短刀逼在了羅獵的脖頸處：「對不住了，你的飛刀絕技著實厲害，咱們必須確認你身上不再有飛刀。」話剛說完，劉進便示意了手下上來搜身。

羅獵仍舊沒有一絲一毫準備反擊的神色。

劉進的一名手下上前扒去了羅獵的外套，解下了羅獵綁在雙臂上的刀套，數清楚了刀套中的飛刀，向劉進點了點頭。

劉進仍舊以短刀逼住了羅獵的脖頸，喝道：「上車，老實點！」

羅獵舉著雙手，頗為不屑地啐了口痰液，並道：「難道你就不打算將我綁起來麼？」

劉進呵呵一笑，道：「你沒有了飛刀，就是一頭掉光了牙的老虎，綁與不綁，都難再逃出我的手掌心。廢話少說，趕緊上車！」

羅獵微微搖頭，輕歎一聲，在劉進的威逼下，上了自己車子的後排座。

劉進和另一名手下一左一右將羅獵夾在了中間，再有一人跳上了駕駛座，發動了汽車，向市區方向疾駛而去。

剩下的二人則撿起了劉進丟下的自行車，騎著它，向相反方向駛去。

呂堯在家中對董彪絮絮叨叨說了好多的話，從二十多年前他們兄弟二人連同村裡其他十多弟兄一道被當做勞工遠渡重洋來到了美利堅，到他們倆兄弟是如何認識的曹濱，再到這二十多年來經歷過的風風雨雨，期間，數次令這兩兄弟不禁動容。

直到一名郵遞員敲響了他家的房門。

「你回去吧，阿彪，我的事，你能幫就幫，不能幫就算，但要我去求曹濱……」呂堯陡然提高了嗓門，並冷笑了幾聲，咬牙擠出了最後兩個字：「沒門！」

郵遞員跟呂堯夫人嘮叨了兩句，留下了一個認錯門的解釋和一句道歉便轉身離去，屋內，董彪似乎也熬完了所有的耐性，借著呂堯的那句話，索性告辭離去。

五分鐘後，盧通河送完了董彪，折回了呂堯家中，彙報道：「先生，彪哥已經回去了。」

呂堯點了點頭，道：「你也回去吧，賭場的生意還要你來照看呢，通寶不在，重擔都壓在了你身上，你可要撐住，千萬不能累病了累倒了，等我的傷好了，給你放半個月的長假再好好休息吧！」

盧通河頗為感動道：「請先生放心，通河一定能撐得下來。對了先生，彪哥他答應幫忙了麼？」

呂堯長歎一聲，道：「該說的我說了，不該說的我也說了，曹濱願意出手也好，不願意出手也罷，我是絕計不會求他的，至於最終該怎麼辦，我想阿彪他會有辦法的。」

盧通河唏噓道：「可寶哥他身陷囹圄，多耽擱一分鐘，寶哥便多一分危險，而他們，一直以來只會認為死上一兩個弟兄並不是多大的事……」

呂堯沒讓盧通河把話說完，勸慰道：「我只是沒答應那夥人的要求，但也沒把話說死，他們一時半會不會做出翻臉的事情，你寶哥他一兩天之內還不會有什麼危險。你啊，只管把賭場生意安排好，通寶的事情，我來想辦法。」

盧通河留下了一聲歎息，轉身去了，不一小會，外面又進來了幾名陌生人。「呂三爺，咱們是劉統領的部下，請跟我們走吧！」為首一人拿出了劉進的信物出來，另幾人隨即組裝出一個擔架來。

呂堯點了點頭，道：「辛苦你們幾位了。」轉而再叫來了夫人，交代了幾句，呂堯夫人不禁紅了眼眶。

為首那人道：「呂三爺，不如把夫人也帶上吧。」

呂堯擺了擺手，稍帶慍色道：「男人的事情，一個婦道人家摻和什麼？再說了，那曹濱再怎麼不濟，也不會動一個女人來出氣。」

呂堯夫人扭過頭去，掀起身上的圍兜，擦了下雙眼。

那幾人將呂堯抬上了擔架並出了門，門外停了輛貨車，待將呂堯抬上了車鬥後，前面的司機立刻發動了車子，駛出了唐人街。

路上，呂堯問道：「抓羅獵的過程順利麼？」

為首那人道：「托三爺的福，一滴血都沒留，便將那小子給擒獲了。」

呂堯道：「還是你們劉統領有本事啊！」

為首那人道：「若不是三爺您拖住了董彪，劉統領那邊絕不會如此順利。」

呂堯道：「是啊，相比董彪，那羅獵還是嫩了點。不過，不管怎麼說，咱們算是有了個好開頭，只要能撐過今天不被曹濱發現，那麼他也就只能眼睜睜看著你們耿爺從容不迫地將那批貨運走了。」

為首那人跟著笑了起來，笑過之後，隨口問道：「三爺，您這一走，基本上就不會回來了，為什麼不把嫂夫人也帶上呢？」

呂堯瞪起了眼來，嗔怒道：「帶什麼帶？等有了錢，三爺我不能再討兩房年輕的媳婦嗎？」

冰冷的秋風迎面撲來，羅獵忍不住咳嗽了起來，連咳了幾聲後，羅獵緩緩轉過頭來，對著劉進指了指自己的嘴巴。意思很明顯，咳出了痰，要吐到車外。

劉進怎麼也想不到羅獵會向他提出這種要求，一時有些猶豫，不知該如何作答。那羅獵倒也乾脆，身子往劉進那邊傾了傾，口中的痰便飛出了口中，飄出了車外。

「我知道你們是誰了，我也想明白了你們劫持我的目的，說實話，我對那枚玉璽也沒有多大的興趣，大清朝是死是活，逆黨能否成功，跟我都沒多少關係。」吐完了痰，羅獵淡然一笑，道：「想當初，我羅獵跟彪哥冒死登船，原以為能以此壯舉而揚名立萬，可沒想到，卻被耿漢那廝給利用了，現在想想，也真是可笑。」

劉進原本也未刻意隱瞞，因而，對羅獵猜透了自己的身分並沒有多少驚愕，不過羅獵如此年輕，在面對這樣的境況之時，仍舊能保持淡定，卻是出乎了劉進的預料。

不等劉進有所反應，羅獵接道：「說實話，你們這一招玩得很漂亮，抓了我，以我為籌碼，要脅濱哥放了你們那批貨，我感覺，你們最終成功的機率將超過百分之九十，甚至可以說百分之九十九，除非是過程中你們出現了紕漏，比如，一不小心將我給捅死了。」

劉進下意識地將逼住羅獵脖頸的短刀向外挪了挪，道：「你放心，只要你能夠配合咱們，咱們保證你毫髮無損。」

羅獵笑道：「我當然不會造次，我剛才說過，那枚玉璽並不關我事，至於那批煙土運到了大清朝會害了多少人，那也不管我事。我早就想明白了，你們不賣煙土，自然會有別人在賣，毀了你們的一千八百噸煙土，還會有別人的一千八百噸煙土。不過，你們雖然能夠逼迫濱哥讓你們運走那批煙土，但若是不將玉璽留下來的話，恐怕這批煙土你們也決然不可能運到大清朝去。」

劉進冷笑道：「等煙土裝上了船，輪船駛出了港，你們濱哥又能奈我何？」

羅獵呵呵笑了兩聲，輕描淡寫道：「濱哥可以調動軍艦在海上攔截你們！」

劉進猛地一怔，隨即大笑道：「你當我是三歲頑童麼？調動軍艦？那美利堅合眾國的軍隊是他曹濱開辦的？」

羅獵輕歎一聲，不屑一笑，輕聲道：「別忘了，比爾‧萊恩便是毀滅在聯邦軍隊的槍口之下。」

這一次，劉進是真的愣住了，好半天都沒能回過神來。

羅獵又道：「對濱哥來說，得到那枚玉璽的目的也不過是毀了它而已，能讓它沉入海底，使得大清朝的國脈龍運就此斷裂，也算是遂了濱哥的願，所以，當你們駛入大海的時候，才會是最為危險的時候，要麼投降於聯邦軍隊，然後在美利堅的大牢中度過後半生，要麼就死扛到底，被聯邦海軍的軍艦擊沉，永眠於海底。」

前方是一個十字路口，車子很自然的減了速度，羅獵不由地又咳嗽了幾聲，隨後輕輕撥開了劉進手中的短刀，傾了下身子，吐出了一口痰去。

「我敢說，這個破綻絕對是你老兄還有那耿漢沒有考慮到的，對麼？」羅獵坐了回來，然後捏住了劉進的手，將那把短刀重新逼住了自己的脖頸。「但濱哥他一定能想得到，所以，我才會說你們以我為籌碼交換那批貨的成功率幾乎是百分之百。」

劉進幾乎陷入了絕望之中。

羅獵所言，確是他和耿漢都未曾考慮到的一個漏洞，曹濱已然不再是一個還願意講江湖規矩和道義的江湖人了，退出金山的賭場生意就表明了他的態度，而調動聯邦軍隊滅了比爾‧萊恩一夥更是證明了曹濱的決心。雖然，以曹濱在美利堅合眾國的地位絕不可能調動得了聯邦海軍的軍艦，但一艘裝載了一千八百噸鴉片的貨船，卻絕對可以說服聯邦海軍出動軍艦，甚至是一支艦隊。

羅獵似笑非笑看了劉進一眼，接著說道：「這個破綻，對你，對耿漢，將會是一個無解的破綻，但對我來說，卻能夠輕鬆化解。」

就像是一個將死的溺水者抓住了水面上漂浮著的一根稻草，明知道不足以救得自己的性命，卻仍要死死地抓在手裡。那劉進明知道問了也是白問，羅獵絕對不會告訴他一個字，但還是忍不住張口問道：「該如何才能化解呢？」

羅獵笑道：「你覺得我會告訴你嗎？」

劉進下意識地搖了搖頭，道：「我知道你不會告訴我，其實，你也不知道該如何化解，你這麼說，無非就是想看到我的窘態。」

羅獵道：「錯！我不告訴你，只是因為你做不了耿漢的主。」

劉進稍顯驚異，道：「聽你這麼說，似乎你願意告訴咱們耿老大？」

羅獵笑了笑，道：「會不會告訴他，那要看他能不能出得起我要的價碼了。」

劉進道：「你想要怎樣的價碼？」

羅獵再是呵呵一笑，道：「你又做不了耿漢的主，跟你說了，不是浪費口舌麼？我覺得啊，此刻你應該問我的是我為什麼要這麼做。」

劉進略加思考，道：「是啊，你為什麼會這麼做呢？」

羅獵道：「我這麼做自然有我的道理，等見到了耿漢，我自然會對他合盤托出，現在就說了，缺了點神秘感，不便我索要高價。不過，我可以告訴你的是，我等這一天已經等了好久了，我不斷地給你們創造機會，可你們始終無動於衷，還好，你們並不算太笨，就在我快要失去信心的時候，終於等來了你們。」

又是一個十字路口，羅獵像是條件反射一般，再次咳嗽起來。這一次，劉進主動讓開了短刀，以便羅獵能夠輕鬆側開身子，將痰吐出車外。

「聽你這麼說，就好像是你故意被咱們擒獲似的。」待羅獵吐完了痰，劉進再將短刀架在了羅獵的脖頸上。

羅獵笑著回道：「這倒不是說我一個人能幹得過你們五個，真的拚了命，我最多也就是殺了你們其中的兩個或是三個，但我的下場也不會好過，身受重傷應該是必然，說不定還會就此丟了性命。我說等著你們，指的是我這十幾天來，每天都是在幾乎同一時間趕去神學院，你們也不想想，我又不信上帝，幹嘛往那邊跑呢？無非就是找個藉口，給你們創造一個綁架劫持我的機會而已。」

劉進先是被羅獵點明破綻而被驚到，隨即又因此破綻似乎無解而絕望，再後來羅獵說他可以輕易破解再次燃起了劉進的希望，到最後又聽到了羅獵說他等著被劫持的說詞，那劉進的思維就像是坐了一趟過山車一般，忽高忽低，忽絕望忽希望，其方向已然在不知覺間被羅獵帶偏了。

「咱們不是笨，咱們早就想到了這個辦法，只是，這之前你每天在趕往神學院的路上，身後總是有董彪在跟著。」說到了董彪，劉進不由一聲歎息，接著道：「徒手相搏，又或是長短兵器，咱們絕對不怵董彪，但要說他手中的兩把左輪，確是咱們無法對付的武器。咱們內機局的弟兄也練過槍，但跟董彪相比，差了又何止十萬八千里啊。」

羅獵驚疑道：「你說彪哥一直跟在我後面？怪不得！我就想嘛，那耿漢不至於那麼笨呀，怎麼連這個辦法都想不到呢？原來是顧忌彪哥手中的槍，這就合理了，說實在的，彪哥用不著他的那杆步槍，只是手中兩把左輪，就絕對夠你們喝上幾壺的了，搞不好，就算把你們的人全都搭進去，也撈不著我的一根寒毛。」

劉進感慨道：「是啊，所以一直拖到了今天，咱們才想辦法支開了董彪，這才得到了對你下手的機會。」

羅獵檢討道：「我早就該關注一下身後的，要是我知道彪哥一直跟著我的話，就會想辦法支開他了，要不然，也不會等到了今日，說實話，我早就等著急了，你們若是再不動手的話，我都要放棄我的這個計畫了。」

劉進慶幸道：「好在咱們還是把握住了機會。有句話說得好，好飯不怕晚，只要能吃得到，你放心，只要你開出的條件不過分，咱們耿爺一定會答應你的。」

羅獵笑道：「我當然不會開出過分的條件，交易嘛，講的就是一個公平。」

劉進的眼神中透露出了些許讚賞的神色，並下意識地將架在羅獵脖頸處的短刀拿了下來，道：「說得好，只要是公平的交易，就一定能得到令雙方都滿意的結果。」

羅獵突然盯著劉進看了一眼，詭異一笑，道：「我說，咱們之間的氣氛有些不對勁啊！你是劫匪，我是人質，怎麼恍惚間咱們快處成了朋友了呢？你還是趕緊把刀架上來吧，不然我會很不適應的。」

劉進苦笑了一聲，重新將短刀架在了羅獵的肩上，而這一次，那刀刃卻離了羅獵的脖頸足足有十公分之遠。

車子穿過了市區，徑直向海邊駛去。

一路上，每到一個路口，羅獵都會發作一陣咳嗽，然後吐上一口或是兩口痰液。

「還有多遠啊？我擔心這車子裡的油不夠用，咱們可不能在半道上拋了錨哦！」羅獵向前探了下身子，看了眼顯示油壓的一個錶盤。

劉進回道：「快到了，最多還有十里路。」

羅獵道：「等到了後我得好好睡上一覺，這兩天感覺特別疲憊，像是染了風寒，痰特別多。」說罷，又是一陣咳嗽，然後再吐出了一口痰來。

劉進道：「聽著海濤睡著覺，睡得會更加踏實，我也剛好借這個時間去把耿爺請過來。」

羅獵點了點頭，道：「怪不得濱哥派出了那麼多人，卻始終打探不到你們的蹤影，原來你們是躲在了船上，好計謀啊！」

劉進不免一怔，對羅獵又生出幾分讚賞，他只是提了句聽著海濤睡覺，那羅獵馬上就能想到他們是躲在了船上，其思維之敏捷，不由不讓人欽佩。

十里路也就是不到十分鐘的車程，車子隨即駛到了一個不大的漁港，港口處停泊著一艘鏽跡斑駁鐵駁漁船，劉進親自將羅獵送上了鐵駁船的艙室。安頓好了羅獵，劉進再交代過了留在船上的兄弟，然後下了船。

鐵駁船隨即便起錨駛離了港口。

劉進叮囑了開車的那兄弟兩句，那兄弟隨即將車子重新發動了，一頭紮進了大海之中。好在車廂是半開放的，那兄弟在車子沉入海底之前，擺脫了車廂，游回到了岸上。

上岸後，那兄弟來不及處理一下自己一身濕透了的衣服，便跟著劉進上了另一條船。相比剛才那艘鐵駁船，這條船要小得多，簡陋得多，甚至一個人就足夠駕駛。

俗話說狡兔三窟，耿漢比狐狸還要狡猾，因而其藏身之所就絕對不止三處，而且，就連劉進也無法確定那耿漢藏到了什麼地方。這倒不是耿漢不信任劉進，而是他不相信重刑之下能有人挺得住，萬一那劉進失手，自己的藏身之所就很有可能暴露了。因而，平日裡只有耿漢能找得到劉進，而劉進絕無可能主動找到耿漢。但今天卻是個特殊的日子，耿漢需要劉進及時向他彙報行動的結果，因而便提前約定好了見面的地點以及方式。

那渾身濕透了的兄弟駕駛著那條機動小船載著劉進沿著海岸線向南航行了大約十海浬，停在了距離海岸線不遠的一處島礁邊上，劉進從船上搬下了一捆木材，在島礁岸邊燃起了一堆火。火勢起來後，劉進卻不住地往火堆上潑著海水，這可不是他的無聊之舉，這麼做，為的只是能讓火堆生出濃煙。

火堆快燃盡之時，終於看到遠處駛來了一條差不多大小的機動小船，船上只有一人，正是劉進要找到的耿漢。

「還順利麼？」耿漢泊好了船，跳上了岸，隨口問了一句，事實上，他已經從劉進的神態中判斷出來，行動一定很是順利，那羅獵已然到手。

劉進卻搖了搖頭，道：「老大，咱們忽略了一個問題。」

耿漢道：「出了什麼問題？難道是沒擒住羅獵？」

劉進搖頭道：「羅獵倒是擒住了，已經按計劃送上了船，現在距離海岸至少也得有個一二十海浬。我是說咱們的計畫少考慮了一個環節。」

耿漢驚疑問道：「什麼環節？」

劉進輕歎道：「咱們以為那貨船駛離港口進入大海深處，只要防住了曹濱、董彪，不要讓他們偷偷摸到了船上，咱們便大功告成了。可是，咱們卻忽略了一點，那曹濱跟咱們做完了交易，換回了羅獵，便可以調動聯邦海軍的軍艦，追上咱們。」

這邊剛提到聯邦海軍，耿漢隨即便想到了當初比爾・萊恩一夥的覆滅，那一戰，恰恰是因為曹濱出人意料地藉助了聯邦軍隊的力量，才破了他設下的妙局。

「這……」耿漢沉吟片刻，卻不得不承認確實是自己忽略了的一個問題：「這一點確實是沒想到，而曹濱確實有可能這麼做，假若真成了這樣的結果，咱們又該如何破解呢？」耿漢的兩道眉毛不禁鎖成了一坨，只是，思考了好久，那一坨眉頭不見舒展，反倒更加緊鎖。

「老大，你可能想不到這個破綻是羅獵提醒我的吧！」劉進眼看著耿漢臉上的愁雲越發明顯，忍不住說出了實情：「他還說，這個破綻對咱們來說是一個無解的破綻，但對他來講，卻可以輕而易舉地解決了。」

耿漢瞪圓了雙眼，驚道：「你說這破綻是羅獵提出來的？」

劉進點了點頭，道：「您都沒想到的破綻，我哪裡能夠想得到？」

耿漢再次苦思，並呢喃道：「他為什麼會這樣做呢？」

劉進插話道：「他說了，他想跟你做筆交易，只要你答應了他開出來的條件，那麼他就會告訴你破解的辦法。」

耿漢苦笑道：「只是這麼簡單嗎？這其中就不會有陰謀嗎？你再仔細回憶一下，他還跟你說了些什麼？」

劉進道：「他還說了，這些日子以來，他每天早上去神學院，實際上是故意給咱們創造劫持他的機會，還說咱們實在是太笨，讓他等了好久，咱們才想到了劫持他跟曹濱做交易的辦法。」

耿漢更糊塗了，瞇著雙眼想了半天，才問道：「那你們儘早動手的時候，他是怎樣的表現呢？」

劉進如實回答道：「我刺了他兩刀，他向後退了幾步，隨後咱們便將他圍上了，而他也就放棄了反抗，很配合地跟著咱們上了車來到了停船處。」

耿漢沉吟道：「這麼看來，他並不像是在說謊，可是，他如此做法，又是為何？這究竟是他的個人意願，還是曹濱的有意安排呢？」

劉進建議道：「老大，我以為你應該去見見羅獵，他沒有了飛刀，便是一頭掉光了牙齒的老虎，對你構不成任何威脅。再說，那船在大海深處，也不怕會走漏了消息。」

耿漢長歎了一聲，道：「你說得沒錯，是應該跟他見上一面，不然的話，這些個中蹊蹺，單是自己琢磨卻是很難能琢磨清楚的。」

劉進道：「是啊，我也問過他為什麼會這樣做，他回答我說，等見到了你，自然會坦誠相告。」

話說到這兒，劉進、耿漢二人的心思形成了截然相反的兩種狀態。

對劉進來說，他找不出懷疑羅獵動機的理由。曹濱應該是瞭解耿漢的，應該知道，即便擒獲了耿漢，也難以得到那枚玉璽，唯一的機會便是羅獵提醒的那個破綻，待他們的貨船航行在大海深處的時候，調動聯邦軍隊的軍艦追上去，一了百了。但這唯一的破綻卻被羅獵主動提及出來，這只能說明那羅獵跟曹濱並非一心。而羅獵說了，他是有辦法化解了這個破綻的，因此，劉進以為，只要耿漢能答應了羅獵提出的條件，那麼，此計畫最終的勝利還是屬於他們。

但耿漢卻不是這般認為。相比劉進，耿漢的思維更加縝密，也更多疑，在他的腦海中揮之不去的有兩個疑問，一是那安良堂內部究竟是怎麼了？以至於呂堯跟曹濱反目成仇，且羅獵也顯露出跟曹濱有了二心。二便是那個破綻分明無解，羅獵卻說可以輕而易舉地化解掉，此種說法究竟為真還是騙招？這兩個疑問使得耿漢的心中冷涼如冰，他已然生出了失敗的預感，若不是局面至今仍處在可控且安全的狀態，他或許已經做出了徹底放棄的決定來。

想到了眼下的局面，耿漢稍有欣慰，呂堯也好，羅獵也罷，不管他們是真是假，亦不管他們究竟是何目的，但眼下，此二人卻牢牢地掌控在自己的手上。而且，劉進手下的這一支弟兄隊伍，早年都經過耿漢的親自調教，在跟蹤與反跟蹤方面上絕對經得起考驗，即便是曹濱有意做局，他們也能擺脫了安良堂的跟蹤監視。

「稍安勿躁，待呂堯那邊安排妥當傳來訊息之後，咱們再去見見那羅獵也不遲。」耿漢思前想後，最終還是決定跟羅獵見上一面。

對耿漢劉進來說，呂堯不過是他們在跟曹濱對弈的棋盤上的一顆棋子，雖然很重要，但發揮過作用之後，便儼然成為了一顆廢子，至於劉進當初跟他見面時所說到了大清朝仍舊有用得著他的地方的話語，那不過是一種談判技巧而已。

只是，這個棋子雖然成了廢子，但尚未成為棄子，不管真假，此刻將其控制起來，切斷他與曹濱、董彪之間的聯繫，對自己這一方只有好處而無弊端。

等了約莫有多半個小時，海岸線的方向終於駛過來了一條小船，駕船的那位，正是假扮成郵差給呂堯傳遞過信號的那位弟兄，那弟兄帶來的是不出意料的好消息，耿漢聽完了彙報，沉吟片刻，令道：「是時候去跟羅獵見面了！老劉同我一起前去，你二人將船駛回去，然後在山裡等著我！」

耿漢、劉進登船之時，羅獵在船艙中依舊酣睡。

「他有什麼異常舉動嗎？」耿漢沒著急叫醒羅獵，而是耐心地坐了下來，詢問起羅獵上了船之後的表現。

船上弟兄應道：「這小子暈船，嘔吐了好幾回，才消停了沒多久。」

「暈船？」耿漢不由地向海面上張望了兩眼，道：「這海面風平浪靜，待在船上跟待在陸地上沒什麼兩樣，怎麼會暈船的呢？」

船上弟兄不好意思地笑了下，道：「咱們沒走直線，在海面上兜了幾個彎子。」

那弟兄一邊說著，一邊用手比劃出了一個S形狀來。「船開得又有些快，別說他了，就連我自個也覺得有些暈呢。」

耿漢點了點頭，道：「你們做得對，謹慎一些總是沒壞處。」

船上弟兄得到了耿漢的表揚，很是興奮，殷勤問道：「老大，要不要把那小子叫起來回答你的問話？」

耿漢點上了一支香煙，抽了一口，噴著煙回道：「讓他睡一會吧，你們儘量將船行駛得穩當些，人若是休息不好，就會影響情緒，情緒低落，便會影響交談。咱們有得是時間，等得起他。」

這一等，便是兩個多小時，直到過了午時，那羅獵才從酣睡中醒來。

睡了那麼久，羅獵的面色看上去仍舊很不好看，精神頭也頗有些萎靡不振，船上弟兄將他請到了甲板上，那羅獵見到了耿漢、劉進二人，也只是懶懶的打了聲招呼：「我們見過面，我認得你，你就是耿漢。」

耿漢讓船上兄弟為羅獵安排了椅子坐了下來，並仔細地打量了羅獵一番，笑道：「沒錯，我們是見過面，你的飛刀使得不錯，快趕上你師父老鬼了。」

羅獵冷哼了一聲，道：「他也是你的師父！」

耿漢搖了搖頭，歎息道：「我倒是想叫他一聲師父，只可惜，他老人家看不上我，一點情面不留便將我逐出了師門。」

羅獵嘲諷道：「那能怪誰？師父他最痛恨的便是朝廷鷹犬，而你，卻是內機局的骨幹，師父僅僅是將你逐出師門已經是很講情面了，若是換做了我，廢了你的一身武功可能只是起步。」

耿漢笑道：「他老人家倒是想殺了我呢，可我跑得比他快，他追不上我，便只能以逐出師門這種不痛不癢的懲處方式來糊弄一下江湖了。」

羅獵擺了擺手，道：「算了，算了，跟你這種人也講不出什麼道理來，說多了反倒傷了和氣，最終落下個兩敗俱傷的結果可就不好看了。耿漢，你手下應該跟你彙報過了吧，對那個破綻，你可想出了應對策略？」

耿漢面帶微笑，點上了一支香煙，慢悠悠美滋滋抽上了兩口，這才道：「我若是想出了應對策略，還需要來見你麼？說吧，什麼樣條件才願意告訴我你的答案？」

羅獵呵呵笑了幾聲，道：「耿漢，你很聰明，可我也不傻。這種對你而言絕對無解的破綻要想化解開，必然得找到濱哥、彪哥最大的軟肋。而我羅獵落在了你們的手上，卻絕非是濱哥、彪哥最大的軟肋，最多只能換來你們順利地將貨物裝上輪船，卻絕無可能逃脫掉聯邦軍隊軍艦的追擊。所以，一旦我說出答案來，我羅獵的價值便會迅速歸零，到時候，你只需要捅上我幾刀，然後將我丟進大海中去，便是萬事大吉大功告成，哪裡還用得著顧忌我開出的價碼呢？」

羅獵的這些話，句句在理，耿漢聽了，也是不得不信。

對曹濱來說，羅獵的性命確實重要，拿來交換那批貨物應該不存在問題，但若是想得到曹濱不動用聯邦軍艦的承諾卻是極為蒼白，即便那曹濱承諾了，誰也不敢相信。耿漢曾經想過，將羅獵留在貨船上，以此要脅曹濱不可輕舉妄動，但再往深處想，曹濱絕不是一個為了兄弟性命而願意拋棄大義之人，甚至，為了他心中的大義，他連自己的性命都敢於犧牲。因而，若是以羅獵為最終終極要脅籌碼的話，恐怕連將貨物裝上輪船的目標都難以達到。

那麼，就必須得找到曹濱更大的軟肋！

面前的羅獵很顯然是個聰明人，又在安良堂中以接班人的身分廝混了八個多月，對曹濱對董彪理應無比熟悉，他能理解並掌握了曹濱的最大軟肋，應屬情理之中。

「那要怎樣你才肯說出你的條件？」耿漢不自覺地做出了妥協，後退了一步。

就像是徒手搏鬥，在絕對的力量面前，所有的搏擊技巧都是徒勞，而在談判中，比拚的核心則是心態，心態上輸給了對手，那麼任由談判技巧多麼精妙，也難逃被被對手牽著鼻子走的下場。耿漢不自覺地做出了妥協，也就意味著他在心態上已經輸給了羅獵，那麼，在接下來的交談中，勢必會被羅獵所主導。

而羅獵佔據了主導地位後並沒有急於求成，而是呵呵一笑，說了一句令耿漢，包括身旁的劉進同時大跌眼鏡的話來：「我餓了，我想先吃點東西，我這個人嘴很叼，不合口的飯菜寧願餓死也不會動一筷子。」

船上是備有食物的，但對面的羅獵卻已然把話說死了，不可口的飯菜他絕對不吃，拿出船上儲備的食物來招待他必然是碰壁的結果。耿漢愣過之後，思忖了片刻，向船上弟兄喝令道：「船轉舵，駛回港口。」

第三章

高瞻遠矚

總堂主高瞻遠矚，
認為依靠法律是無法保障華人勞工的合法利益的，
很多時候，武力或許比法律來得更有實效，
因而很早之前便產生了建立堂口的念頭。
而曹濱的出現，以及他對曹濱認識的深入，
加速了他要建立安良堂的這種想法。

就在這艘船緩緩調轉方向的時候，一名乞丐牽著一條獵狗出現在了那艘船長期停泊的碼頭附近。乞丐蓬頭垢面，依然看不出是洋人還是華人，倒是那條狗，身上雖然髒不拉稀的，但舉止之間卻始終透露著只有純種的德國牧羊犬才具備的高貴氣質。

一人一犬在碼頭附近轉悠了一圈，既沒有討到錢，也沒有要到食物，那乞丐顯得很失望，唉聲歎氣地牽著那條牧羊犬步履蹣跚地離開了碼頭。

再過了片刻，一個洋人模樣的魚販子帶了幾名華人苦力挑著筐來到了碼頭，四處詢問是否有漁船歸來能讓他們收購一些海產。巧的是，剛好有一艘漁船靠上了碼頭，那名魚販子立刻帶著人圍了上去，一番討價還價後，那魚販子將漁船上的海產品全都包了圓。可能是價格上討到了便宜，也可能是買到了不易買到的海產，那名魚販子在離開的時候，笑容很是燦爛。

漁港雖不大，可以泊船的碼頭也就那麼三五個，但每天前來收貨的魚販子可是不少，有熟悉的人們，也有陌生的面孔，像剛才那個洋人魚販子，實在是稀鬆平常。至於那名牽著狗的乞丐，更是不惹眼，除非是颳風下雨，否則一天下來，至少也能遇上七個八個的。

從第二個碼頭走上來，路口處開著一家中餐館，說是飯館，其實也就是一間平房當做廚房，再搭了兩個竹棚擺放了四張桌台。這家館子的條件雖然簡陋，但掌勺的師傅卻是廚藝精湛，不管是什麼魚還是別的什麼海產，只要是交給了他，不多一會便可以擺弄出一道道色香味俱佳的菜餚來。這家館子開了沒多久，但掌勺師傅的精湛廚藝卻已經傳遍了當地，因而生意還算不錯。奇怪的是，不管有多忙，館子裡卻只有兩人打理，一個做菜，另一個跑堂。

跑堂的是一個年輕後生，說著一口生硬的英語，中午食客較多，這後生忙裡忙外忙了個不可開交，因而，當那名牽著狗的乞丐前來討吃的時候，那後生沒好氣地趕走了乞丐，差一點就動了拳腳。待那魚販子到來之時，那後生也只是愣了幾秒鐘，打量了幾眼那個魚販子以及身後跟著的苦力，便該忙什麼去忙什麼了。

午時已過，館子裡的食客少了許多，掌勺師傅終於得到了些許空閒，從廚房中走出，來到了竹棚下。跑堂的後生立刻迎了過去，先遞上了一根洋煙，然後劃著了火柴。掌勺師傅剛點上了煙，就聽到海面處傳來兩短一長三聲汽笛聲。

掌勺師傅和跑堂後生聽到了汽笛聲，臉上神情同時一凜，掌勺師傅趕緊猛抽了幾口，將剩下的半截香煙丟在了地上，轉身鑽回了廚房。那跑堂後生緊跟其後，也鑽進了廚房之中。

再過了一刻鐘，耿漢他們乘坐的那艘鐵駁漁船靠上了碼頭，而這邊小館子中，掌勺師傅也擺弄出了四道精美菜餚，跑堂後生用食盒裝好了，一路小跑，下到了碼頭，並親自送上了鐵駁船。船上弟兄早已在甲板上擺好了一張圓桌，跑堂後生一言不發，手腳麻利地將四道菜擺在了桌面上，並從食盒最底層拿出了幾個熱騰騰的饅頭。

「嘗嘗吧！」耿漢背向著海岸坐在了羅獵的對面，悠閒自得地點上了一支香煙。

羅獵毫不客氣，更是毫無顧忌，左手抓了個饅頭，右手拿起了筷子，一邊大快朵頤，一邊連聲稱讚：「好吃！真好吃！比起安良堂後廚的手藝來，一點也不差。」

羅獵吃東西的動作很是誇張，但吃的速度卻很一般，一餐飯吃了足足十分鐘卻沒見到有停下來的跡象。

耿漢倒是有著足夠的耐心，一直笑吟吟看著羅獵，從頭到尾都未開口說話，只顧著一口接著一口抽著手中的香煙。

就在耿漢剛點上了第三根香煙的時候，羅獵突然放下了手中筷子，詭異一笑，道：「我突然不想吃東西了，我現在迫不及待地想跟你談成這筆交易。」

在回港的海面上，耿漢就意識到了自己的心態出現了問題，若是不能及時調整過來的話，恐怕會被羅獵牽著鼻子占盡了便宜。也是那耿漢的調整能力極強，當羅獵拿起筷子的時候，他已然將迫切的心態調整了回來。

此刻，耿漢面帶微笑，彈去了煙灰，不急不躁回道：「哦？那很好啊，我一直在洗耳恭聽。」

羅獵呵呵笑道：「再說正事之前，我想先問你一個問題。」

耿漢心忖，這無非想搶佔談判先機的花招罷了，那就以不變應萬變，看你小子能使出怎樣的招數來！「有什麼問題請儘管開口，我一定會知無不言，言無不盡。」

羅獵伸出了右手，以拇指及食指中指做出了手槍狀，擺在了自己面前，笑問道：「耿漢，聽說你一身本事頗為博學，那你聽沒聽說過手指槍這種神功？」

耿漢心中一怔，不由問道：「你說的手指槍功夫，可是類似於一陽指之類的硬氣功麼？」

羅獵緩緩搖頭，道：「不是，我說的手指槍是將真槍化作手指形狀，指哪打哪，跟真槍的效果幾無差異。」

耿漢難免有些惱火，這哪裡是交易談判？這分明是戲弄調侃！但轉念一想，或許那羅獵正是想用這樣的法子來擾亂自己的思維，於是便壓住了怒火，淡淡一笑，回道：「這世上哪裡能有這樣神奇的功夫呢？除非是你活在了夢中。」

羅獵呆呆地盯著他的那把手指槍，幽幽歎道：「每當天空中升起了招魂幡的時候，我的這把手指槍便再也按捺不住。耿漢，你可以回頭看看，天空中是不是升起了招魂幡？」

耿漢淡淡笑道：「想騙我轉頭，然後對我發起突襲是麼？羅獵，這一招太俗了，騙不了我的。」

耿漢不上當，但一旁的劉進卻忍不住側過臉來看了一眼，不禁驚呼道：「天上真有東西飄著哦！」

劉進斷然不會欺騙耿漢，聽到了劉進的驚呼，耿漢不動聲色地從懷中掏出了墨鏡，當做了鏡子，向後照了一下，看過之後，不由笑道：「那不過是個風箏。」

羅獵呵呵一笑，道：「那確實只是個風箏，我只是奇怪，春天才是放風箏的季節，現在是深秋，居然有人放風箏。好了，玩笑開過了，心情也放鬆了，我們也該說正事了。」

耿漢剛緊張起來的情緒隨之放鬆，那劉進更是鬆了口氣，不由地長吁了口氣。

「我的條件很簡單，耿漢，你我之間需要一場公平的對決，只要你答應了我，我便會告知你那濱哥、彪哥最大的軟肋。」羅獵慢悠悠說著，眼睛卻始終盯著他的那把手指槍。「至於對決的方式，是徒手相搏亦或是兵刃相見，由你來定奪。」

羅獵提出的這個條件大大出乎了耿漢的意料，不由一怔後，耿漢冷笑道：「你以為你是我的對手麼？」

羅獵歎道：「我的戀人，艾莉絲，一個美麗善良的女子，雖然不是你耿漢所殺害，但卻是由你的緣故而身亡，你是我的仇人，我必須和你決一死戰，贏了你，我可以了卻心願，輸給你，我同樣不會再有遺憾。」

耿漢深吸了口氣，道：「你如此年紀便有如此氣概，我敬重你這樣敢作敢當之人，好，我答應你，只要你說出曹濱最大軟肋，我就和你來一場公平公正的對決。」

羅獵點了點頭，道：「留給我的時間不多了，我也就不再跟你磨嘰了，聽好了，濱哥、彪哥最大的軟肋就是你耿漢的性命，只要你死了，那批貨想運到哪兒就運到哪兒！」

這話說出，對耿漢而言，已經不再屬於戲弄調侃的範疇，而是明端端的羞辱。那耿漢尚能一時保持鎮定，可身旁的劉進卻已是暴跳如雷，倏地挺身前衝，伸出巴掌便要向羅獵搧過來。

電光火石間，羅獵指向了衝過來的劉進，手指微抖，同時雙唇猛然張開。

「砰——」

果真是一聲清脆的槍響。

劉進應聲倒地。

羅獵玩得興起，左右手同時開弓，胡亂指了一通。

「砰砰砰——」

槍聲連連，響成了一片。

船上之人，除了耿漢，僅在幾秒鐘之內，便全都死傷在了羅獵的「手指槍」下。

「現在，你相信手指槍神功了嗎？」胡亂指了一通後，羅獵最終指向了耿漢。

槍響第一聲的時候，耿漢便聽得真切，那是實實在在的槍聲，絕非是羅獵口中模仿出來的。那一瞬間，耿漢已經恍然，自己終究還是著了安良堂曹濱、董彪的道，此刻，整條船的甲板已經控制在了董彪的槍口之下。

面對似笑非笑以手指指向了自己的羅獵，耿漢卻不敢輕舉妄動，他有十足的把握在一擊之下制服眼前這位囂張無比的小子，但同時也很清楚，他再怎麼快，也快不過董彪手中步槍射過來的子彈。

「你答應過我的，我告訴了你濱哥、彪哥最大的軟肋，你就會和我來一場公平的對決。」羅獵緩緩站起身來，收回了指向耿漢的手指，活動了一下四肢，淡淡一笑，道：「做決定吧，是徒手相搏？還是兵刃相見？」

槍聲咋響，港口碼頭上的人們紛紛四下逃散，混亂中，那名洋人魚販子扛了條步槍大踏步地向碼頭奔來，在路過那家小館子的時候，肩膀輕輕一抖，將步槍抖落下來，左臂當做了槍托，「砰砰砰」便是一通亂槍，那掌勺師傅及跑堂後生立刻倒在了血泊之中。

幹掉這二人幾乎沒有遲滯那洋人魚販子的步伐，也就是眨眨眼的功夫，便奔到了碼頭盡頭，跳上了羅獵所在的那艘鐵駁漁船。

「彪哥，你怎麼那麼快就上來了？我還沒玩夠呢！」見到了洋人魚販子，羅獵是一臉的不高興。

董彪三兩下去掉了偽裝，扛著步槍，站到了耿漢的面前：「耿漢，認輸吧！」

耿漢最懼怕的便是董彪扛著的那杆步槍，但步槍必須要保持了一定的距離才能發揮出完全的威力，眼下，單看董彪扛著槍的姿勢，顯然是缺乏了警惕性。耿漢登時意識到，這可能是他反敗為勝的最佳機會了。

像是無奈的一聲輕歎後，耿漢猛然彈起，身形向上的同時，左右手中各抖落出一柄飛刀，可就在這時，該死的槍聲又連著響了兩聲，那耿漢身形尚未展開，便已然墜落，跌倒在甲板上之後，再看過去，兩處肩膀已是鮮血汨汨湧出。

董彪懊喪地拍了下腦門，十分誠懇地道歉道：「都怪我，我應該早一點告訴你，今天擔任狙殺任務的不是我，而是濱哥。」

兩處肩膀中彈，饒是有著天下第一的武功也是白搭，那耿漢已然明白自己氣數已盡敗局已定，卻是連自殺的能力都已然失去，只能任由董彪、羅獵二人將他的傷口包紮了起來。

早先化妝成挑筐苦力的那幾名弟兄也上到了船上，董彪吩咐道：「把這艘船搜查仔細了，任何一個角落，任何一道縫隙都不許漏過！」

羅獵跟著補充道：「我的飛刀被他們拿走了，哥幾個，留點神幫兄弟找找啊！」

船不大，沒用幾分鐘的時間，弟兄們便將整條船搜了個仔細，連同死了的那些內機局的鷹犬，只得到了兩個收穫，一是找到了羅獵的飛刀，二是那劉進僥倖還剩了一口氣。

董彪揮了揮手，道：「既然還活著，那就一道帶回堂口吧。」

羅獵看了眼劉進的傷勢，道：「彪哥，算了吧，這老兄傷得不輕，只怕會死在了半道上，還是給他補一槍吧，省得他臨死前還要受一番痛苦。」

得到了董彪的同意，羅獵從堂口弟兄的手上借了把左輪，蹲到了劉進的面前，道：「老兄，對不住了，其實你這個人本質還不算太壞，只不過是跟錯了人走錯了路，長點記性吧，等下輩子投了胎轉了世，一定要做個好人。」

劉進吃力地睜開了眼，擠出了一絲苦笑，氣若游離道：「求你讓我死個明白，你們的人，是怎麼找到這兒來的？」

羅獵輕歎一聲，道：「這些天以來，我一直在服用一味特殊配方的藥，所以，吐出的痰液也會帶著這種藥味，找一條好狗，讓他嗅過了這種藥的氣味，然後一路循著我的痰液，便可以輕而易舉地找到這邊來了。說實話，這個計策其實並不怎麼精妙，只不過，你們太托大了。」

劉進眨了眨眼，代替了點頭，回道：「不是托大，是因為孤注一擲，所以也就忽略了一些環節。」

羅獵再歎了口氣，站起身來，將左輪扔給了堂口弟兄，道：「還是你來吧，我忽然下不去手了。」

堂口弟兄在船上拆了一塊床板，抬著耿漢撤出了碼頭。

路口處，一名乞丐牽了條純種牧羊犬早已經等在了那裡。

羅獵見到了，不由得噗哧一下笑出了聲來：「濱哥，假扮乞丐很好玩麼？都結束了，你還捨不得這副打扮？」

曹濱道：「我扮得不像麼？你怎麼能一眼就認出我來呢？」

董彪笑道：「他認出來的不是你，是你牽著的這條狗。」

羅獵問道：「呂叔那邊情況怎樣？」

董彪拉長了臉，回道：「第一，你不能叫他呂叔，不然，你就得改口叫我彪叔。第二，老呂他也是個老江湖了，對付幾個蟊賊還算不上什麼大事，你用不著為他擔心。」

羅獵道：「可是他屁股上有傷啊！」

曹濱道：「那點傷對老呂來說算不上什麼的。」

董彪跟道：「老呂最擅長的就是趴著不動打黑槍，他那屁股上的傷勢，剛好給他創造了理由。」

羅獵道：「按理說，耿漢的兩個藏身點應該相距不遠，這邊槍響了，老呂哥那邊也該動手了，怎麼就沒聽到槍聲呢？」

董彪道：「都說了，不用為他擔心，說不定，等咱們回到堂口的時候，人家老呂在堂口上正喝著茶吹牛呢。」

正說著，堂口弟兄開著三輛車過來接應，曹濱安排道：「你們三個，押著耿漢坐第一輛車。阿彪，羅獵，你們倆做第二輛車，我先不回堂口了，我去找一下卡爾，這案子拖了他那麼久，那夥計可是沒少遭罪。」

一路順利，回到了堂口，呂堯並沒有像董彪所期待那樣先一步回到了堂口。

耿漢雙肩中槍，兩條胳臂算是廢了，但尚能站立，自然也就能跪著。押送他的堂口弟兄將他扔在了堂口大廳中，喝令他跪下之時，卻遭到了耿漢的蔑視。

堂口弟兄就要動粗，卻被隨後趕來的董彪喝止住。「你們怎麼能這樣對待咱安良堂的客人呢？看座！上茶！我還有很多話要跟耿漢兄弟好好嘮嘮呢！」

耿漢冷笑回應道：「要殺要剮，悉聽尊便，但想從我口中得到玉璽下落，絕無可能！」

羅獵跟了過來，笑吟吟道：「讓你坐，你就得坐，讓你喝茶，你就得喝茶，膽敢強嘴，巴掌伺候。」

堂口弟兄早就憋得難受了，聽到了羅獵的話，立刻揚起了巴掌。

耿漢歎了口氣，乖乖地坐了下來。

董彪點了支煙，對著耿漢晃了晃煙盒，笑問道：「想抽支煙麼？這人啊，一旦受了傷，就更難忍住煙癮了。」董彪一臉壞笑，一口濃煙噴在了耿漢的臉上。「如實回答我一個問題，我就賞你一支煙抽，放心，跟玉璽無關。」

耿漢面無表情，卻不由深吸了口氣。

「問題很簡單，山德羅他們，是不是你殺的？」董彪從煙盒中抽出了一支香煙，在手中把玩著。

耿漢再深吸了口氣，回道：「山德羅背信棄義，死有餘辜！」

董彪呵呵一笑，道：「用是還是不是來回答我的問題，不管你的答案如何，只要你答了，我就請你抽煙。」

耿漢輕蔑笑道：「他背叛了我，我當然要殺了他！」

董彪點了點頭，站起身來，走到了耿漢身邊，將手中香煙塞進了耿漢的口中，並為他點上了火。「喬治，你聽到了嗎？湯姆的推測是正確的，兇手果然是他耿漢！」

董彪叫嚷了一聲，退回到了自己的座位上。

喬治・甘比諾應聲而出，身後跟著一個堂口弟兄。那堂口弟兄先一步向董彪彙報道：「彪哥，我已經如實跟喬治翻譯了你們的對話。」

喬治跟道：「謝謝你，傑克，你讓我親耳聽到了兇手的認罪，我知道，我沒有資格和你爭搶處決兇手的權力，但我乞求你，當你準備處決他的時候，能分給我一刀。」

董彪伸出了兩根手指，對著喬治晃了下，道：「兩刀，我的朋友，我會分給你兩刀！」

喬治頗為感動，點了點頭，然後跟著那位做翻譯的堂口弟兄退回到了後堂。

羅獵笑道：「彪哥，你真大方，既然能分給喬治兩刀，那就應該分給西蒙四刀。」羅獵轉而再對耿漢解釋道：「西蒙是艾莉絲的父親，你要為艾莉絲遇害擔當主要責任。」

董彪抽了口煙，端起了一側桌上的茶盞，並對耿漢做了個請的姿勢，呷了口茶水後，道：「喬治兩刀，西蒙四刀，咱們家羅獵怎麼著也得分個八刀，還有，這段時間你耿漢把咱們安良堂折騰地可是不輕，我跟濱哥也得分幾刀消消火，堂口的弟兄也得象徵性地一人來上一刀，折算下來，沒有個千兒八百刀的還真做不到公平。可是，我又敬你耿漢是條漢子，想給你留條全屍……」

耿漢吐掉了口中香煙，冷笑道：「恐嚇我是嗎？你無非就是想嚇到我，想讓我告訴你們玉璽的下落，告訴你們吧，癡心妄想，白日做夢！」

羅獵輕歎一聲，起身離坐，撿起了地上被耿漢吐掉的半截香煙，然後來到耿漢身邊，一隻手搭在了耿漢肩膀上的槍傷處，另一隻手捏著那半截香煙遞到了耿漢的嘴邊。「彪哥請你抽煙，你大爺的，沒抽完就吐掉算個什麼事？給我接著抽！」

耿漢稍有猶豫，羅獵已然手上發力，槍傷處登時襲來一陣鑽心的痛楚，耿漢無奈，只得張開嘴巴，接下了那半截香煙。

「你說，你怎麼就那麼不上路呢？」但見耿漢屈從，羅獵鬆開了手，似笑非笑道：「我都跟你說了，濱哥、彪哥包括我，只有一個願望，那就是殺了你。既然是必死無疑，幹嘛還跟自己過不去呢？眼睜睜看著自己今天被砍下一個手指，明天被捅上一刀，後天再被哪個不懂事的兄弟拉了泡屎拍在了你的臉上，可你卻只能是逆來順受，卻連個自戕了斷的機會都沒有，這很過癮嗎？」

耿漢清楚，安良堂沒一個人是善類，羅獵說的這些話，也絕不是危言聳聽，他們既然能說得出，就一定會做得到。好死不如賴活著，但這句話只適合普通人，對耿漢來說，賴活絕對無法接受，他寧願選擇好死。

耿漢同時明白，董彪、羅獵正是掐準了他的這種心態，才以這樣的設計來針對他，為的不過是想摧毀他的心理防線，從而得到玉璽的下落。

事實上，這種策略的效果的確不錯，有那麼一瞬，耿漢確實產生了放棄的念頭，既然是必死無疑，那玉璽跟自己也就沒有了關係，拿出來交換自己的痛快一死，倒也不失為一種好的選擇。但在接下來的一瞬間，耿漢的倔強和硬氣重新佔據了上風，心中打定主意，即便自己受盡了屈辱，也絕不讓他們如願得逞！

「那就來吧！我倒要看看你們的手段究竟有多卑鄙！」耿漢再次吐出了口中的煙頭，惡狠狠道：「千萬不要放過我，不然的話，今日我受到的屈辱一定會加倍償還給各位。」

董彪做出了恐懼狀，隨即又做出萬分慶倖狀，道：「幸虧咱們今天沒羞辱你，哦，對了，濱哥打你的那兩槍應該不算是屈辱吧？就算是屈辱，那你也應該算到濱哥頭上，對不？」轉而又對羅獵笑道：「咱倆算是討了個巧了，我看今天就這樣吧，等到了明天，咱們再繼續羞辱他，他這個人應該是說話算數的，明日的羞辱，一定不會加倍奉還給咱哥倆。」

貓捉耗子，有得是耐心戲耍獵物。羅獵心中也很清楚，跟耿漢的這場心理較量，絕不可能一蹴而就，於是便笑著應道：「我看行，順便提個建議，讓弟兄們都參與進來，羞辱他的人多了，等他奉還的時候，也會熱鬧些。」

話音剛落，堂口外傳來了動靜，羅獵眉頭微蹙，那董彪已然起身向外奔去，並喝道：「是老呂回來了！」

羅獵招呼過兩名堂口弟兄將耿漢押送下去，然後跟著董彪出了堂口大堂。

水池旁，停放著一只擔架，擔架上，一條白色布單蒙住了一個人形。

董彪呆立在樓道口，癡癡地看著那副擔架，緩緩且細微地搖著頭，臉頰上已然掛上了兩串淚珠。

「呂叔他……」羅獵跟著也愣住了。

董彪幽歎一聲，呢喃道：「老呂他怎麼就陰溝裡翻了船了呢？你說，他這大半輩子，多大的風浪都闖過來了，怎麼就死在了幾個小蟊賊的手上了呢？」

羅獵道：「彪哥，咱們過去再看呂叔一眼吧！」

董彪點了點頭，邁出了一條腿來，身形卻是一晃，差點要摔倒在地。羅獵急忙攙扶住了，兄弟二人艱難地移動著腳步，來到了擔架旁。

董彪顫抖著伸出了手來，掀開了擔架上的白色布單。

擔架上，確定是呂堯，只是，他仍舊保持著俯臥的姿態。

董彪怒了，手指一旁呆立著的馬通寶，喝罵道：「你是頭豬嗎？你家先生都已經去了，怎麼還讓他趴著呢？」

馬通寶挨了罵，卻未做任何解釋，只是臉上閃現出一絲不易覺察的詭異笑容。

「我他媽屁股疼，能不趴著嗎？」都以為成了屍體的呂堯突然間冒出了一句話來。

董彪被驚地一屁股跌倒在地上，而羅獵則大笑不已，手指董彪想說些什麼，卻又止不住笑而說不出來。一旁立著的馬通寶不敢放肆，卻也是捂住了嘴巴彎下了腰來。

「你個死阿彪！說好了是做場戲給他們看，意思一下就得了唄，你他媽非得真打實打，害得老子到現在都下不了床走不了路。」呂堯趴在擔架上，飽含著得意的笑容，數落起董彪來：「喲，怎麼臉上還掛上淚珠子了？老大不小的，又有那麼多弟兄看著，丟人不丟人？」

一向喜歡捉弄別人的董彪卻被呂堯扎扎實實捉弄了一番，這對安良堂來說，絕對是一件大事，不單是羅獵、馬通寶，但凡看過這一幕的堂口弟兄，無不是捂嘴偷笑。

董彪仍舊坐在地上，氣鼓鼓對著馬通寶質問道：「說，是不是你小子給老呂出的主意？」

馬通寶委屈道：「彪哥，您借我一個膽，兄弟也不敢啊。」

董彪呲哼一聲，道：「就老呂那個笨得跟啥似的腦袋，肯定想不出這種花招來，不是你又是誰？」董彪說著，眉頭倏地跳動了一下，然後便將目光轉向了羅獵，臉上同時露出了猙獰的笑容來。

羅獵二話不說，起身就跑。

破了案的董彪就要去追，卻被呂堯喝止住了：「站住！抬我進屋。」

董彪立住了腳，翻著眼皮道：「喂，這是在堂口哦！在堂口，我是大字輩排第一的兄弟，你老呂在我後面，怎麼能用這種口氣跟我說話呢？」

呂堯道：「靠，老子已經被濱哥逐出堂口了，現在只是來你小子的地盤上做客，在濱哥沒把話收回之前，你小子就得管我叫大哥！」

曹濱，董彪，呂堯，這哥仨的關係挺特殊，在沒入安良堂之前，他們仨是結拜兄弟，呂堯年紀最大，做了大哥，董彪年紀最小，做了三弟。但後來曹濱入了安良堂，隨後又將董彪呂堯二人招入了堂口，成了金山安良堂大字輩排名前兩位的兄弟，而董彪在前，呂堯在後，於是這兄弟三人的排位又成了曹濱高一輩，董彪與呂堯平輩卻排在呂堯之前的局面。

呂堯的理由沒毛病，雖說只是做戲，但曹濱的確說了將呂堯逐出堂口的話，在這話沒收回之前，那麼他和呂堯便只能以結拜兄弟的關係來論處。

「抬就抬，誰怕誰？」董彪彎下腰，抓住了擔架的兩支前把。

馬通寶隨後抬起了擔架的兩支後把。

「耿漢抓到了嗎？」呂堯趴在擔架上，看神色，很是享受。

董彪沒好氣地應道：「濱哥親自出手，哪還有他開溜的機會？」

呂堯道：「那就好，我這一頓板子總算沒白挨！」

但見堂口弟兄們都以看熱鬧的神情看著自己，董彪又上火了，邊抬著擔架，邊吼道：「你們這些不長眼的貨，就不知道趕緊去安排一下吃的喝的？都他媽不餓嗎？」

眾弟兄哄笑而散。

董彪跟著喊道：「通知後廚，今天彪哥高興，按最高標準置辦大宴，犒賞各位弟兄！」

眾弟兄的回應自然是歡喜高呼。

進了屋，堂口弟兄已經擺好了條凳等著了擔架，但在放擔架的時候，董彪卻故意裝作滑手將擔架頓了一下。呂堯被晃到了，一下子又扯到了傷痂，疼得是呲牙咧嘴。

終於出了口氣的董彪痛快地大笑起來。

爽了一把的董彪似乎意猶未盡，一雙大眼骨碌碌轉著，四下打量一番後，向堂口弟兄問道：「見到羅獵了沒？」

呂堯哎喲著接道：「你夠了哈，欺負完我了，還想再去欺負羅獵麼？」

董彪冷笑了兩聲，咬牙切齒道：「有仇不報非君子，那小子跑得了和尚跑不了廟，早晚我都得把便宜給賺回來！」

那董彪也就是乾過嘴癮，到了後廚把大宴做好，弟兄們將一間飯堂塞了個滿滿當當的時候，董彪早就將被捉弄的事給忘記了。「弟兄們這段時間辛苦了，我就不再多說廢話了，只一句，吃好喝好，不醉不算完！」

宴席開始之際，剛好也是曹濱歸來之時，身為堂主，他理應到飯堂中勉勵大夥一通，但聽說董彪已經過去了，曹濱便偷了個懶，單獨去了樓上會見了呂堯。

呂堯不便行動，董彪在自己的房間單開了一桌好菜，羅獵坐在呂堯身旁，正在往呂堯面前的餐盤中夾著菜。見到曹濱進來，呂堯掙扎著想要起身，曹濱急忙上前，按住了呂堯的雙肩：「大哥，你受苦了！」

這是呂堯挨過板子後第一次見到曹濱，便是曹濱那簡短的六個字，卻使得呂堯不禁濕了雙眼，頗有些激動道：「周瑜打黃蓋，一個願打，一個願挨，談不上受苦。」

曹濱再拍了拍呂堯的肩，然後對羅獵道：「今天是個高興的日子，我也好久沒跟呂老大喝上兩杯了，羅獵，你知道你該做些什麼了嗎？」

羅獵聳了下肩，撇嘴道：「不就是去拿酒麼！」

曹濱叮囑道：「我書房書櫃的最下面一層，二十年陳釀狀元紅，先抱兩罈過來。」

董彪在樓下飯堂中敬了弟兄們三杯酒，然後折回了樓上，進屋之時，曹濱剛巧打開了酒罈的封口。

「好香的酒！」董彪大喝一聲，連忙上前，從曹濱手中奪過酒罈，咕咚咚先倒了一碗，一仰脖子，喝了個乾淨：「嗯，這酒沒毒，可以暢飲！」

趴著實在是不方便吃喝，那董彪左看呂堯一眼右看呂堯一眼，終究忍不住了，將床上的被子墊到了呂堯的一側，道：「別嬌慣自己了，就算不能坐著，側躺著總該可以吧？」

呂堯勉強喝了兩碗黃酒，也是覺得這種姿勢實在遭罪，於是便在羅獵、董彪的攙扶下緩緩地翻了個身，換了個歪著屁股半坐半臥的姿勢。雖然有些累，但喝起酒來卻方便了許多。

看那仨老弟兄你一碗我一碗喝得痛快，再嗅著那醇厚馥鬱的酒香，更是因為逮住了耿漢，那羅獵心情大爽，對暢飲之事也有了些蠢蠢欲動。

可那董彪抱著個偏偏不給羅獵倒。「你不是說過喝酒誤事，今後再也不喝了麼？」

羅獵回嗆道：「瞧你個小氣鬼的樣子，不就是被我出的主意給捉弄了麼？值得這樣報復我嗎？」趁著董彪忽地又想起了被捉弄的事情而不由一怔的功夫，羅獵將嘴巴湊到了董彪的耳邊，悄聲道：「給你說個秘密，濱哥的櫃子裡原本有五罈酒，被我抱過來了兩罈，卻只剩下了兩罈，彪哥，你可明白其中蹊蹺？」

董彪琢磨了下，指著自己的鼻子，悄聲回道：「那一罈是偷了給我的？」

羅獵撇嘴笑道：「那就看你的表現嘍！」

董彪立刻換了一副嘴臉，笑顏逐開地為羅獵倒上了酒，並奉承道：「咱羅獵兄弟就是足智多謀，仗義重情，而且敢作敢當，來，彪哥敬你！」

董彪的奉承之詞原本是為了羅獵偷了罈酒留給了他的行為，但聽在了曹濱、呂堯的耳朵裡，卻理解成了羅獵甘冒風險以自己做人質終究將耿漢引了出來的壯舉，那呂堯也情不自禁舉起了酒碗，道：「羅獵兄弟配得上阿彪的這番讚賞，來，老呂哥也敬你一碗！」

黃酒度數雖然不高，但幾碗下去，羅獵難免也有了些酒意。興奮之下，不由得為呂堯的未來操起心來。

董彪看了眼曹濱，笑道：「濱哥，這一點還真的像你哩，自己的事可以先放在一邊，但兄弟的事，卻永遠擺在了前面。」

曹濱哼笑道：「這話聽上去怎麼像是在拍我的馬屁呢？好了，你還是跟羅獵解釋一下吧，省得他在哪兒瞎猜疑。」

董彪跟羅獵乾了一碗，吃了口菜，解釋道：「你當你老呂大哥只會經營賭場是麼？那你可就大錯特錯了，彪哥只會打打殺殺，根本不懂得生意之道，你濱哥比你彪哥要強一些，但也強不到哪兒去，咱們安良堂內，最會做生意的可是你老呂大哥。所以啊，不管是玻璃廠，還是咱們將來再要開辦的這廠那廠，都得交給你老呂大哥來打理。而且，堂口轉型的事情，早在五六年前你小子還沒來到美利堅的時候你老呂大哥便提出來了，只是那時候咱們安良堂的底子還沒有今天那麼厚實，所以才會磨嘰到了現在。」

不等羅獵有所反應，曹濱緊跟著說道：「對了，老呂，羅獵兄弟最近對玻璃製作工藝有著頗多的研究，我鄭重向你推薦他做為玻璃製品廠的工程師，你看如何？」

呂堯笑道：「那感情好啊！」

羅獵委屈道：「濱哥，你這不是趕鴨子上架麼？再說了，今天這麼高興，你怎麼偏撿些不開心的事情說呢？」

曹濱倏地一下沉下了臉來，董彪見狀，急忙附在羅獵耳邊悄聲道：「你今晚只管將濱哥灌醉，只要你盡力了，彪哥保管讓他收回成命！」言罷，背著羅獵給了曹濱一個會心的微笑。

可憐羅獵還是道行不夠，被那仨老大哥聯手誘騙，開始大碗大碗地放開了酒量。

酒是個非常奇妙的東西，憂愁的時候喝它，越喝越是憂愁，高興的時候，越喝越是高興。擒獲了耿漢，了卻了心願，羅獵自然高興開心，至於曹濱提及的玻璃廠工程師的不快，卻是完全可以忽略。

四個人最終喝完了四罈，要不是董彪擔心羅獵偷酒的罪行敗露，這場酒還不能算完。

散場的時候，羅獵還挺清醒，但回到了自己的房間，兩隻眼睛便有些迷糊了，草草脫去外衣，往床上一躺，連被子都沒蓋好，人便已經沉睡過去。這一覺，睡得是相當踏實，直到第二天臨近中午了，才睜開了眼。

自打艾莉絲遇害以來，羅獵從來沒睡過這樣踏實的覺，多日積攢下來的疲憊，也因這一覺一掃而空。

洗漱完畢，也到了堂口開午飯的時候，在飯堂中，羅獵見到了曹濱、董彪二人。

「濱哥，彪哥，早啊！」心情格外舒暢的羅獵打起招呼來聲音也輕快了許多。

董彪掏出懷錶看了眼，裝腔作勢道：「早什麼早啊？都已經快十二點了！」

曹濱當頭給了董彪一爆栗，笑道：「你還好意思說羅獵？你不就是比他早起了五分鐘麼？」轉而看了眼羅獵，道：「嗯，今天的氣色很不錯，待會有沒有興致跟濱哥出去轉一圈呢？」

羅獵瞅了眼董彪，回道：「今天還要羞辱耿漢哩。」

曹濱笑歎道：「想拿下他可不是一天兩天的事，先讓你彪哥辦著，等到了關鍵時刻你再上。」

羅獵想了想，覺得曹濱的話不無道理，於是便點頭應下了。

董彪突發奇想，建議道：「聽說馬菲亞挺會折磨人的，咱們是不是把喬治請過來跟耿漢過過招呢？」

羅獵笑道：「請什麼喬治啊？咱們身邊不是有個現成的馬菲亞嗎？」

董彪失口道：「西蒙？」

羅獵點了點頭，回道：「不是他又是誰？」

曹濱想了下，道：「這主意不錯，西蒙算是個老一輩的馬菲亞了，經驗一定很是老道，即便已經下不去手了，那也能給咱們支上幾招。」

羅獵道：「放心，只要跟西蒙說清楚了，便沒有他下不去手的道理，西蒙恨這個耿漢已經恨到骨縫中去了，彪哥，到時候你可要盯著點，可別讓西蒙把耿漢給整死了。」

後廚師父給三位端上了午餐，哥仨接著邊吃邊聊，說完了怎麼折騰耿漢的事，董彪又將話題轉到了曹濱昨日遇到的難題上。「濱哥，卡爾說的事，你到底怎麼打算的？」

曹濱輕歎一聲，道：「這是個兩難的事情，答應與不答應，似乎都有些不妥。」

羅獵忍不住問道：「濱哥，卡爾他跟你說什麼了？」

董彪搶著回答道：「昨天咱們擒獲了耿漢之後，濱哥去找了卡爾，想把那剩下的一千八百噸煙土的下落告知卡爾，順便也把這案子給了結了。可是卡爾卻跟濱哥說，那些貨最好不要經過警察局。」

羅獵驚疑道：「為什麼呀？這麼好的立功機會，那卡爾為什麼要左推右擋呢？」

曹濱歎道：「卡爾這個人還算是個講良心的人，不願意跟那幫孫子同流合污。」

董彪跟著解釋道：「卡爾跟濱哥說，上次查封的那兩百噸煙土，現在已是下落不明，而且，還有人威脅卡爾，要他管好了自己的嘴巴，否則的話，說不定哪天就會遭遇意外。」

羅獵氣道：「都是些什麼人啊！怎麼能那麼黑呢？」

曹濱道：「我最擔心的是他們拿到了這些煙土，不在美利堅合眾國銷售，而是運去了咱們大清朝。」

羅獵道：「他們沒有玉璽，不可能得到大清朝廷的允許，要賣也只能是偷偷摸摸地賣，那樣的話，根本賣不上好價錢來。」

董彪苦笑道：「問題是他們幾乎沒什麼成本啊！等到再得到了剩下的這一千八百噸，他們便可以包下一艘貨船，只是個運費，能要多少成本？到了大清朝，一兩煙土就算只賣十幾二十個銅板，那也是賺得盆滿缽溢啊！」

曹濱歎道：「更大的問題是這批貨只要運到了大清朝，勢必會把當地的煙土價格打壓下來，屆時，便會有更多的老百姓遭到大煙的毒害。」

羅獵思忖片刻，道：「那咱就把那些貨給毀了！」

曹濱深歎一聲，道：「我也想過這個處理辦法，可是，那麼多的一批貨，毀了它，勢必會有不小的動靜，若是被那幫黑心傢伙知道了，說不定就會報復咱們。」

羅獵不屑道：「那就跟他們幹唄，誰怕誰呀？」

董彪苦笑道：「可濱哥說的那幫黑心傢伙，很有可能是聯邦軍隊的人，咱安良堂的弟兄，再怎麼敢拚命，也拚不過聯邦軍隊啊！」

羅獵不禁愣住了。

曹濱用筷子點了下餐盤，道：「別發呆了，趕緊吃，吃完了咱們還有正事要辦呢！」

卡爾無疑是一個功利小人，而且還是個錙銖必報之人，可就是這樣的一個人，在大是大非的原則性問題上卻能把握住自己的立場。他期盼著能依靠上次查獲兩百噸鴉片的功勞而晉升職務，但是，當他發現查獲的鴉片不翼而飛的時候，他的道德底線終於被觸碰到了。憤怒和失望使得他隨時都可以爆發，可內心中拋卻不開的恐懼和羞辱又使得他無比消沉。

當曹濱找到他並告訴他剩下的一千八百噸鴉片已經找到，這案子隨時可以做出最終了結時，卡爾猶豫了好久，終究向曹濱說出了真相。「湯姆，警察局已經爛透了，他們不值得信賴，你是不知道，他們夥同了軍方的人，沆瀣一氣偷走了上次查獲的那批鴉片。假若你將剩下的鴉片交給警察局的話，恐怕會遭到同樣的下場。」

曹濱當然知道警察局很是腐敗，但他絕對想不到警察局居然能腐敗到這種地步。兩百噸鴉片絕不是一個小數目，而且，查獲之時，還有不少家媒體對此做了報導。曹濱跟軍方的人雖然很少交道，但也知道那些個光鮮軍裝裡裝盛的不過是一個個骯髒的靈魂，不過，這些骯髒靈魂居然如此膽大包天，卻是曹濱怎麼也不敢想像的。

「湯姆，相信我，你知道我是一個見了好處連命都不要的人，但在這件事上，我不能跟他們同流合污，他們偷走了真的鴉片，卻弄了一些假的易燃品當眾燃燒掉了，他們瞞得過市民，瞞得過上級，但卻瞞不過我卡爾。湯姆，我求你了，千萬不能再將剩下的鴉片交到警察局的手上，你還是親自把它給毀了吧。」卡爾當時很是激動，雙眸之中，甚至閃爍出淚花出來。「我想立功，我想晉升，但我更想對得起我自己的良心，對得起我身上的這兩顆警徽。」

曹濱起初的時候尚有些猶豫。

對安良堂來說，最為有利的處理辦法便是將這些失去了作用的煙土交給警察局處理，至於他們是真心銷毀，亦或是偷樑換柱，那都將跟安良堂沒有多大的關係。但隨後，曹濱便想到了這些經過偷樑換柱得來的煙土的去向問題。

曹濱最先以為，美利堅合眾國因為煙土貨源突然減少而價格暴漲，那些黑心貪腐傢伙們貪圖暴利一定會將這些煙土傾銷給當地的煙土商，但轉念再想，那幫人都是身有公職之人，在追求暴利之前，必先考慮安全風險，若是將貨賣給了當地煙土商的話，雖然能得到最優厚的利潤，但同時也要承擔最大的安全風險。

因而，曹濱隨即推斷，那夥人在得到了貨物之後，或許會將其中一小部分煙土分流到當地煙土商的手上，但其中的絕大部分，一定會被輸送到海外某個國家。而這個國家，百分百的應該是大清朝。

想到這兒之時，曹濱的心中登時變了滋味。

大清朝如此不爭氣，只要是長了一副洋人的面龐，便可以對著整個國家耀武揚威。那幫人既然有著軍方的背景，那麼，只需要通過裙帶關係，再分上適當的利益，說不定就能得到美利堅合眾國駐大清朝的官方機構的權威人士的幫助，從而打開並拓展了那批煙土的銷售管道。

「還要什麼玉璽？還要怎樣的交易？」曹濱在心中不禁唏噓不已感慨萬千，那一刻，他甚至為了耿漢的下場而感到不值。

矛盾中，卡爾再向曹濱提出了一個要求，希望曹濱能助他一臂之力，和他一道找到足夠的證據，將這幫黑心蛀蟲給挖出來，用神聖的美利堅合眾國法律來懲罰他們。

對此，曹濱既沒有答應，也沒有反對，只是告訴卡爾，他需要冷靜一下，需要好好想想。

從道義上講，曹濱是贊同卡爾的提議的，但從現實的角度看，此事太過重大，搞不好便會搭上整個安良堂，他曹濱付不起這樣的代價。

兩難中的曹濱經過了一整天的煎熬，仍舊沒能做出最終的決定。而他，說是要帶著羅獵出去轉轉，其實，卻是想去跟總堂主打個電話，求得他老人家的指點。

總堂主是位手無縛雞之力的讀書人。在曹濱尚未跟隨父親來到金山的時候，他便已經成為了金山華人勞工的領袖。

世上總有個誤區，認為習武才需要天賦，若非是天賦異稟骨骼清奇，絕無可能在習武的道路上達到頂峰。從文則不同，只要肯下功夫，飽覽群書，便可獲得相當造詣，從而成為一代大師。事實上，從文可不比習武簡單，同樣一本書放在不同的人面前，得到的結果必然不同，絕大多數人讀到的只是書中的故事，而只有極少數人才能從書中悟到更深一層的道理。

總堂主便是一個讀書的奇才，他有著過目不忘的本事，而且悟性極高，別人學習英文沒有個一年兩年的時間根本做不到流利對話，但總堂主只需要半年的光景，不單能說上一口流利的英文，還能讀得懂英文書，寫得出英文文章。來到金山的第三年，總堂主便獲得了律師牌照，這可是美利堅合眾國自打建國以來頒發給非洋人的有色人種的第一張律師牌照，在當時還引發了不小的轟動。許多洋人上街遊行示威，反對政府將律師牌照發給一個黃種人，但金山市政府以及議會組織了多場聽證會，但最終還是將這張律師牌照發給了總堂主。

沒辦法！誰讓總堂主對美利堅合眾國的法律那麼熟悉呢？甚至，連金山律師協會派出的五人精英團隊在面對總堂主的時候都落了個鎩羽而歸的結果。

總堂主在獲得律師牌照的第三年，十五歲的曹濱跟隨著父親來到了金山。曹濱不喜讀書，但學習的天賦卻是一點也不差，尤其是在語言的學習上，比起總堂主來，更是有過之而無不及。曹濱最大的愛好便是打架，在沒來金山之前，十五歲的他在當地已經成為了街頭小霸王。別人打架都是憑著一腔熱血衝上去幹就完了，但曹濱不一樣，跟別人對戰的時候，總是要瞅著對手招數的漏洞，追求一擊制勝的結果。

假若這一仗幹輸了，他不會懊惱，而是將自己關起來，仔細琢磨自己到底輸在了哪裡，待想明白了，想出克敵之道了，再去約上人家幹一仗，直到滿足了自己一擊制勝的目的。

來到金山之後的第二年，曹濱父親病故。沒有了父親的約束，曹濱更是一發而不可收，在華人勞工的群體中，他是一言不合便要開打，在面對洋人管理者的時候，他同樣是一言不合就要捲袖子揍人，而且，還從來不顧忌對方有多少人。

便是在這一仗又一仗的磨煉下，曹濱成了一個無師自通的搏擊高手，成為了令金山華人勞工群體聞聲色變的魔王級人物。

但這個大魔頭卻有個特點，特愛跟人掰叱道理。若是他占了理，那沒什麼好說的，對方不低頭，勢必大打出手，對方若是服了軟，那也得教訓一通。可若是他理虧了，則低頭陪笑，任由對方如何叱罵，卻從不還嘴更別提動手。

總堂主當時便是因為曹濱的這一特點而喜歡上了這個僅有十七八歲的小夥子，而曹濱也對這位傳奇式的華人領袖有著無比的敬重，一來二去，這一文一武老少二人竟然成為了莫逆之交。總堂主在閒暇之餘會指導曹濱讀一些有用的書，而曹濱也會指點總堂主練習幾招防身術。

總堂主高瞻遠矚，認為單單依靠法律是無法保障華人勞工的合法利益的，很多時候，武力或許比法律來得更有實效，因而很早之前便產生了建立堂口的念頭。而曹濱的出現，以及他對曹濱認識的深入，加速了他要建立安良堂的這種想法。

但當下已經來到了火槍為王的時代，早已經過了以冷兵器打天下的年代，曹濱在冷兵器上雖然強悍，但從未摸過槍械，卻是他的一大短板。為此，總堂主自掏腰包，給曹濱買了一把左輪還有百十發子彈。

曹濱一開始對槍械有著強烈的抵觸情緒，認為洋人的玩意用起來相當不趁手，尤其是近身相搏之時，那把手槍甚至連塊板磚都不如。這種觀點自然遭致了總堂主的訓斥，他一反常態，不再諄諄善誘，而是強迫曹濱練槍。一物降一物，那天不怕地不怕的大魔頭曹濱還就不敢反抗總堂主的強迫，乖乖練起了槍來。

被迫練槍，原本只是曹濱的權宜之計，可是，第一槍打出之後，曹濱真正的天賦顯現了出來，那一瞬間，他便愛上了洋人製造的這個破爛玩意。梅花香自苦寒來，再怎麼有天賦，也少不了苦加練習，愛上了槍械的曹濱，那段時間可是沒少讓總堂主花錢買槍買子彈。

「我當時還以為總堂主很有錢，可後來才知道，他為了供我練槍，居然借了一屁股的外債。」跟總堂主通完電話後，曹濱帶著羅獵來到了城外一座無名山上，登上了山頭，曹濱跟羅獵講述起了當年總堂主和他之間的故事。

羅獵唏噓道：「我能理解，當時彪哥教我練槍時就騙我說用的都是快過期的子彈，不值錢，我當時也信了，後來才知道，就算是快過期的子彈也是一大筆錢。」

曹濱笑道：「你用的錢算是少的了，你彪哥在這上面的花費那才叫一個一大筆錢呢！我教他練槍的那一年，他差一點就掏空了安良堂的家底子，害得我差點沒學總堂主出去借債去。」

羅獵跟著笑道：「濱哥要是借債的話，一定是向洋人們借，而且還是有借無還，對不？」

曹濱哈哈大笑起來。「你說的沒錯，事實上，你彪哥練槍所花的錢，也是我跟彪哥老呂哥一塊向洋人們借來的，你彪哥應該跟你聊過，那段時間，老呂望風接應，我跟你彪哥爬船偷貨，這種齷齪事情，我們可是沒少幹過。」提起了當年往事，曹濱的臉上不由地蕩漾起幸福的微笑。

羅獵撇嘴道：「什麼沒少幹啊！彪哥跟我說過，那段時間但凡停靠在金山港的貨船，就沒有一艘沒被你們剝削搜刮過，少的損失個百兒八十，多了被偷走個千兒八百的都屬正常。」

曹濱笑道：「阿彪這張嘴，我早晚都得把他撕碎了不成，哪有他說的那麼過分呢？不過，那時候安良堂也就是我們哥仨，主要的收入來源，也便是那些個貨船。後來有一次，我跟你彪哥失手了，洋人員警們沒能抓到我跟你彪哥，卻將望風接應的老呂給抓了起來。你別看你老呂哥窩窩巴巴的，但關鍵時刻，他卻硬氣得很，任由洋人員警怎麼折磨，楞是沒把我倆給供出來。後來，還是總堂主出面，將老呂救了出來，但從那之後，我們哥仨便再也沒做過那種齷齪生意了。」

羅獵應道：「說實話，濱哥，每每跟彪哥喝酒聊天的時候，他總是會跟我聊起你們的這段往事，而我也被他刺激得一直幻想著也能像你們那樣幹上一票兩票的呢。」

曹濱含著笑意瞅了眼羅獵，道：「現在港口的防務可不是二十多年前那樣漏洞百出了，上船倒是不難，難的是怎麼把偷到的貨物運出來。你啊，想想也就算了，可千萬別去嘗試，萬一失手，你濱哥、彪哥可丟不起那個人。」

羅獵撇了下嘴，道：「你倆不幫我，我也沒這個膽兒啊！」

曹濱哼笑道：「別拿這種話來蒙我，你濱哥可以說是閱人無數了，看人極少有走眼的時候，要說你不屑幹這種齷齪事情，我倒是有七分相信，但要說你不敢幹這種買賣，我倒是連一分的相信都找不出來。」

羅獵苦笑一聲，耍賴道：「管你怎麼說，反正我就是沒這個膽兒。」

曹濱沒再跟羅獵計較，而是感慨道：「安良堂過了二十年的撈偏門的日子，走到了今天，也該是重新選擇的時候了。打打殺殺搶地盤建山頭的時代遲早都會終結，聯邦政府不是不想收拾咱們這些個江湖幫派，只是現階段騰不出手來而已。只有看得遠，才能行得久，這句話是總堂主將金山安良堂交給我的時候的唯一一句叮囑，現在，我將總堂主叮囑我的這句話轉送給你，當有一天濱哥像總堂主一樣老了的時候，你接過率領金山安良堂繼續前行的重任之時，一定要記住這句話。未雨綢繆，方能穩步前行！」

羅獵收起了笑容，嚴肅應道：「我記下了，濱哥。」

曹濱的神色也逐漸凝重，他眺望著遠方，深邃的雙眸中不時閃爍出一絲遲疑的色彩，沉寂片刻後，終於是一聲長歎，感慨道：「樹欲靜而風不止，亂世之中，何以安神？」

羅獵疑道：「濱哥，為何如此感慨呢？」

曹濱笑了笑，回道：「在城裡的時候，你問我總堂主是如何回應我的，我當時沒說話，是因為我還沒想明白總堂主這句話究竟為何意，現在，我總算是想明白了。」

羅獵道：「總堂主回應你的便是這句話麼？」

曹濱點了點頭。

羅獵複述道：「樹欲靜而風不止，亂世之中，何以安神……濱哥，總堂主的這句話究竟是什麼意思呢？」

曹濱沒有直接作答，而是反問道：「羅獵，你還記得咱們安良堂的堂訓嗎？」

羅獵道：「當然記得。懲惡揚善，除暴安良！這八個字，我想任何一個堂口弟兄都會牢記於心。」

曹濱深吸了口氣，唏噓道：「可是，偏就我這個堂主卻將這八個字給忘記了。」

羅獵驚道：「濱哥何出此言？」

曹濱道：「我一心想著帶領堂口弟兄脫離江湖成功轉型，從而不再打打殺殺，不再流血犧牲，卻忘記了總堂主為什麼會帶著我們建立安良堂。懲惡揚善除暴安良，這八個字的堂訓從字面上講，不過是表述了咱們安良堂的做事準則和宗旨，但再往深處理解，咱們安良堂的追求不應只停留在為華人同胞出頭的層面上，更應該為恢復中華而敬獻微薄之力。金山軍警勾結，偷走了耿漢的那批貨，若是留在了美利堅銷售，倒也罷了，但他們百分百地要將這批貨傾銷於大清朝，這是對我中華兒女的羞辱，我卻為了一時的安神，居然有了裝作不知的念頭。總堂主的那句話，便是要敲醒我，亂世之中，何以安神？這個亂世，指的並不是美利堅合眾國，而是你我的根，大洋對岸的大清朝啊！」

羅獵點頭應道：「我懂了，濱哥，所謂天下興亡匹夫有責，咱們雖然不在那個天下了，但那個天下，卻始終是咱們的根，咱們即便走到了天涯海角，也要為咱們的根而承擔咱們應該承擔的責任！」

曹濱讚道：「說得好！那大清朝雖然令人痛恨，無數國人已是愚昧無知，但那塊土地畢竟是生我養我的故鄉，但凡生活在那塊土地上的人們都是你我的同胞。同胞不幸，祖國有難，咱們不能坐視不管，須盡咱們的匹夫之責啊！」

羅獵道：「濱哥，我知道你要怎麼做了，你放心，無論是我還是彪哥，又或是堂口所有的弟兄，都會緊跟著你。擺脫打打殺殺刀尖上舔血的江湖固然是弟兄們的嚮往，但在道義面前，這些都不重要。」

曹濱點了點頭，沉吟片刻，道：「我帶你到這兒來，一方面是想著給自己一個清淨好讓我能仔細琢磨一下總堂主的那句話。二方面是想跟你單獨商量點事情。」

羅獵道：「不用商量，濱哥，我全都聽你的安排。」

曹濱笑道：「那我安排你跟老呂哥一起暫時脫離安良堂，一心只管經營好玻璃廠，你會答應嗎？」

羅獵不由一怔，然後撇嘴道：「濱哥，你別總拿玻璃廠的事情來戲弄我好麼？我答應你，玻璃廠的事情我一定會盡力協助老呂大哥，可你不能把我死死地栓在那兒呀！那樣會悶死我的哦。」

曹濱輕歎一聲，道：「我不是在戲弄你，我是很認真地在跟你商量。羅獵，安良堂即將面臨一場血雨腥風，而這一次，比起咱們以往所遇到的敵人都要強大，這一點你理應明白，不需要我再多說。我不能不為安良堂的未來考慮，我需要將你保留下來，萬一我跟你彪哥有了不測，安良堂不至於陷入一個群龍無首的混亂境界，你懂我的用心嗎？」

羅獵頗為委屈道：「我懂，濱哥，可是……」

曹濱沒讓羅獵把話說完，道：「我知道，這不符合你的個性，你啊，在思維習慣和處事原則上跟我相近，但在個性上，卻更像阿彪。假若我要跟阿彪說了剛才的話，他的反應只會比你更加激烈。可是啊，羅獵，濱哥確實需要這麼一個人，他能夠以大局為重，能夠隱忍下來，甚至還要背負著孬種慫貨的罵名，為的只是當局面陷入最危急的時刻，他能夠挺身而出，收拾殘局，並反敗為勝！」

羅獵道：「這個任務由老呂大哥來擔任不是更加合適嗎？」

曹濱笑了下，道：「論經驗，你老呂大哥確實要比你豐富一些，論人脈，你老呂大哥一樣要比你廣泛一些，可是，你老呂大哥卻有著一個致命的缺陷，他在遇到事情的時候，總是猶豫不決，不夠殺伐果敢。如果萬一出現了我所擔心的局面，他將會是你的一個好幫手，但絕不是能夠挺身而出收拾殘局並反敗為勝的那種人。」

羅獵道：「那堂口就沒有別的弟兄適合擔當這個任務了麼？」

曹濱從懷中摸出了一支雪茄，迎著山風劃著了火柴點上了雪茄，深抽了一口後重重地吐了口氣，道：「我給你五分鐘的時間來考慮這個問題，你接還是不接，最終我都會尊重你的意見，我想提醒你的是，羅獵，別忘了總堂主叮囑我而我又轉送給你的那句話，只有看得遠，才能行得久。」

羅獵懂得，曹濱的這種安排確實是看得遠，在一場毫無把握卻又不得不戰的較量前，做好最壞的打算以及應對並非多餘，而是必須。羅獵同時也很清楚，曹濱如此計畫，並不是有意在保全他，而是因為放眼整個安良堂，再也找不到比他更為適合擔當這個任務的人選。

呂堯老了，不單是年紀上老了，心態上同樣也是老了，不夠殺伐果敢的缺陷只是他不適合擔當這項任務的原因之一，更大的問題是他那日益漸老的心態已經使得他再也沒有了當年的鬥志。再看堂口其他大字輩弟兄，雖然單個拿出來都可以獨當一面，但長期養成的對濱哥、彪哥的依賴習慣，卻使得他們的思維模式已然固定，在面臨絕對困境面前必然會失去方寸。

掰著手指算了算去，羅獵也不得不承認，能被曹濱所依靠的人，除了他之外，竟然沒有第二個選擇。

「濱哥，不用五分鐘那麼久，我現在就可以做出決定。」做決定的過程是艱難的，但決定做出後，說出口時，羅獵的臉上卻洋溢著笑容：「我答應你，待處決了耿漢之後，我便暫時離開安良堂。」

曹濱很是欣慰，點頭應道：「你長大了，也成熟了，能笑著做出這樣的決定，實在是不容易。」

羅獵道：「但我並不完全同意你的安排，玻璃廠的地址就在安良堂旁邊不遠處，雖然形式上可以脫離安良堂，但實質上並不能達到將我隱藏起來的目的，我想回趟紐約，把沒學透徹的催眠術和讀心術再加強一下，順便也能照顧一下紐約的顧先生。」

曹濱露出了會心的笑容來，道：「很好，你看得比濱哥還要遠。」曹濱擼下了戴在右手食指上的一枚戒指，交到了羅獵手上：「這是金山安良堂的堂主信物，二十一年前，總堂主將它戴在了我的手上，今天我傳給你，一旦我出了什麼意外，立刻回來接任堂主之位！」

羅獵將戒指戴在了自己的右手食指上，就像是專門定制一般，大小剛好合適。

「濱哥，我去了紐約，可以去拜見一下總堂主麼？」

曹濱點頭笑道：「當然可以。其實你在紐約的時候，總堂主就見過你了，不過，那時候你還是環球大馬戲團的一名演員，總堂主也只能在觀眾席上看你在舞台上表演節目，他多次跟我說起過你，他很喜歡你，如果你能去看他，他一定會很高興。」

羅獵又問道：「如果我去了紐約，怎麼和這邊保持聯繫呢？」

曹濱道：「不到萬不得已，你絕不可以提前露面，顧先生那邊會有人跟你保持聯絡，該你歸來的時候自然有人會通知你。」

羅獵輕歎一聲，愣了愣神後，忽地笑開了，道：「濱哥，這個話題好沉重，咱們兩個就像是訣別一般，我很難接受。咱們還是換個話題吧，耿漢的事情，該如何解決？就這麼僵持下去嗎？我感覺，他是絕對不會說出玉璽的下落的。」

曹濱抽了口雪茄，回道：「說實話，我對什麼國運龍脈一說根本不信，有那枚玉璽在，大清朝要亡，沒有了那枚玉璽，大清朝同樣要亡，它能起到的作用，無非是推波助瀾而已，並不能起到根本性的作用。看看吧，看今天西蒙能不能將他拿下，若是不能，那就趁早結果了他，也了卻了你的一樁心思。」

羅獵純粹是想調劑一下曹濱的心情，於是調侃道：「濱哥就那麼著急要將我送走麼？我先說明啊，什麼時候處決耿漢，以什麼方式處決他，我可是一點要求都沒有的，對我來說，看到了他今天的下場，我便已經滿足了。」

曹濱笑道：「你是學過讀心術，一般人的心思瞞不過你，可是，你小子並沒有學過藏心術，你心裡想什麼，濱哥能看不出來？該怎樣處決耿漢，用什麼方式處決他，濱哥不發表任何意見，你彪哥也不會多說一句話，權力掌握在你手中，最多跟西蒙商量一下就夠了。」

第四章

活埋恐嚇

留在刑室之中的耿漢怎麼也不相信那羅玂真的敢殺了他。
安良堂的規矩他還是知曉一些的，
小事上，像董彪、羅玂這樣的人物可以不稟報曹濱便做下主來，
但像殺了他這等大事，若是不經過曹濱的點頭同意，
任一人也不敢做主。曹濱會殺了他麼？

西蒙神父使出了渾身的解數，卻也沒能在耿漢的身上取得絲毫突破。任憑如何羞辱如何折磨，那耿漢只有一句話：「想得到玉璽？白日做夢！」

待羅獵歸來之時，那西蒙神父已經是精疲力盡，而那耿漢，反倒是鬥志盎然。打人罵人的垮掉了，而挨打挨罵的卻是精神頭十足，這情景，看似奇怪，實則正常。

西蒙神父一心想儘快拿下耿漢，犯了驕躁大忌，一鼓作氣而不成，自然會有接下來的再而衰，三而竭，最終落個精疲力盡的結果確實正常。而耿漢不同，他已然明白那枚玉璽對安良堂的重要性，以為只要自己能夠堅持住，最終將會換來安良堂的妥協，說不定便可以玉璽的下落換回來自己的一條性命，強烈的求生欲望使得他受盡了折磨卻仍舊保持了高昂的鬥志，這也實屬正常。

但對當事人來說，就不能以正常來描述了。西蒙神父的挫折感簡直要爆了炸，而耿漢的勝利感則差點就衝破了屋頂。

看到西蒙神父的那股子頹廢模樣，羅獵忍不住笑出了聲來。「西蒙，怎麼就你一個人呢？傑克他去了哪兒了？」

西蒙神父垂頭喪氣地回應道：「他說他氣不過，要回去喝口酒消消氣。」

羅獵道：「那你呢？你是不是也需要用個什麼辦法來消消氣呢？」

西蒙神父氣鼓鼓回道：「除非殺了他！」

羅獵點了點頭，道：「那你說，用什麼方法殺了他才會更加快人心呢？」

西蒙神父毫不猶豫回答道：「活埋！」

羅獵轉過身來，衝著綁在了木樁上的耿漢，微微一笑，道：「你都聽到了？現在給你個機會，你猜，我會不會答應西蒙神父將你活埋了呢？」

耿漢沙啞著嗓子冷笑道：「那就來呀！」

羅獵微微搖頭，道：「說真的，我並不想這麼早就殺了你，可是我這個人心軟，經不住央求，好吧，艾莉絲是凌晨時分離去的，也是為了祭奠她，你就在同一時刻離開人世吧。現在是晚上七點過一刻，耿漢，你在人世間的生命只剩下了最後五個小時，還有什麼心願，請儘管開口，只要我能做得到，就一定會幫你完成。」

耿漢只覺得這不過是羅獵恐嚇他的招數，因而根本沒放在心上，不禁又是一聲冷笑，道：「老子唯一的遺憾就是沒能嘗嘗你小子的肉到底是個什麼滋味。」

羅獵笑道：「那你只能帶著遺憾上路了，因為我也不知道，也不打算知道。」

耿漢放聲大笑，道：「你放心，等我變成了厲鬼，一定會回來實現這個願望，到時候，我會告訴你，你的肉究竟是什麼滋味的。」

羅獵跟著大笑起來，道：「既然如此，那就只能打發你做個餓死鬼了，省得你變成飽死鬼後吃不下我的肉。」回應過耿漢之後，羅獵再一聲暴喝：「來人！」

立刻有兩名執法堂的弟兄應聲而入。

「吩咐下去，堂口後山坡的亂墳崗上，挖個夠埋人的坑來，零時一過，即刻活埋了他！」羅獵斬釘截鐵地下達了命令，隨即拍了拍西蒙神父的肩，一道走出了刑室。

出了刑室，來到了院子當中，西蒙神父問道：「真的要活埋了他嗎？」

羅獵點了點頭，道：「留著已經沒用了，我跟濱哥商量過了，那枚玉璽，就讓它自生自滅吧。」

西蒙神父突然間便是老淚縱橫，哽咽道：「艾莉絲在天之靈可以安息了，諾力，謝謝你，謝謝你為艾莉絲報了仇！」

羅獵掏出了手帕，遞給了西蒙神父，並道：「西蒙，你說過的，艾莉絲是一個喜歡歡笑的女孩，她在天堂上並不想看到她的親人在為她哭泣。」

西蒙神父忍住了淚水，道：「諾力，我要回去把這個好消息告訴席琳娜，還有不到五個小時，我已經有些迫不及待了。」

羅獵道：「等等，西蒙，等一等再走，你有足夠的時間回去通知席琳娜，但此時，我想耽擱你一些時間，我還有事情需要你的幫助。」

西蒙神父站住了腳，回道：「能幫助到你是我的榮幸，說吧，諾力，什麼事？」

羅獵道：「等處決了漢斯之後，我想回紐約清淨一段時間，順便再去跟凱文溫習一下催眠術和讀心術，可能需要你跟他再打聲招呼，最好能給他寫上一封親筆信。」

西蒙道：「這事好辦，舉手之勞而已，可是，諾力，凱文的催眠術和讀心術治不好你的失眠症，只有在上帝的感召下，你才能得到安寧，才能安心睡著。」

羅獵不免一怔，他還真是把失眠的問題給忽略了，留在金山，至少可以去神學院聽著西蒙神父的講課來補個覺，要是去了紐約，若是犯了失眠症，那可就沒得辦法補救了。

西蒙神父看著羅獵犯起了愁雲，雙眸卻忽地一下閃出了亮光，驚喜道：「我想到解決的辦法了，諾力，我可以介紹你去紐約的三一神學院，那兒有我的一個好朋友，你拿著我的推薦信，一定可以順利入學，只是，再在課堂上睡覺的話，那就得掌握些技巧了，不能像在我的課堂上那樣明目張膽。」

這顯然是個好主意，不單能解決失眠的問題，還能提供一個便宜的落腳點。一直以來口袋裡的鈔票從未超過一百美元且早已經養成了節儉習慣的羅獵欣喜答應了：「謝謝你，西蒙，你的安排實在是太棒了！」

西蒙神父道：「還有別的事情能夠幫到你嗎？」

羅獵開心笑道：「這已經夠多的了，西蒙，你趕緊回去把好消息告訴席琳娜吧。」

西蒙神父告辭道：「那好，諾力，等我和席琳娜回來的時候，會把那兩封親筆信交到你的手上。」

留在刑室之中的耿漢怎麼也不相信那羅獵真的敢殺了他。安良堂的規矩他還是知曉一些的，小事上，像董彪、羅獵這樣的人物可以不稟報曹濱便做下主來，但像殺了他這等大事，若是不經過曹濱的點頭同意，任一人也不敢做主。

曹濱會殺了他麼？

耿漢的判定是，在沒有得到玉璽之前，或是沒有徹底失望之前，曹濱決然不會讓他輕易死掉。

因而，耿漢斷定，羅獵口中所說，五個小時後將會活埋了他不過是一句恐嚇。

也虧得那耿漢的底子足夠厚實，一整天沒吃東西，只是藉著西蒙用冷水潑醒他的機會喝下了幾口污水，而且整個一下午可是沒少挨折磨，饒是如此，他依舊保持了清醒的意識，一個晚上，也就是在中間打了幾個盹。

夜深人靜之時，刑室進來了兩名堂口弟兄，默不作聲將耿漢從木樁上解了下來，然後一左一右押著他走出了刑室。

室外，月朗星繁，陣陣帶著寒意的秋風側面吹來，使得耿漢的睏意全消，他在心中不住地冷笑，不過是欺騙膽小鬼的卑劣伎倆，想嚇倒我耿漢？門都沒有！

穿過堂口後門，便是一處山坡，登頂之後再往下走，果真有一片亂墳崗。

華人勞工在異國他鄉過的艱難，很多人家死了親人卻沒有錢財購買墓地安葬，甚至連一口薄皮棺材都買不起，只能是用張破涼席草草一裹，胡亂尋塊荒地挖個坑掩埋了。曹濱在選址建設堂口的時候，有人就曾建議要把這後山坡上的亂墳崗給平了，但曹濱卻拒絕了。理由很簡單，逝者為大，入土為安，動人家的墳，那是要遭報應的。

亂墳崗的一側，人頭攢動，目測人數不下百人，卻是異常安靜，除了鐵鍬挖土的聲音外，便是隱隱的女人的抽噎聲。

耿漢在心中仍是冷笑，並暗道，你以為把陣仗做大了，就能讓老子信以為真嗎？

人群正前方，一個近一米見方卻足足有兩米多深的大坑已經成型，大坑旁邊，則擺放著一張高腳方桌，方桌上，則是艾莉絲的靈位。

但見耿漢被押送而至，為首的羅獵一聲令下：「將這個奸人扔下去！」

耿漢雙肩中槍，雙臂吃不住力，但雙腿卻是無恙，跌落到坑中之後，仍舊倔強地站了起來，冷笑道：「還是那句話，想得到玉璽？白日做夢！」

羅獵根本不願搭理他，而是上前一步，轉過身來，面對大夥道：「這段時間以來，弟兄們受苦了，吃不好睡不好，都是因為被坑中的這個奸人所害，今日得此機會，有怨報怨，有仇報仇，所有人均有份，受苦多的怨氣大的，那就多賞他幾鏟土，受苦少的怨氣小的，那就少賞他幾鏟土。」

話音剛落，西蒙神父便一個站了出來，二話不說，立刻就是三大鐵鍬的土撒了下去。然後，便是弟兄們排著隊，你兩鏟，我三鏟，衝著那耿漢的頭撒了下去。

羅獵攙扶著席琳娜，站到了艾莉絲的靈位前。「艾莉絲，我抓到殺害你的元兇了，你睜開眼看看吧。」

席琳娜抽噎著抱住了艾莉絲的靈牌，哭著道：「我的好女兒，諾力為你報仇了，你就安息吧！」

一圈下來，坑裡的土已經埋到了耿漢的胸口，但見羅獵根本沒有停下來的意思，從頭到尾也不願跟他多一句廢話，那耿漢的心中有那麼一點七上八下的意思了。

「慢著！」土埋到了胸口，耿漢的呼吸都已經有些受到了限制，喊起話來，也是多感到底氣不足：「想活埋我？曹濱知道嗎？」

剛接過鐵鍬的一名堂口弟兄冷哼道：「濱哥點過頭了，怎麼？現在想起來求饒了？」

耿漢終於意識到羅獵此舉並非是為了恐嚇他，而是真的想儘快結果了他的性命。強烈的求生欲使得耿漢在一瞬間放棄了尊嚴，叫嚷道：「羅獵，難道你真的不想知道玉璽的下落嗎？」

羅獵安撫了一下西蒙、席琳娜夫婦，然後來到了坑旁，蹲了下來，似笑非笑道：「我要說我真的不想知道玉璽的下落，你信嗎？」

看到羅獵有了回應，耿漢的心中又重燃了希望，連忙應道：「告訴曹濱，我願意以玉璽換回自己的性命。」

羅獵呵呵笑道：「為了你的計畫，指使黛安・萊恩用印第安毒箭重傷了我紐約安良堂的顧先生，單憑這一罪行，就夠你死上十回八回的了。又因為你的計畫，我的未婚妻艾莉絲被黛安‧萊恩用印第安毒箭毒殺了，加上這一罪狀，我沒把你給活剮了就算是輕饒你了。還想著活命？做夢去吧！」

耿漢掙扎道：「那枚玉璽可是背負著大清朝的國脈龍運，只要將它給毀了，大清朝將立刻土崩瓦解，你們安良堂不是一直鼎力相助逆黨麼？你們不是希望改朝換代嗎？得到了玉璽，便可以輕而易舉地實現這些願望啊！」

羅獵不屑笑道：「你太單純了！耿漢，這是在美利堅合眾國，濱哥也好，彪哥也罷，包括安良堂所有的弟兄，咱們都接觸過西洋文化，懂得什麼是科學，知道什麼是道理，你那些個說法，在大清朝或許有人信，但在這兒，沒有人會相信的。」

耿漢猙獰道：「既然如此，那你們又為何死咬著我不鬆口呢？」

羅獵收起了笑容，正色道：「為了道義！為了國人同胞少遭受煙土的毒害！為了懲惡揚善除暴安良的堂訓！為了給紐約顧先生還有艾莉絲報仇雪恨！」

耿漢詭辯道：「不是我傷害的顧浩然，也不是我殺死的艾莉絲，即便沒有我的這些煙土，那些大清朝癮君子們一樣免不了遭受煙土的毒害，你不能將罪過全都推到我的身上。」

羅獵懶得再跟他糾纏，站起身來，從旁邊的弟兄手中要過鐵鍬。「這一鏟是為了給顧先生出口氣……這一鏟是為了給艾莉絲討回公道……這一鏟是為了千千萬萬個國人同胞……還有冤死的山德羅……」

西蒙神父也拿過一把鐵鍬，站在了羅獵身旁，咬著牙切著齒，一言不發，只顧著往坑裡鏟土。席琳娜也不再哭泣，跟著西蒙一道，奮力鏟土，奮力拋入坑中。

坑中的土很快便堆到了耿漢的脖頸處，胸廓受限，呼吸極為艱難，再也說不出話來。

「這一鏟是為了大師兄，你害得他差一點就要家破人亡……最後這一鏟是為了我師父，你欺師滅祖，那一條罪狀不是死罪？」鏟完了最後一鏟土，羅獵將鐵鍬插在坑中，然後勸止住西蒙，道：「讓他也體會一下瀕臨死亡的滋味吧！」

耿漢面目猙獰，已然成了醬紫色的嘴唇顫抖著，似乎仍舊在做著最後的求饒或是詭辯，然而那西蒙神父卻突然間失去了耐性，一聲暴喝，將手中鐵鍬輪了起來，一鐵鍬拍在了耿漢的頭上。

那一鍬，力道之大，鍬把應聲折斷，而耿漢則是腦漿迸裂。

這天夜裡，羅獵沒有失眠，而且還做了一個甜美的夢，夢中，艾莉絲還是那般的美麗活潑。

「咯咯咯，我的大貓咪，你來追我呀？」艾莉絲銀鈴般的笑聲蕩漾在羅獵的耳旁，曼妙的身影在羅獵的眼前飛來飛去。羅獵情不自禁地伸手去抓，可每每抓到的，卻都是個空。

「艾莉絲，你別飛來飛去的好嗎？你告訴我，你在天堂上過得還好麼？」即便是在夢中，羅獵依舊記得，艾莉絲已經去了天堂。

艾莉絲停止了飛舞，落在了羅獵的面前，輕輕地捧起了羅獵的臉頰，柔聲道：「我過得很好，我的大貓咪，我就是有些想你。」

羅獵登時是淚如泉湧，哽咽道：「艾莉絲，我也想你，見不到你的身影，聽不到你的笑聲，我每天夜裡都難以入睡。」

艾莉絲吻去了羅獵的淚水，嗔怒道：「我的大貓咪，不許哭，再哭的話，我今後再也不來看你了。」

可羅獵哪裡能夠止住淚水，他抱住了艾莉絲，繼續哽咽道：「你為什麼那麼久才來看我呢？」

艾莉絲咯咯咯笑開了，吻了下羅獵的額頭，回道：「天堂可不是能夠隨便出入的哦，要滿了一百天才會有請假出來的機會。」

羅獵流著淚道：「艾莉絲，你看到了嗎？我已經為你報仇了！用毒箭射你的那個人叫黛安·萊恩，還有那個叫漢斯的幕後元兇，他們都被我抓到了，也處決了，艾莉絲，你開心嗎？」

艾莉絲卻搖了搖頭，撫摸著羅獵的臉頰，道：「我的大貓咪，我不要你給我報仇，我只希望能看到你快快樂樂的，我不想你為了給我報仇而受苦受罪，我不想看到你因為想念我而徹夜無眠，我不想你因為忘記不了我而不再去享受愛情，我的大貓咪，你能理解我嗎？你願意為了我而改變現在的你嗎？」

羅獵艱難地點了點頭，承諾道：「艾莉絲，我答應你，我答應你一定會快快樂樂地活下去，我答應你一定不再只想著為你報仇，我答應你每天夜裡都能睡著覺，可是，你讓我忘記你，我做不到啊！」

艾莉絲將羅獵攬在了懷中，輕輕地拍撫著羅獵的後背，柔聲道：「我也忘不了你，我的大貓咪，可是你必須要堅強起來，你還年輕，你不能這樣頹廢下去，你可以不忘記我，但你一定要答應我，絕不能放棄愛情，要去尋找一個像我一樣美麗善良的女子來照顧你，行麼？」

羅獵俯在艾莉絲的懷中，使勁地點著頭。

便在這時，天邊突然傳來了三聲鼓聲，艾莉絲聽到了，神色頓時緊張起來：「我的大貓咪，我請假的時間就要結束了，我要回去了，你乖乖聽話，再過一百天，我再來看你啊！」

羅獵急呼道：「不要走……」

可是，那艾莉絲的身影根本抓不住，跟隨著一道冷風飄然飛到了空中，轉眼間就不見了影蹤。

天際邊，忽然亮起了一道閃電……

羅獵陡然從夢中驚醒。

卻見房間門口，董彪剛剛打開了電燈的開關。

「你是怎麼了？大呼小叫，好像還哭了。」董彪倒了杯水，來到了羅獵的窗前，將水杯遞給了羅獵，順手掏出了煙來。

羅獵長歎了一聲，道：「我夢見艾莉絲了。」

董彪點上了煙，深抽了一口，道：「怪不得，你看，那枕頭都濕了一大片。」

羅獵不好意思地笑了笑，道：「我在夢裡哭得更傷心呢，那流出來的淚都快要成河流了。」

董彪歎道：「愛一個人很難，想忘記一個曾經愛過的人，更難！濱哥用了二十年的時間都沒能做得到，小子，你可不能步濱哥的後塵啊！」

羅獵點頭應道：「艾莉絲在夢裡也是這樣要求我的，她說，她可以不要求我忘記她，但要我一定答應她，不能放棄愛情。彪哥，你說我能做得到嗎？」

董彪笑道：「我猜你一定做不到！」

羅獵哼笑道：「你想激將我，對嗎？我偏不上當，你猜對了，我根本做不到。」

董彪再笑道：「可惜啊，這裡是美利堅合眾國，只有教堂沒有寺廟，不然的話，就你這副樣子，去廟裡當個和尚是最合適的。」

羅獵撇嘴道：「我看你當個和尚才合適呢！都四十歲的人了，連個媳婦都沒。」

董彪大笑道：「彪哥雖然沒能娶上個媳婦，但彪哥可是不缺相好的哦！」

羅獵忽地長歎一聲，神色也隨之黯淡下來，不無憂心道：「彪哥，耿漢已經被處決了，我也該離開金山了，我看得出來，這一次濱哥真的是緊張了。彪哥，你要答應我，千萬不能衝動，萬一濱哥有個三長兩短，你一定要等著我回來後再有所行動。」

董彪點了點頭，應道：「濱哥已經交代過我了，跟軍方的人鬥法，拼的不是武力，而是這個。」董彪指了指自己的腦袋，接著道：「這一點，你和濱哥都比我要強了許多，你放心，彪哥一定會悠著點做事，留得青山在不怕沒柴燒，對不？」

羅獵露出了會心的笑容來，道：「如果不出意外，我相信濱哥這一次一定能安然獲勝，軍警勾結，看似厲害，但洋人的智商也就那麼回事。鬥智謀？哼！一百個洋人加在一塊，那也不是濱哥的對手。」

相隔小半年，羅獵再一次踏上了紐約的土地。燈紅酒綠，車水馬龍，紐約更加繁華。

下了火車，出了車站，羅獵叫了一輛計程車，上車後，下意識地報出了環球大馬戲團的目的地來。當聽到自己說出環球大馬戲團的名字的時候，羅獵自個也不免楞了一下。

來到美利堅合眾國已有五年零四個月，其中四年零八個月都是在環球大馬戲團渡過的。這是羅獵成長過程中最重要的四年零八個月，不單是從一個懵懂少年成長為了帥氣小夥，也不單是跟著大師兄練成了飛刀絕技，更是因為在這兒他收穫了人生中第一次最為甜美的愛情。

艾莉絲，這個令他永世難忘的女子，卻是和環球大馬戲團有著難以割捨的關聯。

愣過之後，羅獵並沒有改口，瞬間湧上心頭的種種回憶令他唏噓不已，有師父慈祥的面容，有大師兄嚴厲的責罰，有大師嫂燒的熱騰騰的飯菜，更多的是艾莉絲的那張笑臉以及她銀鈴般的笑聲。「是該回去看看的，不知道小安德森先生過得怎麼樣。」羅獵在心中打定了主意，安心地瞇起了雙眼。

環球大馬戲團幾無變化，看門的還是那個叫山姆的白人小老頭，只是，歲月的痕跡使得他的臉上又多出了幾道皺褶。見到了從門外走進來的羅獵，小老頭先是一愣，然後凝視著羅獵，臉上逐漸顯露出笑容來。「諾力？哦，我的上帝，真的是你嗎？」小老頭推開了門崗的房門，顛顛的向羅獵跑來。

羅獵快走了兩步，迎住了山姆大叔，道：「山姆大叔，你還好嗎？我是諾力！」

山姆大叔激動道：「能再見到你真是一件幸福的事情，諾力，我的孩子，你走了之後，我時常會想起你和艾莉絲，哦，對了，艾莉絲那個可愛的孩子怎麼沒和你一同回來呢？」

羅獵撒了一個善意的謊言，道：「艾莉絲在金山的演出任務很重，請不下來假期。」

山姆大叔道：「她在金山一定很紅吧，我就知道，這女孩人長得漂亮，歌聲也是那麼動人，遲早都會大紅大紫的。」

羅獵鼻子一酸，連忙轉過頭去，佯裝觀察馬戲團的變化，結果看了一圈，卻沒能找到一絲一毫的改變。「山姆大叔，馬戲團的生意怎麼樣啊？小安德森先生他還好麼？」

山姆大叔閃現出一絲不安的神情，隨即便掩飾道：「好，一切都和以前一樣，小安德森先生也很好，只是比以前更忙了。」

羅獵從背包中拿出了一瓶酒，遞給了山姆大叔，道：「山姆大叔，我旅程匆忙，沒來得及為你精心挑選禮物，這瓶酒是我家鄉的酒，送給你留個紀念吧。」

山姆大叔接過了酒瓶，珍惜地抱在了懷中，道：「謝謝你，諾力，環球大馬戲團幾百號的人，出出進進，也只有你在回來的時候還能想著山姆大叔。」

羅獵謙遜一笑，道：「山姆大叔，我想去看看小安德森先生，等我見過了小安德森先生，再回來陪你聊天，可以嗎？」

山姆大叔喜笑顏開道：「當然可以。」

敲開了小安德森先生的辦公室，見到小安德森先生時，羅獵的雙眉不禁跳動了一下。不過才半年多的時間，小安德森先生蒼老了許多，也憔悴了許多。

但見走進房門的居然是羅獵，小安德森先是愣了一下，隨即便瞪大了雙眼，驚喜地站起身來，張開了雙臂，從辦公桌後衝了出來，迎向了羅獵。「諾力！居然會是你？」小安德森擁抱住了羅獵，並將自己的臉頰分別貼在了羅獵的雙頰上，嚷道：「我的朋友，我實在是太高興了，我真的沒想到你能回來看我。」

羅獵道：「小安德森先生，你還好嗎？」

小安德森將羅獵請到了沙發區坐了下來，並叫來了助理，吩咐他去煮兩杯咖啡來，然後回答羅獵道：「我很好，諾力，謝謝你的關心。」

羅獵道：「恕我直言，小安德森先生，我看到你臉色很糟糕，顯得非常憔悴，如果你把我當做朋友，請告訴我你究竟遇到了什麼困難。」

小安德森怔了下，不由一聲長歎，道：「既然我們是朋友，而且，你也看出來了，那我就不必再向你隱瞞什麼了。諾力，環球大馬戲團確實遇到了一些問題，我們被馬菲亞給纏上了，始終無法擺脫。」

「馬菲亞？」羅獵不無驚奇道：「馬菲亞怎麼會涉足馬戲生意呢？小安德森先生，我真的不明白，你怎麼會得罪了馬菲亞？」

小安德森歎道：「我怎麼會主動招惹馬菲亞呢？是皇家馬戲團在背後搗鬼！他們也不知道怎麼的就跟馬菲亞扯上了關係，這段時間以來，馬菲亞總是在找我的麻煩，目的就是想讓我將環球大馬戲團賣給皇家馬戲團。」

環球大馬戲團和皇家馬戲團的爭鬥由來已久，相比安德森家族，皇家馬戲團的老闆洛佩斯家族在財力上更加雄厚，老洛佩斯的主業並非是皇家馬戲團，他還是紐約排名前十的一個地產商，經營馬戲團，不過是他的一項愛好。

老洛佩斯是一個爭強好勝的人，多年以來，對環球大馬戲團始終壓制著皇家馬戲團的現實情況是耿耿於懷，他嘗試過各種辦法，包括五年前將那鐸和胡易青不擇手段地挖角過去，並慫恿那鐸胡易青坑害老東家，但結果卻始終不能得意。相反，小安德森帶領著環球大馬戲團克服了種種困難，穩步發展，和皇家馬戲團之間的差距也是越拉越大。

兩個月前，老洛佩斯的一幢樓盤竣工開售，馬菲亞看中了這幢樓盤的地段，想在其中租下一層開辦一個小型的賭場。和馬菲亞接觸上之後，老洛佩斯突發奇想，跟馬菲亞提出了建議，如果馬菲亞能夠幫助他成功收購了環球大馬戲團的話，那麼這一層樓的租金他可以給予五折優惠。

只是協助收購而不是粗暴搶掠，這對馬菲亞來說根本算不上個事，再有五折優惠的實利刺激，那一支馬菲亞於是便暢快答應了老洛佩斯。

老洛佩斯開出的收購價格應該說相當公平的，只是，小安德森太喜歡馬戲事業了，當即回覆，即便老洛佩斯將收購價格提高一倍，他也不會考慮出售環球大馬戲團一事。如此一來，算是惹惱了馬菲亞，從那一天開始，隔三差五，總是會有馬菲亞的人前來惹是生非。

觀眾前來馬戲團看馬戲表演，可不想招惹臭名昭著的馬菲亞，因而，環球大馬戲團這邊的生意便因為馬菲亞隔三差五的惹是生非而一落千丈，同時，不遠處的皇家馬戲團的上座率卻出現了穩步上升的勢頭。老洛佩斯對這種結果甚是滿意，終於給了馬菲亞五折優惠，條件只有一個，堅持不懈地去環球大馬戲團惹是生非。

「我跟他們談過，想花錢消災，可是，相比老洛佩斯給出的租金五折優惠，我根本出不起這份錢，我也想報警處理，可是，員警根本管不了馬菲亞，甚至是不敢管馬菲亞。時至今日，我就算想把環球大馬戲團出售給老洛佩斯也實現不了了，因為他想到了這種更加有利的對付我的方式。」小安德森向羅獵講述了事情的前因後果，最後長吁短歎道：「環球大馬戲團的上座率已經跌到了五成左右，再跌下去的話，環球大馬戲團就只剩下了破產解散這一條路了。」

羅獵喝了口咖啡，問道：「這些幕後實情你是怎麼知道的？」

小安德森道：「我跟他們談過，是他們親口告訴我的。」

羅獵放下了咖啡杯，點了點頭，再問道：「他們領頭的叫什麼名字？」

小安德森道：「科斯塔，托尼科斯塔。」

羅獵不禁皺了下眉頭。單從這人的名字上無法分辨出他屬於五大家族中的哪一支，假若屬於甘比諾家族的話，那麼只需要打出喬治的名號，問題一定能得到妥善解決。但若是不屬於甘比諾家族的話，事情就有些麻煩了。

「小安德森先生，你不必太過消極，事情遠沒有達到令人絕望的地步，給我些時間，或許我可以幫助你解決掉這個麻煩。」羅獵在做出承諾的時候，已經想好了應對的策略。

小安德森急道：「不，諾力，你沒必要蹚進這淌渾水中來，我已經想好了，實在不行的話，就帶著馬戲團離開紐約。馬菲亞絕不是你我這樣的人能夠招惹起的，惹怒了他們，他們可是什麼事情都能做得出來的哦！」

羅獵淡淡一笑，道：「您不必為我擔心，馬菲亞雖然凶殘暴虐，但總算還是一個講究江湖道義的幫派，他們之所以這樣欺負你，只是因為你並非是江湖人，而環球大馬戲團亦不是江湖幫派。小安德森先生，我們彭家班在為您工作的時候，受到了您的照顧，現在，應該是我代表彭家班報答您的時候了。」

那些個馬菲亞也是配合，當羅獵告別了小安德森回到馬戲團門崗，想跟山姆大叔再聊上幾句的時候，前來搗亂的四名馬菲亞出現在了大門口。

「別這樣看著他們，諾力，他們是馬菲亞，從不講道理的。」山姆大叔急忙將羅獵擋在了身後，並向那四名馬菲亞點頭哈腰表示著歉意。

那四位趾高氣揚，看都不看山姆大叔一眼，便要往馬戲團大門裡闖。

羅獵忽地從山姆大叔的身後閃出來，攔住了那四位，喝道：「你們都是些什麼人？環球大馬戲團只歡迎觀眾，不歡迎你們這些尋釁滋事份子。」

那四位在馬菲亞之中也就是個最底層的嘍囉，但仰仗著馬菲亞的威名，卻習慣了驕橫跋扈，哪裡會將羅獵放在眼中？「你是誰？狗屎，找挨揍是嗎？」其中一個留著齊肩卷毛長髮的傢伙衝了上來，一把就要抓住羅獵的衣領。

羅獵不禁顯露出鄙夷的神色，若是真動手的話，就對方這一個動作，至少給羅獵留下了三個破綻，羅獵有把握以單拳單掌在一招之內將其制服。但中華人做事講究的是先禮後兵，羅獵習慣性地向後退了一步，閃過了那隻長著密密長長汗毛的鬼爪子。

「金山安良堂，諾力！」羅獵再退一步，抱起雙拳，自報了家門。

馬菲亞成員很少有讀過書的，來到美利堅之後也極少出過遠門，對金山這座城市，莫說去過，恐怕連位置在哪都搞不清楚。但是，安良堂三個字對他們來說卻是如雷貫耳。紐約馬菲亞五大家族，均多次告誡過其屬下組織成員，除非萬不得已，否則絕不可跟安良堂的人發生衝突。

那四名嘍囉聽到了羅獵的自報家門，不由一愣，但臉面問題卻使得他們忘記了組織的訓誡，只想著他們四個人若是被人家一個人給趕出了馬戲團大門，那在臉面上可算是把馬菲亞的臉全都丟光了。

於是，這四位嘍囉冷笑著將羅獵圍在了中間，那齊肩卷毛從懷中掏出了一柄卡簧，彈出了刀刃，搖晃著逼向了羅獵，口中還不乾不淨地叱罵道：「小雜種，今天就讓你見識見識馬菲亞的手段！」

四個打一個已經夠丟人的了，而其中還有一人亮出了卡簧，因而，另三個嘍囉不單沒有亮出兇器，反倒有了一些袖手旁觀的意思。這也難怪，堂堂馬菲亞，對付一個乳臭未乾的黃種小夥，一人一刀，還不足夠？

可是，那齊肩卷毛剛把架勢拉開，鼻樑上便中了羅獵的一拳，這一拳挨下之後，尚未來得及反應，咽喉處又被羅獵並起的四指重重地戳了一下。鼻樑是人體最最脆弱的骨頭，而咽喉則是人體最軟弱之處，此二處遭受了重創，那齊肩卷毛哪裡還有反擊的能力，被羅獵接下來的一個小擒拿手卸去了手中的卡簧，再被一個絆腿放翻在了地上。

另三位嘍囉見狀，立刻變了臉色，齊刷刷向羅獵撲了上來。

羅獵嘴角輕挑，祭出了董彪傳授給他的街頭打架絕招：封眼，鎖喉，踢褲襠。一招一個，三招三個，不過幾秒鐘，那三個嘍囉便全都捂著褲襠蜷縮在了地上。

但凡有熱鬧的地方就少不了圍觀的群眾，此時，正處在購買了晚上演出門票的觀眾們陸續入場之時，那圍觀看熱鬧的群眾可是不少。其中一名不知真相者還扯著嗓門喊了聲「好！」來。

四位馬菲亞嘍囉吃了虧丟了臉，心裡是一千一萬個憋屈，但又忌憚羅獵的厲害，只得狼狽逃走，臨走之時，看上去被揍得最慘的那個齊肩卷毛惡狠狠地甩下了一句勉強挽回一絲絲臉面的話來：「有種你等著！」

羅獵當然得等著，不然的話，馬菲亞懷恨在心，必然將怒火撒到馬戲團其他演員的身上，若是如此，那羅獵便不是在給小安德森解決麻煩，而是在給他添麻煩。

小安德森聞訊趕來，卻有些不知所措，理智上，他認為羅獵的行為實屬衝動，但在情感上，他卻不願意責備羅獵半句。

羅獵看出了小安德森的複雜心情，道：「小安德森先生，請您放心，一人做事一人當，我不會連累到馬戲團的。」

小安德森惱怒道：「諾力，你這說的是什麼話？你是沒把我當做朋友嗎？我並不擔心馬戲團的安危，我已經做好了最壞結果的準備，我擔心的是你，馬菲亞人多勢眾，而且還有大量的槍械，你一個人怎麼可能是他們的對手呢？」

羅獵笑道：「我並沒有打算跟整個馬菲亞為敵，只是替他們的家長出手教訓一下這幾個不知天高地厚的小子。小安德森先生，剛才是我誤會您了，我向您說抱歉，但我仍舊希望你不要摻和進來，這樣對解決麻煩並沒有幫助作用。」

小安德森搖了搖頭，道：「不，諾力，雖然你已經不再是環球大馬戲團的員工，但你仍舊是我的朋友，我不能不對你的安全負責，所以，我懇請你儘快離開這個是非之地，好麼？」

羅獵道：「我是不會離開的，安良堂就沒有惹了麻煩而不負責到底的先例！」

小安德森驚道：「你入了安良堂？」

羅獵淡淡一笑，道：「是的，我師父老鬼先生，我大師兄趙大新先生，他們也都是安良堂的人！」

小安德森不由驚歎道：「怪不得，怪不得他們如此行得正走得端，原來他們都是安良堂的人。」

羅獵道：「是的，小安德森先生，現在您可以放心了嗎？安良堂和馬菲亞之間從來都是井水不犯河水，這一次，是馬菲亞的人首先挑釁我，錯在他們，所以，他們並不敢挑起事端。」

小安德森隨即恢復了理智，道：「我怎麼能夠放心呢？諾力，我知道安良堂是守規矩的，可我對馬菲亞卻一點信心都沒有，他們心黑手辣，什麼事情都能做得出來，我還是堅持我的觀點，你必須儘快離開，躲開他們的怒火，我相信你一定能幫助我解決掉這個麻煩，可是，這件事必須從長計議，而不能逞一時之強啊！」

小安德森的固執也是因為擔心羅獵的安危，因而，那羅獵肯定不能對小安德森說重話。「小安德森先生，這樣好了，你知道紐約安良堂的地址嗎？」在得到了小安德

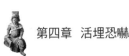

森肯定的答覆後，羅獵接道：「你開車去一趟，告訴他們我在這兒跟馬菲亞產生了一些摩擦，他們知道該怎麼做的。」

小安德森先是兩眼一亮，隨即又恢復了滿臉愁雲，道：「紐約安良堂的總部在曼哈頓南區，從這兒開車過去至少也要半個小時，我擔心，這辦法根本來不及。」

羅獵笑道：「你若是繼續猶豫的話，只會更加來不及。小安德森先生，我可以答應你，在援軍尚未趕來之時，我躲著不見那些馬菲亞就是了。」

小安德森也知道想讓羅獵接受他的建議趕緊離開馬戲團顯然是不可能，而羅獵提出的這個建議似乎是最好的辦法，於是便做出了妥協，吩咐身旁助理趕緊去把他的車開過來。

終於將小安德森打發走了之後，羅獵攬著山姆大叔的肩進了門崗，山姆大叔很是緊張，道：「諾力，我覺得小安德森先生的建議很有道理，在你的援軍沒有趕到之前，你最好還是躲一躲他們的風頭。」

羅獵拍了拍山姆大叔的肩，道：「該躲躲的應該是你，待會真的打起來的話，我擔心會誤傷到你。」

山姆大叔很有意思，口上說的相當輕鬆，但隨後藉口要去為羅獵接點水回來煮咖啡的理由，離開了門崗之後，便再也不見了人影。

這都無所謂，羅獵原本也沒期望在馬戲團中能尋到幫手，自打彭家班離開之後，環球大馬戲團也就沒有了華人馬戲演員，而那些個洋人演員以及洋人員工，全都是事不關己高高掛起的態度，至於老闆小安德森先生遭遇到了怎樣的危難，似乎跟他們全然無關，他們所要求的只是盡心盡力演好自己的節目，然後到了發薪水的時候，能夠準時準數地領到薪水。

羅獵對那個叫托尼科斯塔的馬菲亞頭目最終會做出怎樣的反應來並沒有多少把握，事實上，在大門口跟那四個小嘍囉的遭遇戰並非是羅獵的計畫之中，他原本想到的策略是打著喬治・甘比諾的旗號去拜見一下甘比諾家族的大老闆，相信有著喬治這一層的關係，甘比諾家族的大老闆定然會答應自己的要求從而出面調和。

可運氣就是差了這麼一點點，偏偏讓羅獵趕上了那四名嘍囉前來挑事，而血氣方剛的羅獵又一時按捺不住，結果便完全脫離了事先設計好的計畫策略。

不過，羅獵倒也不怎麼緊張，因為他已經報出了金山安良堂的名號，單憑安良堂這三個字，就足以讓那個托尼科斯塔好好掂量一番了，或許會興師動眾，但要說動手幹仗的話，可能性似乎也不大。

馬菲亞在紐約除了五大家族之外，尚有二十餘小家族，托尼科斯塔便屬於那二十餘小家族的其中一支。

但世上事物總是存在這樣或那樣的巧合，托尼科斯塔雖然不屬於甘比諾家族，但他和喬治・甘比諾卻是兒時好夥伴，在入學讀書的時候，還做了三年的同桌。因而，當手下弟兄灰頭土臉地向他彙報了在環球大馬戲團受辱的時候，托尼科斯塔首先想到的便是跟甘比諾家族的大老闆打聲招呼，尋求意見。

因為，單靠他的力量，決然不可能對抗得了安良堂，若是沒有五大家族的支持，以他自己跟安良堂對著幹，無異於以卵擊石。

山德羅在金山被害對甘比諾家族來說是項恥辱，自然不能外揚，因而，喬治帶著手下前往金山處理山德羅的後事，也是處在保密的狀態下。做為本家族之外的托尼科斯塔，雖然和喬治有著不同尋常的關係，卻也不清楚喬治的去向。

老甘比諾接見了托尼科斯塔，耐心聽完了托尼科斯塔對整件事情的陳述，然後衝著托尼科斯塔笑道：「我的孩子，你可能還不知道，金山安良堂的人全都是喬治的好朋友，那個叫諾力的小夥子，一個人就能教訓了你的四個手下，這只能說明他在金山安良堂中有著非常高的地位，說不定他在金山的時候，跟喬治的關係相處的像兄弟一樣呢！」

托尼科斯塔驚道：「喬治他去了金山？怪不得我好長時間沒有聽到他的聲音了。」

老甘比諾道：「是的，喬治他確實是去了金山，金山安良堂的湯姆將他的賭場生意全都轉讓給了喬治，托尼，你是喬治的兄弟，我想，你一定不會跟喬治的朋友發生誤會，對嗎？」

馬菲亞對外是一家，這一點毋庸置疑，但是，在對外的態度上，這一家的五大長兄以及二十餘小弟卻往往存在著巨大的分歧。金山安良堂將自己的賭場生意全都轉讓給了喬治，那麼，在利益面前，老甘比諾顯然不會採取跟安良堂對立的態度。得不到老甘比諾的支持，也就意味著不可能再得到其他四大家族的支持，因為，在另外四大家族的面前，老甘比諾的面子可要比他托尼科斯塔大得多了去。

老甘比諾的話意已經很明顯了，他不單不會支持托尼科斯塔跟安良堂發生摩擦，甚至還對他有著批評的意思，責備他不該縱容手下跟安良堂的人發生誤會。實力面前，所謂的道理都是狗屁，只有掌握著絕對實力的人，說出來的話才有道理可言，對托尼科斯塔來說，老甘比諾便是那個掌握著絕對實力的人。

「我知道該怎麼做了，老甘比諾先生，我現在就去環球大馬戲團消除誤會。」托尼科斯塔迅速調整了心情，轉變了態度。

老甘比諾點了點頭，頗為欣慰道：「很好，你有這樣的大局觀我很欣慰，托尼，如果你覺得在賭場租金上吃了些虧的話，我會考慮為你做出一些調整，比如從別的地方分流過來一些客源給你，你覺得如何？」

托尼科斯塔雖然一肚子都裝滿了憋屈，但在臉面上，卻還要對老甘比諾的恩賜表示千恩萬謝。

對老甘比諾來說，化解掉這場危機才是他最大的利益保證，金山那邊，喬治幹得不錯，賭場的生意在接手後幾乎沒受到什麼影響，一天下來，兩千美元的毛利是能夠得到保證的，按照百分之二十的上繳比例來算，他從金山那邊一天獲得的利益便是四百美元，別說只是一句虛無縹緲的承諾，即便是讓他一天拿出五十甚至一百美元來補貼托尼科斯塔的話，那他也是有賺無賠。

托尼科斯塔自然不敢向老甘比諾提出過分要求，能得到他的那句承諾已屬不易，即便老甘比諾不給他這句承諾，對他的旨意，托尼科斯塔也不敢有一分違拗之想。

「你見到那個諾力的時候，替我表達一下我對湯姆的謝意，另外替我向他發出邀請，請他有空閒的時候可以到我的莊園來做客。」老甘比諾做出了最後一句交代，然後便做出了送客的手勢。

托尼科斯塔只能起身告辭。

這麼一折騰，待托尼科斯塔帶著一眾手下趕到環球大馬戲團的時候，卻比紐約安良堂的趙大明他們晚到了一步。

第五章

叛逃

如果說邁阿密江湖尚有規矩的話，
那麼，這個規矩只是兩個詞語：弱肉強食，適者生存。
在那裡，幾無華人定居，紐約安良堂叛逃的那位帳房先生
肯定是跟某個墨西哥裔的江湖幫派有所勾結，
否則的話，絕無生存可能。

顧浩然中了毒箭之後，雖然僥倖撿回來了一條性命，但身子骨卻是大不如從前，精力上更是捉襟見肘，因而，堂口的大小事務，基本上都是趙大明在負責。屁股決定腦袋，肩上的責任使得趙大明的性格也改變了許多，相比五年前，顯得沉穩了許多。

小安德森找到堂口的時候，趙大明正帶著一幫大字輩的弟兄在開會，雖說五年多前因為老鬼的關係而識得小安德森，但紐約安良堂和環球大馬戲團之間並無直接交集。這要是擱在了從前的趙大明身上，定然會讓堂口弟兄回一句當家的不在家。但眼下的趙大明很是穩當，雖然一時搞不明白小安德森為什麼會找到堂口來，但還是很熱情的接待了他。

情急之下的小安德森在表述上出現了大問題，趙大明沒聽明白事情的原委，但總算知曉了羅獵此刻正面臨著麻煩，於是，趙大明果斷地終止了會議，將與會的所有大字輩弟兄全都帶上了，分成了四輛汽車，跟隨著小安德森一路疾駛狂奔，終於趕在了馬菲亞之前，見到了搬了張椅子悠閒自得坐在了馬戲團大門口的羅獵。

羅獵跟趙大明的交往不多，但趙大明對羅獵的印象卻是頗深，每每提到羅獵的時候，趙大明的眼前總是會浮現出一個瘦瘦弱弱個子不高的十三歲少年的模樣，而且，這個少年的身旁，必然還要出現一個小胖子的身影。

「大明哥，你怎麼親自來了？」半眯著雙眼，翹著二郎腿，嘴裡哼著不知是什麼名字的小曲的羅獵見到了趙大明，連忙起身，規規矩矩地打了聲招呼。

「你小子在大明哥的地盤上跟別人打架，怎麼？還不讓大明哥插手了是吧？」趙大明跟羅獵同一個屬相，都是屬虎，卻比羅獵大了整整一輪，因而叫一聲小子並虧不了羅獵。

羅獵陪笑道：「那能呢？我本來的意思只是想讓大明哥隨便派幾個弟兄來為我撐撐場面，哪敢想著勞動了大明哥的大駕呢？」

趙大明嗔怒道：「少奉承你大明哥！說吧，怎麼回事呀？怎麼一來到紐約就跟馬菲亞幹上了呢？」

羅獵仔仔細細地將過程給趙大明講述了一遍。

趙大明道：「按理說，你為了彭家班報答小安德森倒也是應該，可咱們跟馬菲亞歷來是井水不犯河水，要是真的收不住而大打出手的話，對雙方都沒什麼好處。羅獵，你得再好好想想，咱們安良堂歷來只為華人出頭，小安德森畢竟是個洋人，為了他，划算麼？」

羅獵拍了下腦門，道：「我忘了跟你說另外一件事了。大明哥，可能你還不知道吧，濱哥他已經決定轉型了，不再觸碰偏門生意。」

趙大明道：「他早就該轉型了，賭場這種生意，賺得雖多，但不積德呀！不過，你小子跟我說這些有用嗎？」

羅獵道：「當然有用嘍！你知道，濱哥將賭場生意轉給誰了？」

趙大明的腦子轉得飛快，立刻明白了羅獵的話意，接道：「轉給馬菲亞了？」

羅獵點了點頭，道：「喬治・甘比諾，甘比諾家族中的前五號人物。」

趙大明隨即笑開了，戳了下羅獵的腦門，道：「怪不得你小子如此的有恃無恐，看來，大明哥真不該那麼為你操心，還心急火燎地跑來護駕，原來你小子早已經拿到了馬菲亞的尚方寶劍！」

正說笑，托尼科斯塔帶著手下趕到了。

在羅獵尚未亮出所謂的馬菲亞的尚方寶劍之前，為了以防萬一，趙大明領著紐約安良堂的一眾弟兄還是拉開了幹上一架的陣仗。

這樣一來，反倒是給了托尼科斯塔找回臉面的機會。

托尼科斯塔也是老江湖了，雙眉微微一皺，便覺察到了這個難得的找回臉面的機會。只見他對著手下叮囑了幾句，然後一個人大踏步地向羅獵這邊走來。

有那麼一點單刀赴會的意思，自然就彰顯出了他的英雄氣概，剛剛被那四名手下丟盡的臉面也就隨之找回來了一多半。

「你就是諾力？我聽喬治提起過你！哦，自我介紹一下，我叫托尼，托尼科斯塔，是喬治從小的好友。」托尼科斯塔走到了羅獵面前，大方地伸出了手來。

羅獵微笑著握住了托尼科斯塔的手，道：「我就說嘛，我們都是喬治的朋友，有什麼矛盾不能坐下來好好談談呢？」

托尼科斯塔道：「是我的手下不懂世故，得罪了你，我代他們向你道歉！」

羅獵微笑應對道：「在我們中華，有一句諺語，叫做大水沖了龍王廟，一家人不認一家人。我想這僅僅是一場美麗的誤會，是為我們的相識做出的一場伴奏。」

本著息事寧人的原則，小安德森向托尼科斯塔提出了每個月補償他三百美元的方案。

有著老甘比諾的那句話擺在面前，就算小安德森一分錢不給，那托尼科斯塔也不敢再對環球大馬戲團有所造次，因而，對小安德森提出的方案，托尼科斯塔是欣然同意。

羅獵仍舊有著為小安德森抱不平的念頭，一旁的趙大明趕緊對羅獵遞過去了一個嚴厲的眼神。羅獵隨即讀懂了趙大明的意思，小安德森雖然對彭家班有恩，但能夠幫助他將此事擺平已經足夠了，畢竟那是屬於洋人之間的矛盾，自己這邊最好還是不要多生是非。羅獵琢磨了下，覺得趙大明提醒得對，於是便閉上了嘴巴。

對托尼科斯塔來說，他並沒有打算向老洛佩斯說出實情，也就是說，那個新開辦的賭場租金仍舊要保持著五折優惠，那麼，小安德森付出的三百元一個月的補償反倒成了他的額外收入。

面子找回來了一多半，實惠又多了每個月的三百美元，托尼科斯塔露出了開心的笑容，在內心深處對羅獵的那些個恨意也就隨之而煙消雲散。

老甘比諾讓托尼科斯塔代傳的邀請對羅獵來說更多的含義只是客套，而趙大明做出的喝酒手勢那才叫一個真，但見小安德森和托尼科斯塔達成了協定，羅獵也就沒有了再耽擱下去的欲望，隨便找了個藉口，向小安德森以及托尼科斯塔做了告別，然後跳上了趙大明的車，風馳電掣駛回了紐約安良堂的堂口。

羅獵跟趙大明相處得不多，跟顧浩然接觸的更少。在羅獵的腦海中，對顧浩然的印象頗為模糊，只記得他長了一張國字臉，兩道濃眉，一雙大眼，有那麼一點不怒自威的味道。可再見到顧浩然的時候，羅獵幾乎認不出他來了。

只是秋冬交替的季節，顧浩然已經穿上了厚厚的棉衣，頭上戴了一頂氈帽，看不出當初的那一頭黑髮還在不在，但原本濃密的兩道眉毛卻已然變得稀疏。國字臉也成了瓜子臉，兩個臉頰瘦的凹出了兩個坑，原本炯炯有神的雙眸也失去了往日的神采。

「顧先生，你還記得我嗎？我是羅獵啊！」到了堂口，羅獵要做的第一件事當然是拜見顧浩然。

顧浩然微微點了下頭，道：「我當然記得你，你是老鬼兄的愛徒，對了，彭先生他現在還好麼？」

「彭先生？」羅獵不禁一怔，隨即便明白了過來，在美利堅，師父用了個假名，原本應該是崔家班的，也被改做了彭家班。「我師父他……已經於三年前仙逝了。」

顧浩然驚道：「老鬼兄他走了？他是怎麼走的？」

羅獵黯然回道：「師父他曾經收了個徒弟，叫耿漢，可師父沒想到那耿漢居然是內機局的人，這對他來說是絕對不能容忍的。後來師父回了國，一心想著雪恥，於是在一場起義中衝在了最前面，不幸中了敵人的槍彈。」

顧浩然一聲長歎，道：「一代奇才，就此殞落，實在可惜啊！」

羅獵道：「對了，顧先生，那個以毒箭傷你的人叫黛安‧萊恩，已經在金山被我們擒獲並處決了，也算是為你出了口惡氣。」

顧浩然點了點頭，道：「你濱哥已經寫信告訴我了，他說，黛安‧萊恩只是下手的人，其後還有個主謀，不知道那個主謀抓到了沒有啊？」

羅獵道：「濱哥說的那個主謀，就是我師父曾經收下的徒弟耿漢。在我來紐約之前，已經親手將他活埋了！」

顧浩然的雙眸中終於有了點光芒。「那就好，那就好啊！」顧浩然感慨著，轉而對趙大明道：「時候不早了，帶羅獵去吃完飯吧，我見不得風，也喝不了酒，就不陪你們了。」

羅獵告辭道：「那就不影響顧先生休息了。」

在紐約安良堂中，羅獵跟趙大明算是最相熟的了，跟其他幾位大字輩弟兄也就是打過照面而已，不熟是一個原因，不善於酒場是另一個更主要的原因，故而，在酒桌上，羅獵表現得相當拘謹，趙大明給羅獵設下的接風宴，反倒成了他們幾個大字輩弟兄的拚酒宴。

趙大明身為堂口的代堂主，自知喝酒誤事的道理，因而從頭到尾始終把控著自己的酒量，到了酒宴結束，他仍舊保持著清醒，而羅獵也沒有多喝，再看看時間，似乎還不算晚，於是，趙大明便擺上了茶台，拉著羅獵要喝點茶，聊聊天。

客隨主便，羅獵自然不會反對。

「時間過得真快啊！一晃眼，五年多便過去了，想當初，你小子剛來紐約的時候，才多大來著？」趙大明沖上了一泡茶，言語之間雖然很是輕鬆，但眉宇之中卻顯得憂心忡忡。

羅獵笑應道：「我那時才十三歲多一點。」

趙大明為羅獵斟上了茶，調侃道：「我還真是佩服濱哥，你說，就你當時那副瘦瘦弱弱黑不溜秋的樣子，濱哥是怎麼看出來你是個可造之材的呢？」

羅獵跟著玩笑道：「別說你納悶，我到現在還納悶哩！」

趙大明為自己也斟上了茶，端起茶盞，呲溜一聲吸了一小口，道：「還有你的那個兄弟，小胖子，叫什麼來著？」

羅獵應道：「安翟，安靜的安，雙羽為頭的那個翟。」

趙大明點了支煙，抽了兩口，道：「他不是練成了夜鷹之眼嗎？後來怎麼樣了？」

羅獵黯然道：「我師父走了之後，便再也沒有了他的音訊，這小子，也真是混帳，怎麼就不知道寫封信回來呢？」

趙大明道：「吉人自有天相，那個胖小子，鬼得很，吃不了大虧的。」

羅獵笑道：「那我就替安翟謝謝大明哥了，托您的福，我想安翟一定會沒事的。」

趙大明抽了口煙，又端起茶盞喝盡了剩下的茶水，道：「我還沒問你，這次回來，到底是為了什麼？別告訴我純粹是出來遊玩散散心什麼的，濱哥那邊正處在轉型期，像你這種好腦袋瓜子，正是派上用場的時候，我就不信濱哥會放你出來閒逛！」

來紐約之前的那天夜裡，羅獵跟董彪聊了很多，董彪多次提起過趙大明，說紐約的顧先生可能是指望不上了，但趙大明卻是一個值得信賴的人，若是遇到了什麼棘手的問題，可以儘管向他開口求助。既然彪哥都說了他值得信賴，那麼，羅獵便不想再憋著，於是便把金山這邊發生的事情，一五一十告訴了趙大明。

趙大明一聲長歎，道：「家家都有本難念的經啊！我原來還指望著能把濱哥請過來幫我度過難關呢，可沒想到，他遇到的事情，遠比我這邊更加複雜，更加危險。」

羅獵道：「大明哥，你這邊遇到什麼難題了？」

趙大明再一聲歎息，道：「不提也罷，車到山前必有路，或許也是我多慮了。」

羅獵撇了下嘴，道：「大明哥，你這就有點不講究了吧？我都把金山那邊的事毫無保留地跟你說了，你這邊遇到的困難，怎麼就不能跟我說說呢？哪怕我幫不上你的忙，但能讓你傾述出來，也能幫你減減壓力呀。」

趙大明猛抽了口煙，然後憋在了肺裡，摁滅了煙頭後，愣愣地看著羅獵，過了好一會，才緩緩地將肺裡的那口煙吐了出來，道：「你小子還真會說話，沒錯，能找個人傾述一下確實可以幫我放鬆一下。」趙大明再沖了一泡茶，為羅獵斟滿了，又點上了一支煙，道：「咱們紐約堂口出了個叛徒。」

羅獵猛然一怔，失口道：「叛徒？他都做了些什麼事？」

趙大明道：「這人是咱們堂口的帳房先生，也不知道他是怎麼想的，居然趁著顧先生病重住院期間，堂口疏於管理的空檔，捲走了五萬美元的鉅款。」

羅獵鬆了口氣，道：「錢丟了再賺回來就是了，我不相信區區五萬美元，就能讓你的堂口傷筋動骨失了元氣。」

趙大明抽了口煙，再喝了口茶，道：「可問題是，他同時還帶走了堂口的帳簿，假若他將那帳簿交給了聯邦稅務局，那可夠咱們好好的喝上一壺的咯，甚至一壺都不夠，十壺二十壺都不好說！」

羅獵不由得再一怔。

聯邦政府能容忍幫會殺人放火，但就是不能容忍別人偷稅漏稅，而堂口的生意，有很多都是灰色產業的灰色收入，按規矩報稅，等於自投羅網主動投案，瞞著不交稅，一旦被查出，課以十倍百倍的罰款都是最輕的處罰，要是較起真來，把領頭人投入監獄判個十年二十年的都屬正常。

「知道他逃去哪兒了嗎？」羅獵下意識問了一句。

趙大明道：「應該是去了邁阿密。」

羅獵道：「那為什麼不派人把他給抓回來呢？」

趙大明兩眼一瞪，隨即又是苦笑，道：「你怎麼知道我沒派人去呢？可是，已經有兩個弟兄栽在了那邊，我又實在走不開，盤算盤算堂口的其他弟兄……唉！」最後的那聲歎息，表明了趙大明的無奈。

邁阿密的江湖是墨西哥裔的天下。

強悍如馬菲亞，亦無法在邁阿密站穩腳跟。

如果說邁阿密江湖尚有規矩的話，那麼，這個規矩只是兩個詞語：弱肉強食，適者生存。

在那裡，幾無華人定居，因而，紐約安良堂叛逃的那位帳房先生肯定是跟某個墨西哥裔的江湖幫派有所勾結，否則的話，絕無生存可能。

而趙大明派去的弟兄，因為長了一張東方人的面孔，在邁阿密極易被發現，若是沒有過硬的本事，只能成為魚肉，任人宰割。連著折損了兩名弟兄的趙大明，不得已而想到了曹濱，或許，只有曹濱才能夠火中取栗，將那名叛徒從邁阿密擒獲回來。

「大明哥，讓我去吧。」羅獵明白，紐約安良堂丟失的帳簿便是一枚定時炸彈，若是不能妥善解決的話，一旦爆炸，那麼紐約安良堂很可能就會遭致滅頂之災。

趙大明一愣，隨即笑開了，道：「你開什麼玩笑？要是把你也折在了那邊，我怎麼向濱哥交代呢？」

羅獵道：「我也不知道自己能不能做得到，會不會折在那邊，但是，濱哥把我安排出來，為的是將來有一天他和彪哥都出了意外的時候，能有人站出來領著金山安良堂反敗為勝，我想，如果我要是做不到去邁阿密處決了那個叛徒並全身而退的話，我也就沒有那個能力帶著金山安良堂的弟兄們反敗為勝。大明哥，你就讓我去吧。」

趙大明仍舊笑著，道：「你說的很有道理，可是我還是不能答應，除非是得到了濱哥的首肯。要不，咱給濱哥發封電報請示一下？」

這是趙大明的精明所在。對羅獵，趙大明沒有多少瞭解，只能依靠表面上的一些資訊進行判斷，既然能被曹濱當做接班人，那麼其能力定然不弱。雖說不弱就表示著比常人要強一些，但能夠強到了怎樣的地步，趙大明心裡並沒有底。同時，趙大明認為曹濱要跟金山的那貨軍警勾結的蛀蟲對著幹並不是一個明智之舉，只不過，曹濱的資格要比他高得多，他不方便對曹濱的決定說三道四。若是能借著羅獵去邁阿密抓叛徒的事情給曹濱發封電報過去，說不定就能起到一箭雙雕的作用。

曹濱一定會擔心羅獵的安危，但又要顧忌羅獵的臉面，因而他很有可能會做出將金山的事情暫時放一放，帶著羅獵一同前往邁阿密的決定。如此一來，既可以幫助自己這邊解決了心腹大患，又可以阻攔了曹濱跟軍警勾結的那幫蛀蟲對著幹的不明智之舉。

「大明哥，不好吧。」羅獵慢悠悠提出了反對意見：「發個電報倒是簡單，但對濱哥來說卻是極為為難，這種做法大有將軍之嫌，令濱哥答應不是，不答應也不是。」

趙大明隨即也意識到了問題，但他的腦子轉得極快，稍一拐彎便將自己的欠考慮給掩飾過去了。「所以啊，你不能去！」趙大明喝了盞茶，再點上了一支香煙。

羅獵道：「五年前，若不是顧先生和你，我跟安翟哥倆很有可能就死在了那鐸的手上，現在，應該是我為你們做點事情的時候了。」趙大明剛想接話，卻被羅獵打斷：「你聽我說完，大明哥。兄弟之間不說什麼應不應該報答的話，但我心裡確實是這樣想的，如果你不答應，這將成為我的一塊心病，這是其一。其二，我很想磨煉一下我自己，說實話，我並不認為邁阿密就是一處吃人不吐骨頭的魔窟，雖然用龍潭虎穴來形容它並不為過。你之前派去的兩名弟兄之所以會折在那邊，一定是過早的暴露了自己的身分和目的。」

喝了口茶，羅獵接著道：「幹這種事，似乎只能是偷偷摸摸地來，偷偷摸摸地去，可是，你人生地不熟的，怎麼能做到不被旁人知曉呢？一旦被人發現了蹤跡，就算有著天大的本領，也幹不過人家幾十成百的人啊！這事要是擱在我身上，我會光明正大地去，光明正大地回，我就不相信，去邁阿密旅遊一趟或是談筆生意，還能把小命給丟了？」

羅獵的話一下子打開了趙大明的思路。這位已經過了而立之年的漢子不禁在心中做起了自我責備，怎麼自己就想不到這種不按常理出牌的策略呢？如果能早一點想到羅獵所說的套路，那麼，自己手下的那兩名弟兄不就不用犧牲了麼！

「怪不得濱哥會那麼器重你！聽了你的這番見解，大明哥總算是明白了。」趙大明抽著香煙，由衷地讚歎道：「**很多時候，換一種思維便是換一片天地**，我雖然懂得這個道理，但多數時候我卻做不到，而你小子，才十八歲便有了這樣敏銳的思維，大明哥是不得不服啊！」

羅獵搖了搖頭，直言不諱道：「大明哥，你錯了，這跟天賦無關，這不過是一種做事習慣而已。我是跟濱哥學來的這一招，他在遇到了棘手的問題時，絕不會立刻做出決定，他會將自己關在屋裡，把問題反覆梳理，有時候還會叫上我跟彪哥，聽我倆在那瞎胡扯，或許我跟彪哥說的一百句話中有九十九句廢話，但也可能有那麼一句會給濱哥帶來靈感。而大明哥你相比起濱哥來，性格上還是著急了一些，就拿咱們剛坐下來喝茶的時候，我就看出來了你有心事，而且還是蠻重的心事。你的心思已經被事件所困擾，也就無法跳出局外對事件進行客觀的梳理。」

趙大明不免有些發愣。

毫無疑問，羅獵的這些個批評對他起到了振聾發聵的作用，這是他發愣的一個原因，更主要的另一個原因則是他怎麼也想不到五年前還是個什麼都不懂的小屁孩怎麼就能經過短短的五年便成長到了這等高度了呢？

「你分析得很對，羅獵，顧先生之前多次教導過我，在遇到問題的時候，首先要做的不是解決問題，而是分析問題，他還教導說，許多問題看似棘手，但只要把問題分析透徹了，將問題癥結抓到了，便可以達到迎刃而解的效果。在咱們堂口的帳房先生叛逃一事上，我確實沒能做到冷靜下來，仔仔細細地將問題考慮清楚，我是被潛在的危險所困擾了，才會急於做出決定，匆忙之間便連著派出了兩名弟兄。當得到了他們折在邁阿密的消息後，我又備受打擊，心思則更加混亂。不瞞你說，小安德森前來通知我的時候，我正帶著堂口大字輩弟兄開會討論這件事，可我們全都是一個鳥樣，腦袋瓜子全都是亂的，嘮叨來嘮叨去，沒一個能把話說到點子上去。」趙大明誠懇作答，只是他自己都沒意識到，他對羅獵的稱呼，已經悄然從你小子轉變成了羅獵的大名。

羅獵道：「對不起，大明哥，我不該這樣跟你說話，顯得沒大沒小，我只是因為……」

趙大明趕緊攔住了，道：「不，不不，羅獵，你做得對，說得好，這才是兄弟之間的真心誠意，大明哥不是那種小肚雞腸的人，大明哥感激你都還來不及呢！」

羅獵道：「大明哥，咱們還是別停留在理論上無法自拔了，咱們還是說點實在的吧，給我安排一個激靈點的跟班兄弟，我帶著他，裝扮成來自於大清朝的闊少爺，人傻錢多，特容易上當受騙。」羅獵說著，不由得想起了彪哥帶著他裝扮成來自大清朝的傻闊少欺騙金山房產管理局的往事來，禁不住笑了兩聲，接道：「這樣的人到了任何一個地方都會被人捧在了掌心，他們會想著既然如此好騙，那就根本不需要用強，而且，因為自私自利，更會爭著搶著將他保護起來。安全自然就不消多說了，各種資訊也可信手拈來。」

趙大明露出了欣喜之色，道：「這個設計極為巧妙，說真的，我都有些動心了，要不，我來扮演那個闊少，你來扮演我的跟班？」

羅獵撇嘴笑道：「你可拉倒吧，就你的那雙眼，睡著覺都能閃爍出狡黠來，哪裡能扮演得了傻闊少呢？還是我來吧，畢竟在金山的時候，我跟彪哥為此排練過一整天，而且還有過實戰經驗。」

趙大明誇張驚呼道：「天哪，你們可真會玩！跟大明哥說說，彪哥帶著你還胡鬧過什麼過癮的事情了？」

羅獵笑道：「大明哥，你別跟我鬥心眼，主意是我出的，事情必須由我來做，你可不能不講究，偷走了我的計謀，然後將我晾在了一邊。」

趙大明被戳穿了小心思，不由得露出了不好意思的笑容來，道：「不是大明哥跟你耍心眼，是因為不經過濱哥，我實在不敢動用你，這是咱們安良堂的規矩，破不得！」

羅獵笑道：「你把人給我找好，把那個帳房先生的資料備好，我偷走了你的資料，拐走了你的人，這樣，不就算不上破規矩了麼？」

趙大明再也找不到拒絕羅獵的理由，事實上，他被羅獵說動了心，也根本不想再去找拒絕的理由。「叛逃的帳房先生叫李西瀘，英文名叫查理，具體的資料都在我辦公桌左邊的抽屜裡，我有午休的習慣，一般午休的時候，辦公室都不會上鎖，但辦公室外會有堂口弟兄值班，你可能要費些功夫。你要的小跟班我倒是有個人選，不過不在堂口，最快也要到明天晚上才能帶來見你。好了，時候不早了，客房已經為你準備好了，早點休息吧。」

領著羅獵來到了客房，趙大明頗為細心地再為羅獵檢查了一下生活用品，看了看開水壺中有沒有開水，再看了洗臉盆裡有沒有打上了清水，最後還檢查了一下床上的被褥是否足夠保暖。

「行了！大明哥，我又不是三歲小孩，我能照顧好自己的。」趙大明的細心終於引發了羅獵的不耐煩，或許是旅途勞累，也或許是晚上吃飯時喝的酒起到了作用，羅獵只覺得睏意來襲，哈欠連連。

趙大明檢查一遍，確定客房的準備沒什麼差池，這才打了聲招呼，離開了房間。

羅獵脫去了衣衫，鑽進了被窩裡，可是，猶如條件反射一般，艾莉絲的身影忽地出現在了眼前，登時，羅獵的心頭湧上來了一怔酸楚，剛剛還是濃烈的睏意一下子煙消雲散。

在用盡了一切促進睡眠的手段而無效之後，羅獵乾脆披衣下床，來到了窗前。不知何時，烏雲籠罩了皎月，寒風也緊了許多，卷起了樹上的殘葉，打在了窗櫺上，發出了微微的聲響。一場秋雨一場寒，眼看著即將而至的這場雨將成為最後一場秋雨，待雨歇之時，或許冬天也就正式來臨了。

羅獵以幻想中的邁阿密之行替代了艾莉絲的身影，他設想了種種情景和各種有可能出現的突發狀況，並一一思索出應對策略。終於，在天空中落下第一陣雨滴的時候，睏意重新襲來。帶著對陌生的邁阿密之行的思考，並依靠雨聲的安眠作用，羅獵終於成功入睡。

整個後半夜，雨就沒有停歇過，到了應該天明的時分，那天色依舊昏暗如黎明之前，風兒更緊，雨兒更密，始終處在缺覺狀態的羅獵則睡得更加踏實。待到醒來之時，已是上午將盡，午時即至。

起身洗漱完畢，羅獵來到了堂口院落，相比金山的曹濱，紐約的顧浩然更有些文化氣息，因而，這堂口院落的風景整飭的要遠比金山的堂口更加賞心悅目。風兒舒緩了許多，只是吹在了臉上更加冰冷，雨兒也稀疏下來，只是隱隱覺察到其中有些細微的冰粒。看來，秋姑娘走的較為決絕，而冬大叔到來的有些心急。

寒風冰雨刺激地羅獵更加清醒，閒逛中，他推翻了夜間的多個情景以及應對，雖然，他也知道這樣的空想並沒有什麼實際意義，但閑著也是閑著，多想一想總是沒什麼壞處。

「我還去房間找你呢，沒想到你這麼有雅興。」趙大明不知道從哪兒鑽了出來，向羅獵招呼道：「該吃午飯了，陪你吃完了午飯，我還要出去一趟。」

羅獵的思維猛然間被打斷，一時沒能完全聽清楚趙大明的話，誤以為趙大明要和他一道外出辦事，於是問道：「你不是有午休的習慣麼？午休過後再出去不好麼？」

趙大明怔了下，隨即明白了羅獵的誤解，便以反問的形式做出了解釋：「我外出辦事不就等於午休了嗎？」

相比金山安良堂，紐約安良堂還有一個優勢，那就是堂口的後廚師傅要優秀許多。在金山的堂口，周嫂燒菜的水準那絕對是一流，但周嫂的主要職責卻是照顧曹濱的起居生活，除非是濱哥、彪哥或是羅獵耽誤了飯點，或是堂口來了重要的客人，否則的話，是絕無可能吃到周嫂燒的飯菜。有時候，羅獵會夥同彪哥一道故意錯過飯點，但此招數卻不敢經常使用，生怕被周嫂發現了貓膩。

而紐約堂口的後廚師傅燒出來的菜絕對不亞於周嫂，想當初，那西蒙神父為了討好艾莉絲，便是在紐約堂口的後廚中學會了幾招，而就是這麼幾招，便使得西蒙神父儼然有了中餐大廚的風範。

睡得好，便能吃得香，再加上紐約堂口的後廚菜燒得又精緻入味，使得羅獵一口氣連吃了三大碗米飯仍舊覺得意猶未盡。

「怎麼樣？好吃麼？好吃那就多吃點，我像你那麼大的時候一頓能吃五碗飯呢！」得到了羅獵的讚賞，趙大明伸手要去拿羅獵的飯碗，準備給他再添上一碗飯。

羅獵連忙死死地護住了碗，道：「不行了，大明哥，我已經吃撐了。」說著，控制不住地打了個飽嗝。

趙大明也不強求，推開了碗筷，道：「都不是外人，我就不跟你客氣了，來到了紐約，就跟在金山一樣，想幹啥就幹啥，只要別太出格就行。」趙大明衝著羅獵使了個眼色，得到了羅獵的肯定反應後，會心一笑，便招呼了手下準備出門辦事。

羅獵休息了一會，待到腹中不再撐得慌的時候，蹓躂到了趙大明的辦公室門外。旁邊果然有個堂口弟兄在那兒守著，羅獵拿捏出一副吃飽了撐的沒事幹才會瞎蹓躂的神態，踱了過去，跟那弟兄聊起了天來。片刻之後，羅獵忽地連打了幾個噴嚏，並道：「這紐約的天還真冷啊，我這次來可是要慘了，居然沒帶棉衣過來。」

值崗的弟兄知道羅獵的身分，本著地主之誼需要照顧好外地兄弟的思想，那弟兄熱心道：「兄弟，你在這兒幫哥長個眼，哥去給你拿棉衣來。」

羅獵回應了感激的樣子。待那兄弟離開後，羅獵呲溜一下便鑽進了趙大明的辦公室中，找到了李西瀘的資料，羅獵將之在懷中揣好，然後出了門，卻不離開，直到那弟兄回來之時，還嚷道：「這可是大明哥的辦公室？他怎麼那麼粗心，不鎖上房門呢？」

那弟兄也沒起疑心，應道：「大明哥說，門鎖只是防君子而不防小人，他嫌整天掏鑰匙開鎖太麻煩，所以一般不會鎖門。」

羅獵裝腔作勢道：「那怎麼能行呢？大明哥掌管一堂大小事務，這辦公室乃是重中之重，萬一被別有用心的人鑽了空子，怎麼了得？」

那兄弟笑道：「大明哥有個習慣，但凡重要物品，都會鎖在保險櫃中，再說了，咱們兄弟二十四小時在這兒值班，鎖與不鎖，不都一樣麼？」

羅獵從那兄弟手中接過棉衣，穿在了身上，道：「說得也是，倒顯得我多心了。謝謝了，老兄，穿上了棉衣，果然暖和多了。」

目的已然達到，羅獵不想在此耽擱時間，於是便和那弟兄說了幾句客氣話後，繼續前行，來到了堂口後院。羅獵依稀記得，紐約堂口的後院有一處練功房，其中的設施設備，均是一流。在火車上待了五天多，到了紐約之後，只是跟那四名馬菲亞嘍囉打了一架，而那一架，對羅獵來說幾乎就算不上什麼運動。睡得好，吃得更好，那羅獵身上的肌肉難免有些躁動，若是不運動一番，出上一身的熱汗，便是渾身不自在。

堂口的弟兄多數習慣在上午過來打打沙袋練練拳，因而在下午時分，練功房中稀稀拉拉卻是沒幾個人。羅獵進到了練功房中，先是做了幾組俯臥撐蹲起跳之類的熱身，然後便抱著一個人形沙袋耍起了他自己獨創的練功方法。

早在金山國王搏擊俱樂部中跟老賓尼練習搏擊的時候，羅獵便發覺了一個問題，不管是西洋的拳擊還是東方的唐手或是中華武術，都要講究出拳的速度以及力量，可是，每當羅獵加強了出拳力量的時候，總會影響到他的飛刀準頭。如此相悖的情況下，羅獵只能做出二選一的決定，對他來說，自然是要保持飛刀的準頭而放棄出拳的力量。

因而，羅獵在徒手搏擊之時，總會因此而吃虧。

師父老鬼傳授給大師兄趙大新的徒手搏鬥功夫是擒拿手，在一對一的搏擊中，擒拿手確實是犀利，但在一對多的情況下，擒拿手便顯得有些繁瑣有些遲鈍。即便是一對一，當對方擁有著絕對力量或速度的時候，擒拿手也將失去克敵威力。好在羅獵的身邊還有個董彪，而董彪的搏擊技能，一方面來自於老賓尼，但更多的來自於打野架出身並無師自通的曹濱。

名門正派的武學大師總是看不起那種打野架出身的人物，那是他們沒遇到像曹濱那種可以一對十甚至更多的街頭霸王，曹濱動手，從來不講招數好看不好看，只講結果有沒有效果，董彪傳授給羅獵的封眼鎖喉踢褲襠的絕招，便是傳承於曹濱。而這一絕招，已然成了羅獵在徒手相搏中最為擅長的招數。

面對那只人形沙袋，羅獵的練功方式當然是圍繞著封眼鎖喉踢褲襠的絕招來進行。

練的正嗨，忽聽身後傳來一聲嘲笑。

羅獵不由停了下來，轉身回看，不遠處卻是站著一位壯漢。那壯漢環抱雙臂，眼眸中流露出濃濃的鄙夷之色，但見羅獵轉身看向了自己，那壯漢發出一聲嗤笑，嘟囔道：「這練的是啥機八玩意呀？」

張口便是爆粗，滿臉的神色全是不屑，饒是羅獵的好脾氣，那也是有些受不住，於是便下意識地回敬了一句：「大哥，老鼠打洞靠嘴，兔子鑽窩靠腿，各有各的招。你練你的拳，我練我的功，你何苦嘲笑我呢？」

那壯漢姓秦，單名一個剛，乃是紐約安良堂大字輩尚未賜字的弟兄，若是聽到了羅獵的名字的話，他或許會有印象，五年前羅獵被那鐸劫持的時候，這老兄曾經參與過解救。只是隨後被顧浩然安排到了紐華克地區開展業務，直到前一段時間才調回堂口，因而對成年後的羅獵毫無印象。而昨日羅獵來堂口之時，秦剛一是沒資格接待羅獵，二是他剛巧也不在堂口，到了午飯後才回到堂口來，來到之後便進了練功房，見到了正在練功的羅獵。因而，在不知情的狀況下，那秦剛還以為面前的這個小夥應該是剛收進堂口沒多久的通字輩小兄弟。

差了一輩的弟兄敢跟自己以這種口氣說話？那秦剛原本只是嘲諷看不起的臉色倏地一下冒出了怒火。「你他媽是誰收進來的？怎麼能這樣沒大沒小沒規矩呢？老子罰你面壁三個小時，不准吃晚飯！」

羅獵回懟一句之後，隨即便有些後悔了，畢竟這兒是人家紐約安良堂的堂口，自己在這兒，怎麼著也是個客人，讓著點主人本是應該。可是，卻沒想到這壯漢越發不像話，羅獵也難免有了些火氣。禁不住一聲冷哼後，羅獵撇嘴道：「你誰呀？你有什麼資格處罰我？就算是大明哥也不敢處罰我呀！」

羅獵所言並無誇張，身為金山安良堂的堂主接班人，羅獵和紐約安良堂的代堂主趙大明不單是同輩，而且還是同一級，即便羅獵做錯了什麼事情，趙大明也無權責罰於他，只能是如實稟報給曹濱。換了個脾氣穩當一些的人，聽到了羅獵的這句話也就該清醒一下了，可那秦剛偏就是個莽漢，不單感受不到羅獵的那副氣場，反倒是火冒三丈，袖子一擼，便衝了上去，準備親自出手教訓羅獵一番。

秦剛生的是五大三粗，肩寬背闊，孔武有力，論個頭要比羅獵高了半頭，論體格要比羅獵粗了一圈，一身橫練功夫更是了得，徒手相搏的話，在紐約安良堂中還沒有誰能贏得了他。

眼看著衝突不可避免，羅獵不敢怠慢，先是後退兩步，然後倏地出手，左拳封眼，右手鎖喉——接連遞出的這兩下顯然是虛招，目的只是想令對手的防守重心移至上方，從而露出中間空檔，以便自己好踢出奔向對手褲襠的那一腳。

可是，羅獵個矮拳短，封眼鎖喉的招數還差了那麼一點威脅。秦剛悶哼一聲，不躲不閃，一拳砸向了羅獵。

羅獵只好撤招閃躲。

秦剛再進一步，又是一拳砸出。

羅獵變換西洋拳法的步伐，腳下快速顛起碎步，繞過秦剛，重新拉開了距離。

秦剛在為人處世上的情商不高，但在搏鬥對決時的智商卻不低，僅僅兩個回合，他便已然看出了羅獵的意圖，想仗著年輕和靈活來消耗掉老子的體力？門都沒有！再一聲悶哼，秦剛揮起了雙拳，暴風雨一般泄向了羅獵。

橫練出來的多是硬功，諸如金鐘罩鐵砂掌之類，此等功夫在攻防兩端講究的是絕對力量卻疏於招數精妙。對戰時，確是有著不少的破綻，但當對手攻向自己的破綻的時候，只需硬碰硬回敬一擊，自己受到的傷害可以承受得住，但對手卻承受不住自己的那一擊。

秦剛狂風暴雨般的攻擊自然顯露出了許多的破綻，羅獵在後退躲閃之際，若是以飛刀迎敵的話，至少有三次以上的機會可以將他一擊斃命。但秦剛怎麼說都是安良堂的自己弟兄，羅獵縱然是戰敗，也絕不肯亮出飛刀來。

雖然場地寬闊，羅獵有著足夠的空間來閃躲抵擋，但在秦剛這一輪暴風雨般的進攻下也是吃了不少的暗虧。好在暴風雨不可能持續不停，那秦剛終有一口氣用盡之時，便在秦剛暫緩拳腳準備調整一下氣息之時，羅獵抓住了機會，將右手雙指並在了一起，當做了飛刀，射向了秦剛的咽喉。

速度之快，電石火光，那秦剛根本來不及躲閃，只能硬生生受下了這兩指。

橫練功夫，練到了極致，全身上下並無薄弱。只不過，這種毫無薄弱之處只是相對而言，像咽喉處，若想擋得住一記重擊，卻也只能憑藉著一口內氣。可是，羅獵出手之時，正是秦剛調整氣息之時，體內那口內氣，剛好處在前一口已經消退後一口尚未生成之時，那咽喉處，自然談不上堅固。

秦剛當即怔在了遠處，面色痛楚，體內氣血翻騰，咽喉處卻偏偏像是設下了一道鐵閘，呼氣呼不出，吸氣吸不來。

若此時羅獵繼續攻擊，那秦剛便只有挨打的份，絕無還手的力。但羅獵念在同門的份上，同時也有著雙指劇痛的緣由，並未繼續進攻，而是抱著膀子後退了一步，笑吟吟看著秦剛，並暗自用胳膊窩夾緊了那兩根手指揉搓著，減輕疼痛。

僵持了片刻，那秦剛終於緩過了一口氣來，平復了體內翻騰的氣血，臉上的痛楚神情也消減了許多。「你究竟是誰？」僅僅是緩過氣來，但咽喉的創傷依舊存在，那秦剛說起話來很是艱難，而且聲音相當嘶啞。

羅獵抱了下拳，道：「金山安良堂，羅獵！」

秦剛猛地一愣，驚道：「羅獵？你是羅獵？」

羅獵呵呵笑道：「怎麼？不像麼？」

秦剛搖了搖頭，道：「不像，一點都不像。」

羅獵道：「聽你這麼說話，就好像你以前見過我似的？」

秦剛點了點頭，道：「五年多前，咱確實見過你。」

身為被解救的人質，紐約安良堂的眾弟兄有可能記得住羅獵，但羅獵絕無可能記得住當初解救他的那些個弟兄，而且，時過境遷，每一個人的身上或多或少都發生了些許變化，除了趙大明之外，羅獵並不記得當初還有誰參與過解救他的行動。不過，秦剛提到了五年前，羅獵自然想到了那次被劫持，並認定面前的這位壯漢應該是也參與了那場解救行動。

「你叫什麼？看你的年齡還有你這身好功夫，應該是大字輩的弟兄吧。」羅獵雖然想到面前這位壯漢應該參加過那次解救行動，但畢竟不熟，一時間也不知道該怎麼表達感謝，於是下意識地先寒喧了起來。

秦剛的咽喉處遭受了重創，說起話來很是艱難，但仍舊硬撐著做出了細緻的回答：「咱姓秦，叫秦剛，沒錯，咱是安良堂大字輩的弟兄，只是先生尚未賜字。」

羅獵突發奇想，邁阿密之行若是帶上這秦剛做為自己的跟班，豈不是形象更加貼切麼？「我問你，你想不想得到顧先生的賜字呢？」羅獵露出了狡黠的笑容來。

秦剛兩眼一亮，道：「想，當然想！」

羅獵的狡黠笑容更加明顯，道：「跟我去邁阿密轉一圈，等回來之後，我保管讓顧先生賜字給你，怎麼樣？」

堂口的帳房先生叛逃乃是大事，這等大事想瞞是瞞不住的，因而，當羅獵提到了邁阿密時，那秦剛已然知道了羅獵的目的。羅獵說得雖然輕鬆，但秦剛明白，邁阿密這個地名代表的便是危險，甚至是死亡。不過，但凡入了安良堂的弟兄，早已經將生死置之度外，那秦剛聽了羅獵的話，雙眉一挑，毫不猶豫地簡單回道：「好啊！」

羅獵欣慰點頭，道：「不過，去邁阿密光能打還不夠，還得會演戲，我不知道你在這方面上有沒有天賦。」

秦剛的神色登時暗淡下來，不禁搖頭道：「咱連看戲都不喜歡，哪裡會演什麼戲？」

羅獵苦笑道：「我說的演戲可不是登上舞台唱上一齣，我說的是你得能扮演得了我一個跟班的角色，懂麼？」

秦剛登時笑開了，道：「這不用演，咱打小就是個跟班，入了安良堂之後，幹的最多的還是跟班的活。」

羅獵大喜過望，道：「那就說定了，明天一早，咱就出發，記住了，堂口上下，誰都不能說，包括顧先生還有大明哥，具體原因，等咱們上了路，再跟你解釋。」

秦剛怔道：「那不好吧？那可是壞了規矩的。」

羅獵道：「我當然知道堂口規矩，可是，規矩是死的，人是活的，事情是始終處在變化中的，我就一句話，聽我的，等回來之後，顧先生一定會為你開堂賜字，你若是怕了，不敢去了，就當我什麼都沒說過。」

橫練功夫能練出成就的人同樣需要天賦，一是要有個好身子板，先天就能扛造，二是在性格上要有個擰巴勁，否則往往會因為吃不了苦受不住罪而半途放棄。那秦剛在橫練功夫上的造就可是不低，只因為在那兩項天賦上都是出類拔萃。被羅獵這麼一激，秦剛頓時上來了擰巴勁，悶哼回道：「咱怕個逑呢？大不了回來被責罰就是了。」

羅獵笑道：「就是，你連我這個被賜過字的大字輩弟兄都敢打，還有什麼好怕逑的呢？」

秦剛稍顯尷尬，回道：「咱可沒能把你給怎麼了，反倒是吃了你的虧，咱這喉嚨，恐怕沒個三五日是好不了了。」

羅獵道：「誰讓你把我給逼得沒了辦法了呢？只能下狠手嘍！你呀，別跟我耗著了，趕緊去找些冷水冰一冰，說不定明天就沒事了。」

秦剛剛要舉步，卻又站住了，問道：「咱們明日幾時出發？」

有了秦剛，羅獵對趙大明所說的人選失去了期待，本著趕早不趕晚的心理，羅獵答道：「明早七時，堂口大門處見，記住了，要像往常一樣，無需攜帶行李。」

秦剛雖然迷迷糊糊不知羅獵是何用意，但心中服氣羅獵剛才對他施展出來的雷霆一擊，又對羅獵的承諾有所期盼，於是便毫不猶豫地應下了，歡快離去。

跟秦剛的這場對戰雖然短暫，但消耗頗大。待秦剛離去之後，羅獵也是頗有精疲力盡之感，於是隨意做了些放鬆動作，將肢體舒展了一下後，便回房間擦拭汗漬了。

第六章

古靈精怪的小子

趙大明能證明的不過是顧霆在邁阿密生活過，
而這一點，顧霆已然承認。
但在邁阿密生活過並不代表著他會說或能聽得懂墨西哥話，
這一點，也是毫無毛病。
很顯然，是這個古靈精怪的小子耍弄了自己，
同時也騙過了趙大明。

到了傍晚，趙大明差人將羅獵請到了他的辦公室中。一進門，羅獵便看到了房間一角的沙發上，斜坐著一個古靈精怪的小子。那小子長得是眉清目秀明眸皓齒，若非留了個光頭，羅獵幾乎要將他當成了個小姑娘。

不消多說，這小子肯定是趙大明為他找來的小跟班，於是，不等趙大明開口，羅獵搶先問道：「你叫什麼名字？今年多大了？」

那小子揚眉挑眼，斜著嘴角回道：「小弟年滿十八，姓顧名霆。」

羅獵不禁皺起了眉頭，道：「顧婷？怎麼起了個女孩的名字呢？」

顧霆冷哼道：「是雷霆萬鈞的霆！真不知道你讀過書沒？」

羅獵微微搖頭，道：「看你的模樣，也沒有十八歲呀？」

顧霆再一聲冷哼，回敬道：「虛歲啊！我是臘月生的，虛兩歲，你知道為什麼會虛兩歲嗎？」

羅獵稍微沉了下臉，道：「這兒是美利堅合眾國，不講虛歲。」

少年時，總想著快快長大，因而會往上虛報年齡，而過了中年之後，總是會唏噓青春不在，對年齡便是苛刻到了月份，絕不肯將自己的年紀多說一個月。顧霆正處在希望快快長大的階段上，自然是習慣於報虛歲而不報周歲，結果被羅獵嗆了一句，下意識地翻了翻眼皮，想找些話來回擊，可腦子轉的又不是那麼快，一時間彷彿有千萬回擊的語言，但又堵在了喉嚨處吐不出來，只因為感覺上那些回擊毫無力道。

趙大明泡了兩杯茶，端了過來，介紹道：「顧霆啊，可不能對你羅大哥沒大沒小，就算是你顧伯伯，對你羅大哥也要禮讓三分，沒有規矩不成方圓，記不住這句話，你就休想入到堂口中來。」轉而再對羅獵道：「顧霆的父親跟顧先生是本家兄弟，這小子一直吵吵著想入堂口，顧先生嫌他太小，一直沒答應，但這小子古靈精怪，我覺得剛好適合做你的跟班。」

多一個人並非是多一份力量，而是多了一份負擔，選定了秦剛之後，羅獵已是心中有底，對這位長相可愛但口齒不饒人的小子並沒有幾分期許，於是便回道：「大明哥，我已經找到合適人選了，這位小少爺，我想還是留在紐約吧。」

顧霆登時急了眼，嚷道：「你找的人能有我合適嗎？他去過邁阿密嗎？他能聽得懂墨西哥話嗎？他清楚邁阿密都有哪些幫派嗎？」

羅獵登時愣住了，顧霆的這一連串反問，還真是問到了他的軟肋上，這些個能力，恰恰是他最為需要的。

那顧霆甩出了一串反問後，不等羅獵反應過來，立刻起身，傲嬌地昂了下頭，便往門外走去，邊走邊嘟囔道：「哼，不想帶我去就明說，我還不想跟你去了呢！」

趙大明急忙喝道：「站住！」

顧霆繼續邁出了兩步，走到了門口，方才站住了腳，只是扭過頭來，道：「大明哥，人家不稀罕我，我還留下來幹啥呀？」

趙大明看了眼羅獵，道：「你找的人是誰呀？有顧霆合適麼？」

羅獵道：「我下午在練功房中遇到了秦剛，我感覺他做個跟班挺像那麼回事，不過，這個小顧霆似乎又有些作用，一個闊少爺帶著兩個跟班也是正常，你說呢，大明哥？」

趙大明衝著顧霆招了招手，道：「聽到了沒有？你羅獵大哥答應帶上你了。」

顧霆摸了下錚亮的腦門，露出了燦爛的笑容，乖乖地坐回到了沙發上。

羅獵道：「除了你剛才說的那些，你還會些什麼呢？」

顧霆道：「你還想讓我會些什麼呢？」

羅獵被懟的只得苦笑，道：「會不會跟人家打架呢？」

顧霆搖了搖頭，道：「我從來不跟人家打架，我怕一出手就傷了人家。」

羅獵好奇道：「哦？那麼說，你的功夫挺深厚的？」

顧霆又習慣性的揚眉挑眼，斜著嘴角回敬道：「要不要跟我切磋兩招？」

趙大明訓斥道：「不許放肆！以你羅獵哥的能耐，大明哥都不是對手，更何況你那點三腳貓的功夫呢？」轉而再對羅獵解釋道：「顧先生指點過他的基本功，之後又跟我練了些拳腳，對付一般人尚可，但跟你卻是沒得相比。」

羅獵點了點頭，道：「那也無妨，咱們這次去邁阿密，用的是腦子，不是武力。」

顧霆搶道：「那就更應該帶我去了，顧先生都誇過我，說我最聰明了。」

但凡能說出自己最聰明的話來的人，往往都是最愚蠢的人，最多也就是擁有點小聰明。可是，這句話放在了顧霆的口中，卻不得不讓人相信。單是那一雙古靈精怪的雙眸，便可以斷定此子絕非愚笨之人，而且，就羅獵剛才的婉拒，他能在極短的時間裡切中羅獵的軟肋，單憑這一點，也足以證明顧霆的聰明。

但聽到了這種自誇之言，羅獵還是稍感彆扭。

趙大明急忙圓場道：「你那只是小聰明，比起你羅獵哥的大智慧來，還差了許多呢。」

羅獵跟著自謙道：「大明哥莫要捧殺我了，我哪有什麼大智慧呀，最多也就是點小聰明。」

堂口弟兄敲響了趙大明辦公室的房門，說是晚飯已經準備好了，再不去吃就要冷了。趙大明只好咽回了剛要想說的話，起身帶著羅獵和顧霆，去了飯堂。

吃過了晚飯，趙大明將顧霆打發去了房間，然後拉著羅獵回到了他的辦公室。事關重大，雖然他對羅獵有著信心，但同時也有著不少的擔憂。

「準備什麼時候出發？」趙大明為羅獵換了杯茶，並點上了一支香煙。

羅獵沒有直接回答趙大明的問題，而是反問道：「大明哥，我記得你以前不怎麼抽煙的，可現在怎麼有了那麼大的煙癮呢？」

趙大明歎道：「自打顧先生中了毒箭之後，堂口的大小事務便都落在了我的肩上，不當家不知柴米油鹽貴，大明哥身上的這副擔子實在是太重了，抽支煙，多少能舒緩下神經，一來二去，這煙癮也就染上了。」

羅獵道：「彪哥一直想著讓我也學會抽煙，可是，這煙不點著的時候聞起來挺香，可點著了之後，只覺得嗆人。」羅獵順手拿過了趙大明的煙盒，抽出了一支來，放在了鼻下嗅著煙草的香味，接道：「我跟秦剛約好了，明天一早七點鐘在堂口大門見。」

趙大明點了點頭，道：「趕早不趕晚固然是對的，可你不需要準備充分嗎？比如置辦一身闊少爺的行頭？再弄上一尾假辮子戴在頭上？」

羅獵搖了搖頭，道：「靠行頭來裝扮並不可靠，萬一穿幫露餡，那可就說不清楚了。」

趙大明想了想，道：「也對，假的就是假的，真要是不小心穿幫露餡了，反倒是更加麻煩。」趙大明說著，起身來到了書桌後的保險櫃旁，打開了保險櫃，取出了一個紙袋來。「但是啊，裝扮闊少爺還是有幾樣東西是不可或缺的，我下午出去，一是找來了顧霆，二便是幫你預備了這些物品。這張存摺是花旗銀行的，全國通兌，我在裡面存了五千美元，這是大清朝闊少爺的必備物品，瑪瑙扳指，喏，我還給你買了副墨鏡，戴上它才更有派頭。」

最後，趙大明從紙袋中拿出了一把小巧精緻的手槍，並解釋道：「這把勃朗寧要比美利堅的左輪可靠多了，個頭又小，很適合藏在身上。」

羅獵接過手槍，擺弄了兩下，然後還給了趙大明，道：「送給顧霆吧，我用不著這玩意。」

這一晚，趙大明跟羅獵聊了很久。

從紐約聊到了金山，從安良堂聊到了美利堅，最後還聊了一會耿漢的故事。但唯獨沒有聊到趙大明最為擔心的羅獵邁阿密之行。不是趙大明不想聊這個問題，在他心中，有著太多的顧慮和壓力，但他生怕將自己的這種情緒傳遞給了羅獵，因而始終不敢觸及這個話題。

羅獵畢竟是學過讀心之術，早已經看懂了趙大明的心思，聊到了最後，還是羅獵主動道：「大明哥，你就放心吧，這大半年的時間，我跟濱哥、彪哥學到了好多東西，此次邁阿密之行，我有可能拿不回帳簿或是處決不了李西瀘，但我一定會安然歸來的。」

這種安慰，對趙大明來說幾乎無用。他並不懷疑羅獵的能力，雖然沒有親自切磋過，但趙大明相信鬼叔教出來的徒弟，又在曹濱、董彪的手下磨煉了大半年，其一身本事應該早就超過了他自己。但是，那邁阿密畢竟是個陌生之地，且稱為龍潭虎穴並不為過，即便有著曹濱那樣過人的能耐，也不敢說就一定能夠全身而退。

萬一那羅獵有個三長兩短，他趙大明可是擔待不起。

但是，若不能儘快解決了李西瀘並拿回帳簿，那麼紐約安良堂便始終處在滅頂之災的威脅之下，而自己這邊已經派過去了兩名弟兄，應該已經驚動了李西瀘，若是不能一舉拿下的話，恐怕今後就算是曹濱出馬也難以達到目標，因而，在人選方面，羅獵又是最合適的那一個。

對趙大明來說，又只能寄希望於羅獵。

「我放心，我當然放心！」趙大明極力掩飾著內心中的焦慮，勉強擠出了一絲笑容來，道：「說實話，你選中的那個秦剛，確實比顧霆要合適一些，大明哥的腦子確實是不夠用了，只聽了你說了一聲要個小跟班，我便把思維固定在了年齡上要比你小，卻忘記了怎麼樣的人才能真正幫到你。」

羅獵道：「顧霆很不錯的，聽他說出的話，好像他對邁阿密很熟悉，還能聽得懂墨西哥話，對我應該有很大幫助的。」

趙大明道：「這倒不是他在說大話，他們家最早就是在邁阿密一帶討生活，是前些年才搬到紐約來的。還有，顧霆這小子古靈精怪，應變能力超強，跟秦剛正好形成互補。對了，羅獵，我還沒問你，你是怎麼想到秦剛的呢？」

羅獵簡單將下午在練功房中發生的那一幕跟趙大明說了。

趙大明笑道：「要說論兵器，秦剛他在堂口中勉強能排在十名左右，要說玩槍，他的能耐可能還要再往後排排，但要說徒手搏鬥，在紐約安良堂中，還沒有那個兄弟能在他身上討到便宜。我曾經跟他切磋過一次，結果被這貨給整了個鼻青臉腫，你能教訓了他，也算是給咱們這幫子在他手下吃過虧的弟兄們出了口氣。」

羅獵謙遜道：「我那也是討巧，若是再來一場的話，我的結局恐怕比你好不到哪去。」

趙大明道：「我也想討巧贏他個一招半式，堂口所有的弟兄也都想討巧贏他個一招半式，可為什麼偏偏就你能討了這個巧了呢？你啊，就別再謙虛了，上次濱哥來紐約的時候，跟秦剛練過兩招，濱哥當時的評價是在大字輩弟兄中，可能也只有你跟彪哥能贏得了他。」

羅獵道：「彪哥贏他應該有把握，但我不行，我的拳頭不夠硬，而且，比不上彪哥那麼抗揍，秦剛的那雙鐵拳，砸在了彪哥身上或許沒事，但要是砸在了我身上，恐怕立馬就得投降。」

兄弟二人聊到了夜深人靜，趙大明才依依不捨地將羅獵送回了房間，而這一晚，羅獵罕見地沒有失眠。便是在羅獵將將入睡之時，秋姑娘和冬大叔完成了交接，而風雨也順勢轉變成了風雪。

次日清晨，風停了，天空中依舊飄散著零星的雪花，遠處的樹梢，近處的屋頂，均披上了一層薄薄的白紗。羅獵叫醒了隔壁的顧霆，洗漱過後，背上了行李，踏著淺淺的積雪，推開了堂口的大門。門外不遠處，立著一壯漢，正朝著大門處不住地張望，但見羅獵、顧霆走出了大門，那壯漢連忙小跑迎了上來。「獵哥，把行李給咱吧，畢竟咱力氣大一些，又是跟班，理應背著行李。」

秦剛年齡雖大，但叫羅獵一聲哥卻也是規矩，畢竟那羅獵是開過香堂賜過字的，又是金山安良堂的堂主接班人，在紐約安良堂這塊地盤上，除了顧先生和趙大明之外，其他兄弟都應尊稱他一聲哥。

羅獵卻對這個稱呼很不適應，不禁皺了下眉，令道：「從現在開始，咱們就該進入角色了，我是從大清朝過來的闊少爺，名字不需要改，但你們對我的稱呼必須要變一變，不能再哥了弟了的，要管我叫少爺，記住了嗎？」

秦剛及顧霆同時點頭應下了。

羅獵將行李交到了秦剛的手上，邊往前走著，便講解道：「我要扮演的是一個大清朝貪官的公子，去邁阿密的目的是想為家父置辦一處家業，家父生活在大清朝的南方，適應不了紐約冬天的寒冷，而邁阿密的氣候剛剛好。」

秦剛插話問道：「那老爺的官職是什麼呢？」

顧霆搶著應道：「你只管稱叫老爺就好了，你管老爺是個什麼大官呀？就算說出來了，那些墨西哥人能聽得懂嗎？」

秦剛分辯道：「咱這不是想著有備無患嘛！」

羅獵道：「顧霆說得對，咱們必須得把背景簡單化，不然萬一沒記住，反倒是露出了破綻。你倆都記住了，等到了邁阿密，該說的不該說的，都要儘量少說，只有不說話，才不會露出破綻。另外，我對你們倆的稱呼也要變一變，老秦，今後我就管你叫大剛了，還有顧霆，嗯，你就叫霆兒吧。」

秦剛顧霆二人再次應下了。

往前走了百十步，顧霆東張西望了一番，忍不住問道：「羅獵哥哥……」

羅獵隨即瞪起了雙眼，口中哼了一聲：「嗯？」

顧霆隨即認識到了錯誤，急忙改口道：「少爺，咱們是坐火車還是坐船呢？不管是火車站還是碼頭，這樣走下去可不是個辦法哦。」

秦剛應道：「不是個辦法也得走啊，這鬼天，哪裡能叫得到計程車呢？」

羅獵道：「先別管車子的事情，我先問你們，一個從大清朝來的闊少，自紐約趕去邁阿密，他是會選擇火車呢還是會選擇輪船？」

顧霆搶道：「當然是火車。從紐約到邁阿密，坐火車只需要三天不到的時間，可要是坐輪船的話，至少得需要六天，再有，既然少爺來自於大清朝，想必這一路坐船已經坐得煩煩的了，怎麼肯繼續將時間消耗在輪船上呢？」

秦剛接道：「嗯，咱覺得霆兒這小子說得很有道理。」

正說著，一輛計程車從後面趕了過來，不用招手，便停到了羅獵三人的身旁。秦剛看了眼開車司機，卻不禁一怔，心中疑道，這紐約什麼時候有華人開上計程車了呢？再看了那司機一眼，秦剛更覺得此人有些面熟，像是在哪裡見到過，只是叫不出名字來。

待三人上了車，那司機招呼道：「羅少爺，咱們去哪裡？」

秦剛陡然警覺起來，從身後一把掐住了司機的脖子，厲聲喝道：「你是誰？為何知道咱家少爺的姓氏？」

顧霆連忙去掰扯秦剛的胳臂，並道：「你傻呀，他分明是大明哥派來的好不好啊？」

羅獵也緊跟著喝令道：「大剛，休得無禮！」

秦剛傻傻地鬆開了手，琢磨了片刻，似乎有點明白，但又未能完全明白。

坐在副駕位置上的羅獵拍了拍司機兄弟的肩，道：「不好意思啊！」

那司機笑了笑，道：「沒事，羅少爺，咱們是去火車站還是去碼頭呢？我昨天幫你查過了，去邁阿密有三班火車，分別是上午九點，下午一點，以及傍晚五點，輪船只有一班，上午十點起航，咱們兩邊都能趕得上。」

羅獵淡淡一笑，回道：「碼頭！」

身後的顧霆不樂意了，嚷嚷道：「少爺，咱不是說好了坐火車過去的嗎？」

羅獵輕歎一聲，頭也不回地回應道：「本少爺什麼時候跟你們說好了？本少爺做決定，需要你們多嘴嗎？」

顧霆被噎得半天說不出話來。

路上積雪不多，但仍舊影響了車速，車子開了近十分鐘，也就走出了兩里多路。被噎得半天沒說話的顧霆突然咯咯咯笑開了。

顧霆的嗓音像是個小夥子，但笑聲卻像個大姑娘，其實這倒也正常，十五六歲的年紀，正處在嗓音倒倉時期，發出怎樣的笑聲都不奇怪。可是，羅獵卻偏偏被這笑聲引得想起了艾莉絲來。為了轉個念想，羅獵扭頭問道：「你莫名其妙笑個什麼？」

顧霆狡黠笑道：「我想明白少爺為什麼會選擇坐船了。」

羅獵好奇道：「哦？說說看，你都想明白什麼了？」

顧霆道：「咱們家少爺是個闊少爺，錢多人傻，來到了美利堅，當然要貪圖享樂，至於老爺的交代，必須放在第二位。坐火車雖然快了一半，但火車上太過枯燥，所以，咱家少爺理所當然地要選擇輪船嘍！」

身旁的秦剛聽得是一愣一愣的，那司機為什麼會認識羅獵的問題還沒完全想明白，這個新問題看上去更加深奧，使得他不禁皺緊了眉頭。

羅獵卻笑開了，回道：「你只說對了一半。」

顧霆明顯一怔，道：「那一半是什麼呢？」

羅獵笑道：「你不是很聰明嗎？自己去好好琢磨吧。」

顧霆被氣得撇起了嘴巴。

自從有了火車，沿岸遊輪的生意下落了許多，從紐約前往邁阿密的遊輪，一天只有一班，沿途還停靠了許多港口，即便如此，那船票銷售的仍舊不夠理想。計畫十點鐘起航的遊輪，到了上午快九點鐘羅獵趕到碼頭的時候，頭等艙的票還剩下了許多。身為人傻錢多的闊少爺，羅獵當然要掏出大把的美元，包下了一個頭等艙的四個鋪位。

登上了船，找到了自己的頭等艙，秦剛忙活著安放行李，顧霆仍舊陷於路上的問題而不能自拔，看到羅獵心情不錯，於是便見縫插針地問道：「少爺，另一半原因究竟是什麼呀？」

羅獵翻了翻眼皮，似笑非笑道：「還是那句話，你不是很聰明嗎？自己好好琢磨去吧！」

秦剛擺放好了行李，坐到了顧霆的身旁，那顧霆條件反射一般，連忙往裡邊挪了挪，跟秦剛保持了一定的距離。秦剛並沒有介意顧霆的這個下意識動作，只是從口袋裡摸出了個蘋果，在身上擦了擦，遞向了羅獵。

羅獵根本不愛吃水果，自然婉拒了秦剛，那秦剛也是有意思，同一只蘋果，再遞給了顧霆。顧霆呲哼了一聲，理所當然地拒絕了秦剛，秦剛微微一笑，拿著蘋果，送到了嘴邊，咔嚓一口，咬去了一小半。「我猜啊，少爺之所以選擇輪船，就是想起到一個意想不到的效果，對不？少爺？」

羅獵點了點頭，道：「沒錯，大明哥已經派去過兩名弟兄，李西瀘應該有了警覺，所以，他的注意力會集中在火車上，但凡坐火車從紐約過來的華人，必然會被他列入懷疑的名單中。但咱們坐船的結果就不一樣了，只要能躲過了李西瀘的目光，那咱們可能就有了留下來的機會。」

那顧霆聽完了羅獵的解釋，面色突然猶如被霜打過了一般，一言不發，起身便爬上了上鋪，拉開了被子，將整個人全都蒙了起來。

羅獵也不管他，斜靠在了床鋪上，打開了隨身攜帶的一本書籍，津津有味地讀了起來。

一聲汽笛拉響，遊輪緩緩離開了碼頭，駛向了大海的深處。羅獵合上了書本，穿上了外套，出了艙室，來到了甲板上。

據說，人在鬱悶的時候，能看一眼大海，心情便可以舒緩許多。可是，在羅獵的眼中，大海卻是如此的單調，在甲板上只站了片刻，羅獵的心情不見舒緩反倒覺得更加堵塞。「少爺，外面風大，把圍巾圍上吧。」就在羅獵準備回去的時候，身後突然傳來了顧霆的聲音。

羅獵扭過頭來，道：「你怎麼出來了？你不是躺在床上生悶氣的嗎？」

顧霆呵呵笑道：「哪有那麼多氣好生呢？我就是不想搭理秦剛那個莽漢。再說，我是你的小跟班，你到了哪裡，我當然得跟到了哪裡，對不？」

羅獵接過了圍巾，圍在了脖子上，道：「教我幾句墨西哥話吧。」

顧霆搖了搖頭道：「我不會！」

羅獵不禁皺起了眉頭，道：「你不會？你不是說你去過邁阿密，聽得懂墨西哥話麼？」

顧霆狡黠笑道：「我只是問你需不需要，我又沒說我就會。」

虧得趙大明跟羅獵交過底，不然，單就顧霆的那副表情，羅獵還真有可能被他給騙了。「那麼說，你也沒去過邁阿密嘍？」

顧霆道：「我去過邁阿密啊，我很小的時候就住在邁阿密了，直到十二歲那年才搬去了紐約，怎麼啦？墨西哥人講的話是帶有方言味道的西班牙語，我雖然從小生活在邁阿密，但邁阿密大多數人都說英語，我聽不懂也不會說墨西哥人的那種帶著濃濃方言味的西班牙語，有問題嗎？」

羅獵不由得怔住了。

趙大明能證明的不過是顧霆在邁阿密生活過，而這一點，顧霆已然承認。但在邁阿密生活過並不代表著他就一定會說或是能聽得懂墨西哥人的話，這一點，也是毫無毛病。很顯然，是這個古靈精怪的小子耍弄了自己，同時也騙過了趙大明。

「你知道，欺騙本少爺的下場是什麼嗎？」羅獵故意沉下了臉來。

顧霆扮了個鬼臉，道：「不會把我扔大海裡去吧？」

「哼，哼哼——」羅獵連聲冷笑，道：「是大卸八塊，然後再扔海裡餵魚！」

這種話，騙騙小孩子倒還成，但像顧霆這種人，顯然不會相信。但他卻做出了很怕的樣子，嘰哩咕嚕說了一大串聽不懂的話來。

羅獵不由問道：「你說什麼?你這說的是什麼話？」

顧霆咯咯笑道：「我是在說我家少爺驕橫跋扈，這種事情，他還真能做得出來。這就是西班牙語了，也就是墨西哥人說的話。」

羅獵氣道：「你剛才還說自己不會，這會怎麼又會了呢？」

顧霆皮笑肉不笑應道：「有時會，有時不會，我自己也搞不清楚，有問題嗎？」

遊輪已經航行在了大海深處，此時對顧霆是趕不走也甩不掉，羅獵也只能是一聲輕歎，回道：「沒問題。」

顧霆仍舊是一副皮笑肉不笑的模樣，湊近了羅獵，仰臉問道：「少爺，你生氣了嗎？」

羅獵沉著臉回道：「少爺被小跟班的給戲弄了，當然生氣。」

顧霆咯咯咯笑開了，道：「誰讓你不告訴我另一半原因呢?讓秦剛那個莽漢搶走了我的風頭，氣死我了！」

羅獵歪著頭瞅著顧霆，道：「沒看出來，你小子氣性還真不小呢。」

顧霆學著羅獵的神態，也歪著頭看著羅獵，道：「那少爺可要小心嘍！要是惹急了小霆兒，等到了邁阿密，小霆兒就聯合當地墨西哥幫派，將少爺賣給夜總會當牛郎。少爺長得那麼好看，生意一定會很火爆的。」顧霆說著，卻忍不住笑彎了腰。

羅獵並不是一個經不起玩笑的人，在金山的時候，董彪跟他開起玩笑來，要遠比顧霆過分得多。羅獵雖然老成了一些，但他終究還是個十八歲多十九歲不到的年輕人，比起顧霆來，也實在是大不了幾歲。在顧霆的帶動下，羅獵的情緒也活躍了起來。既然顧霆喜歡玩笑，羅獵心中打算那就好好地陪他玩一玩。

「你就不怕本少爺把你打扮成個姑娘，直接賣給了妓院麼？」羅獵沉著臉，說話的時候顯得一本正經：「就你這副小樣子，隨便帶個假髮，就能讓人誤認為是個姑娘。」

顧霆卻突然紅了臉，一跺腳，氣道：「少爺就知道欺負人，不跟你玩了，小霆兒回去欺負傻大剛去！」顧霆還真是乾脆，話音剛落，人就轉過了身去，呼啦一下便跑走了。

羅獵看著顧霆的背影，只能是苦笑搖頭。這麼個古靈精怪的小子，真不知道帶去了邁阿密是能起到大作用還是會帶來大麻煩。

船向南行，氣溫在不知覺間悄然升高，原本是零星飄散的雪花卻逐漸密集起來，海面上自然存不住雪，輪船上的溫度頗高，自然也存不住雪，但湛藍色的大海映著漫天飛舞的雪花，倒也是另有一種風情。只是，這種風情亦是單調，羅獵也就欣賞了七八分鐘，便是索然無味。

便在這時，那顧霆再次出現，身後還跟著一個壯漢。

「少爺，你怎麼還傻站在這兒呢？小霆兒問過了，船上有賭場，要不，咱們去玩上幾把好不？」顧霆的氣真是說來就來，說走就走，人再次出現的時候，那臉上的笑容就猶如春天中盛開的桃花。

羅獵確實也想找些事來沖淡一下內心中的煩躁，於是便笑著應道：「嗯，本少爺據說是人傻錢多，且貪圖享樂，自然是賭場上的常客，不過，我可得把話說在前面，對賭，本少爺其實是一竅不通。」

顧霆道：「沒關係，少爺，小霆兒號稱賭聖，十賭九贏，你就放心帶著小霆兒去玩好了。」

這種沿海岸航行的遊輪相比橫渡大洋的遊輪來說，其噸位小了許多，但是，為了保障旅客們能在船上生活得愜意開心，其娛樂場所及設施卻跟那種橫渡大洋的大型遊輪相差不多。羅獵進到了賭場中，只掃視了一眼，便被震撼到了，放眼當初呂堯所經營的那些個賭場，論規模或是論豪華程度，居然沒有一家能趕得上船上的這間賭場。

開著借來的計程車將羅獵等三人送至碼頭的那個兄弟回到了堂口，向趙大明做了彙報。

趙大明左思右想，卻總覺得自己在這件事上處理的有些欠妥當。那羅獵畢竟是人家金山堂口的人，自己這邊不打聲招呼便將人送去了龍潭虎穴中，不管將來羅獵能不能夠安然歸來，在規矩上總是有些不尊重人家曹濱。

越琢磨越覺得做錯了事情的趙大明終於按捺不住，敲響了顧浩然的房門。

顧浩然的身子骨雖然不行了，但他的頭腦還在。雖然用不了多久，但短時間內用一用卻依舊好用。當趙大明把事情的經過向顧浩然陳述清楚了，顧浩然稍有些失望道：「大明，你糊塗啊！」

趙大明哀歎道：「先生，我知道錯了，可依照眼前的局勢看，那羅獵卻是最合適的人選，而且，他也說了，不管是金山安良堂，還是咱們紐約安良堂，畢竟都是在總堂主的麾下，一家兄弟不說兩家話，咱們堂口的事情，他義不容辭。」

顧浩然道：「羅獵他現在代表不了他自己，他不是一般的兄弟，他是金山阿濱選中的接班人，且不說他有個三長兩短的難以向阿濱交代，就是用他做事，那也得事先跟阿濱打聲招呼啊！」

趙大明拍著腦袋悔道：「我真是迷了心竅了，起初我真是想著要跟濱哥彙報一下，可是被羅獵攔住了，他說要是向濱哥彙報的話，會有將濱哥一軍的嫌疑，會讓濱哥左右為難。說實話，我是被羅獵的計畫給打動了，所以，才忽略了這些個規矩。」

顧浩然長歎一聲，道：「現在說什麼都晚了，大明，要立刻給阿濱發電報，把事情向阿濱說清楚，是你的錯就要坦誠相認，現在咱們也只能祈禱那羅獵能夠安然歸來了。」

美利堅合眾國可以申請私人電台，但是，無論是紐約安良堂亦或是金山安良堂，均沒有資格申請私人電台，原因只有一個，華人在這個國家屬於最劣等人種，即便再怎麼有錢，也無權享受只有洋人才能有資格享受到的高科技服務。因而，這兩個堂口安裝的電台均是違法電台。既然是違法，那就有著被查獲的風險，因此，趙大明在發報向曹濱彙報的時候，一封電報最多只敢發出五十個位元組，而且，上一封電報與下一封電報之間還要相隔一個小時以上。等到將事情說清楚了，時間也到了這一天的傍晚。

這一天，曹濱和董彪都不在堂口，到了很晚的時候，這兄弟二人才前後腳歸來。

私吞查獲大煙的這夥人很顯然是軍警勾結在一起的一夥人，對付這些人，決不能著急。曹濱足足花了七天的時間，才摸清楚了這夥人的組成結構。接下來的時間，便是查找證據，待找到了足夠的證據後，事情就變得簡單多了，只需要將這些證據交給聯邦緝毒署，那麼，相信這夥人絕難逃脫了法律的制裁，同時也能有效地阻止了這批鴉片流向大清朝而禍害國人同胞。

不過，查找證據卻是最難的一環。

對方顯然不會將證據擺在明面上等著曹濱，而且，在查找過程中稍有不慎，引發了對方的警覺，那麼，對方勢必發起反撲。以那夥人所掌握的權力及資源，滅掉安良堂，可謂是易如反掌。

好在曹濱的手上還有卡爾這張牌，若是能將這張牌用好，便將能夠起到事半功倍的效果。只是，那卡爾最近的情緒波動有些大，時而激動地要去跟人家拚命，時而又低落地想乾脆退休。

這一天，曹濱借著考察興建面紗廠選址的理由，將金山市蹓躂了一小半，為的只是碰碰運氣，看能不能找得到那夥人將之前的兩百噸煙土藏在了什麼地方，而董彪則將卡爾帶出了城，並跟他聊了一整天，為的只是能讓卡爾的情緒平靜下來。

兄弟二人像是約好了一般，在晚上七點多鐘的時候，前後腳回到了堂口。

回來之後，得到的第一個資訊，便是趙大明發來的十多封電報才說得清楚的彙報。

草草流覽過那些電報，董彪的手禁不住顫抖起來，曹濱覺察到了異樣，不由問道：「你這是怎麼了？餓的麼？」

董彪長歎一聲，將那一疊電報遞給了曹濱。

曹濱看過後，面色也顯得極不好看。

「這個趙大明，他怎麼能這樣做呢？」董彪忍不住發起了牢騷。

曹濱輕歎了一聲，點上了雪茄，默默地抽了幾口，才道：「這怪不得大明。」

董彪沒好氣地應道：「怎麼說怪不得他呢？他明知道那邁阿密是個龍潭虎穴，可偏要放手讓羅獵去闖，這肉沒長在他的心頭上，他當然不知道心疼咯！」

曹濱道：「大明是一個心裡藏不了太多事的人，紐約那邊出了那麼大的事情，大明肯定瞞不過羅獵。而羅獵一旦有了這樣的機會，那是說什麼也要把握住的，單是鬥心眼的話，兩個趙大明都不是羅獵的對手，所以，這件事真的怪不得大明。」

董彪愣了下，道：「你是說羅獵就像當年的你……」

曹濱點了點頭，道：「簡直就是一模一樣。那段時間，我手刃了仇人之後，不是一樣在千方百計地尋死麼？只要遇到點事情，我總是要衝在最前面，槍也不用，刀也不拿，赤手空拳跟人家玩命，為的只是能痛快死去。」

董彪苦笑道：「是啊！那段時間可是把我給折騰得不行，勸，勸不聽，攔，又攔不住，也虧得咱們兄弟二人命硬，就這樣橫衝楞撞的，居然還活了下來。」

曹濱抽了口雪茄，仰躺在了沙發上，略顯憂慮道：「擒獲了耿漢之後，我便已經意識到了羅獵的這種情緒變化，剛好咱們又遇上了這檔子事情，我原本想著將他交給老呂看著，可沒想到，他居然主動提出去紐約蹓躂幾個月。我心想著紐約那邊的堂口比咱們這邊要簡單多了，羅獵過去之後，最多也就是打打架什麼的，有大明他們罩著，出不了什麼大事。可真是沒想到，居然被他逮著了這麼個機會。」

董彪跟著點上了支香煙，抽了兩口，道：「邁阿密那個鬼地方，連馬菲亞都不敢涉足，羅獵過去了，豈不是凶多吉少？濱哥，咱們不能這麼乾等著，得想個辦法來才行啊！」

曹濱苦笑道：「能想出個什麼辦法來呢？我現在餓得饑腸轆轆，哪裡還能想得出辦法？先吃飯吧，吃飽了，那辦法或許就出來了。」

周嫂為他們二人熱了飯菜，送到了房間。

董彪拿著筷子端著碗，卻是一粒米也不肯往嘴裡送，口中只顧呢喃道：「他是坐船去的邁阿密，從紐約到邁阿密的航程大約要六天多將近七天，咱們要是今晚出發，一輛車替換著開，日夜兼程，會不會來得及趕在那小子之前抵達邁阿密呢？」

曹濱用筷子敲了敲菜盤，道：「會還是不會，咱們吃完飯再討論，行嗎？」

董彪卻搖了搖頭，放下了碗筷，道：「不行，我得去找地圖來計算一下，不然，這飯我根本吃不下去。」

曹濱氣道：「你夠了啊！我告訴你答案好了，若是車子不在半道上出毛病的話，四天四夜便可以趕到邁阿密。就你阿彪放不下那小子啊？我曹濱的心就那麼大啊？總是沉不住氣！」

被訓斥了一通的董彪反倒露出了笑容來，重新拿起碗筷，痛快地往嘴巴裡塞著飯菜。

「不過，你得留下來，阿彪，卡爾那邊，還需要你來將他死死地摁住，不然的話，那小子指不定會鬧出什麼么蛾子來呢！」曹濱先一步吃完了飯，放下了筷子，拿起了雪茄。

董彪往嘴裡扒拉著飯菜，含混不清道：「卡爾那小子被我留在那山莊裡了，一時半會鬧不出什麼動靜來。他跟警察局也請過長假了，不會有什麼問題。濱哥，還是你留下來吧，我從來沒去過邁阿密，剛好去領略一下邁阿密的風光。」

曹濱微笑道：「可是，我也沒去過邁阿密，我也很想領略一下邁阿密的風光。」

董彪放下了碗筷，重新點上了一支香煙，面露喜色道：「要不，咱兄弟倆一起蹓躂一趟？」

曹濱點了點頭，道：「來回也就耽誤個十幾天半個月的，眼下的這件事又著急不來，真不如出去轉轉，說不定還能想出什麼靈感來呢。」

董彪站起身來，喜道：「那就這麼定了，我這就去做準備去。」

曹濱道：「你養著的那個吳厚頓都給你做了幾張人皮面具了？」

董彪道：「那不是用人皮做的好不好？」

曹濱道：「不管是用什麼皮做的，但凡做好了的，全都帶上，到了邁阿密，將會派上大用場。」

董彪拉開了房門，像是想到了什麼，忽地轉過身來，道：「濱哥，你這是要打算跟羅獵玩一場捉迷藏麼？」

曹濱笑道：「我要的是徹底斷了他的求死心思！」

羅獵帶著顧霆和秦剛在賭場中玩了有一個來小時，輸了有百十美元。這可是羅獵有生以來花出去的最大一筆錢，自然是心疼不已，不過，表面上還要做出人傻錢多不在乎的闊少爺姿態，個中委屈，便也只能是打落門牙往肚裡咽。

秦剛也是個節儉的個性，忍不住責備顧霆道：「你不是號稱賭聖嗎？少爺下注可全是在你的指揮下，輸了這麼多，你總該有個交代吧。」

顧霆撇嘴道：「賭聖也不能保證每次都贏啊？我說的可是十賭九贏，誰知道今天就趕上了那一場輸呢！」

秦剛道：「你這明顯就是狡辯嘛！」

顧霆還要強詞奪理，卻被羅獵給打斷了：「好了，好了！你們都少說兩句吧，本少爺輸了錢，耳根子還得不到安寧，還讓不讓我活下去了？走了，咱們該去吃午飯了。」

船上的飯菜品質還算不錯，只是跟堂口相比要差了許多，輸錢的鬱悶以及不對口味，使得羅獵沒吃多少便放下了刀叉。顧霆吃得也是極少，只有那秦剛，一個人吃的要比羅獵顧霆二人加在一塊還要多。

吃過了飯，回到了艙室上床鋪午休，新的問題登時湧現了出來，那秦剛是沾了枕頭就能睡著，這邊剛睡著，那震耳的鼾聲便響徹了起來。更要命的是秦剛的打鼾聲還沒有規律，中間時常中斷，中斷的時候，就像是斷了氣一般，旁人聽著，總是提心吊膽，生怕他下一口氣再也喘不上來。

睡在上鋪的顧霆翻過身來，俯臥在床鋪邊，對著斜對面下鋪的羅獵招呼道：「少爺，反正是沒法睡，不如再去玩兩把？」

羅獵哭笑不得。

賭徒都是這樣，輸了，想扳回來，贏了，想繼續贏下去，到頭來，自己辛辛苦苦賺來的血汗錢，全都送進了賭場老闆的腰包中。

「你還沒輸夠啊？一個小時就輸了一百多塊，你當你家少爺是開金礦的嗎？」羅獵半臥在床鋪上，接著上午讀著那本沒讀完的書，連看都沒看顧霆一眼，便婉轉拒絕了。

顧霆不肯善罷，跳下床鋪，坐到了羅獵的身旁，耍賴道：「少爺，你說小霆兒不辭辛苦甘冒危險跟你走這麼一趟，除了管吃管住之外，您是不是要付點工錢給小霆兒呢？」

羅獵合上了書，看了眼顧霆，裝作不開心的樣子道：「不帶你來吧，你生氣，帶你來了，你還要錢，你說，我遇見了你是不是倒了八輩子的楣了？」

顧霆訕笑道：「少爺這是說的哪裡話？怎麼能說遇見小霆兒算是倒楣呢？小霆兒對邁阿密那麼熟悉，又能聽得懂說得出墨西哥人的話，一定能幫助少爺順利幹掉那個叛徒，並拿回帳簿，到時候，大明哥還不知道要拿出多少錢來感謝少爺呢。」

羅獵聳了下肩，似笑非笑道：「可是，我做這件事並不是為了錢，沒做成那就啥也別說了，做成了，你大明哥也不會給我錢，就算給了，我也不會要。」

顧霆的嘴角抽動了兩下，忽地換了一副嘴臉，撲到了羅獵的身上，抱住了羅獵的雙腿，賴皮道：「我不管，你就得付我工錢，要不然，我就記不得邁阿密的任何一條街道，更聽不懂墨西哥人說的話。」

羅獵無奈，只得退讓：「說吧，你想要多少工錢？」

顧霆歡喜地伸出了一個巴掌，想了下之後，猶豫著再伸出了一個巴掌來：「十美元，可以麼？」

羅獵是一個節儉的人，但節儉並不代表著小氣，對待朋友，羅獵總是會傾盡所能。面前的顧霆雖然還不怎麼熟悉，但人家明知道邁阿密之行有多麼大的危險卻依舊肯跟著他前去闖蕩，單憑這一點，羅獵便理應拿他當做朋友。只不過，這個小朋友古靈精怪，決不能以常理相待，否則的話，必然會遭受到他的捉弄。「不知道彪哥年少時期是不是像他一樣！」羅獵在心中感慨了一句，手卻不自覺地伸進了口袋，掏出了一疊美鈔。

「我給你二十美元，但有個條件，不准去賭場！」羅獵將美鈔遞了過去，忽又抽回，想了想後，歎了聲氣，接道：「算了，本少爺看得出來，要是不讓你進賭場，恐怕你得悶出病來。這樣吧，咱們約法三章，這些錢，你要是賭輸了，就再也不許找我要錢了。」

顧霆歡喜地接過了二十美元，抱著羅獵的雙腿象徵性地親吻了一下，然後飛快地奔出了艙室。

留在艙室鋪位上的羅獵心情原本就頗為煩亂，再被秦剛的鼾聲干擾，更是有些心神不寧，使得他連書都讀不下去，乾脆披上了外衣來到了甲板上。漫天的雪花已然不見，換來的是霏霏細雨夾雜著隱隱冰粒，沒有了雪花的潔白映射，那海面的色彩似乎都顯得有些灰暗。濕冷的海風暫時吹散了羅獵心中的煩亂，可眼前，卻又不自覺地浮現出了艾莉絲的身影。

不知道什麼時候，顧霆出現在了羅獵的身後，看神情模樣，他的情緒也很低落，甚至和羅獵有的一拚。羅獵覺察到了，並分辨出身後的氣息聲應該屬於顧霆，於是便擠出了一絲笑容，道：「怎麼那麼快？又輸了？」

顧霆輕歎一聲，上前兩步，和羅獵並排站到了船舷旁。「勝敗乃兵家常事！」顧霆跟著笑了下，很顯然，他的笑容和羅獵一樣，都顯得有些生硬。

羅獵道：「咱說話得算話，小霆子，你以後再也不許找我要錢去賭了。」

顧霆噘起了嘴來，道：「不許叫我小霆子，太難聽了，跟個小太監的名字似的，我不喜歡！」

羅獵道：「喲，很不錯嘛，你還知道太監？」

顧霆呲哼了一聲，道：「我沒吃過豬肉還沒見過豬跑啊？我好歹也是讀過書的人，大明哥那邊又有那麼多的書，我從書中得知了太監，有什麼好奇怪的？」

羅獵笑道：「可我就是想叫你小霆子，怎麼辦呢？」

顧霆訕笑道：「那也簡單，再給我二十美元，隨便你愛叫什麼叫什麼。」

羅獵撇了下嘴，道：「想得美！」

顧霆卻甜甜地應了一聲：「哎！」同時伸出了手來。

羅獵一怔，隨即醒悟過來，伸出巴掌拍了顧霆一下，道：「你當本少爺真的是人傻錢多啊？省省吧，還是哪兒涼快待哪兒去好了。」

顧霆也不惱怒，笑嘻嘻回道：「都要到了冬天了，待哪兒都夠涼快的。」

跟董彪鬥嘴，羅獵沒吃過虧，可是，跟顧霆鬥嘴，羅獵卻沒賺過便宜。年輕人或多或少都會有些好勝心，那羅獵自然也不例外，看著面前嬉皮笑臉的顧霆，羅獵雖然動不起氣來，但心中卻也生出了想好好戲弄此子一番的念頭。

「小霆子，你這麼喜歡賭，不如咱們兩個賭上一局，如何？」羅獵看似漫不經心，但心中已經盤算好了一個騙局。

顧霆喜道：「好啊，賭什麼？怎麼賭？」

羅獵道：「你先坐下來，我數三聲，賭你在三聲之內，一定會站起身來。」

顧霆道：「你功夫比我深，當然能把我給提溜起來咯。」

羅獵微微搖頭，道：「我不動手，只動嘴。」

顧霆喜道：「那你還不是輸定了？說吧，咱們賭什麼？」

羅獵道：「你要是贏了，我再輸給你二十美元，我要是贏了，從今往後不許在耍賴要錢。」

顧霆聽了，毫不猶豫地一屁股坐到了甲板上，然後對著羅獵伸出了右手的小拇指來，道：「少爺，你雖然錢多人傻，但可不許耍賴哦！」

羅獵點了點頭，跟顧霆拉了勾，呵呵一笑，道：「那就開始了哦。」

顧霆點頭答應，隨即便閉上了雙眼。

羅獵數道：「一，二……」

二數完，卻始終沒有了三。

顧霆禁不住睜開了眼來，眼巴巴瞅著羅獵，道：「少爺，你這不是耍賴麼？」

羅獵呵呵笑道：「我怎麼耍賴了?我說了要在多長時間內數完三個數嗎？」

顧霆輕歎一聲，依舊盤著腿端坐在甲板上，口中嘟囔道：「咱們一行四人前往邁阿密那個龍潭虎穴，原本應該精誠團結才對，可是，少爺你就知道欺負人了，咱們這一行四人怎麼能完成任務呢？」

羅獵微微皺起了眉頭，道：「你怎麼能說是一行四人呢？」

顧霆翻了翻眼皮，道：「那咱們是一行幾人哩？」

羅獵伸出了三根手指，卻詭異一笑，道：「明明是一行五人才對！」言罷，為了不再上顧霆的套，羅獵乾脆拔腿走人。

顧霆見狀，連忙起身跟上。

羅獵邊走邊笑，道：「小霆子，賭奸賭滑不賭賴，你輸了，今後可不許再找我要錢進賭場了啊！」

顧霆跟在羅獵身旁，小聲嘟囔道：「壞少爺，天下第一壞少爺，等到了邁阿密，我要做的第一件事就是找家夜總會把少爺給賣了，哼！」

羅獵伸出手來，摸了下顧霆的小光頭，道：「賣的錢可不許獨吞，至少要分給本少爺一半，不然的話，當心本少爺打你的屁股。」

也不知道是被氣到了還是怎麼的，那顧霆居然漲紅了臉。

第七章

賭徒的激情

東海岸的賭博業幾乎被馬菲亞所壟斷，
包括這些遊輪上的賭場，亦是由馬菲亞經營。
開賭場的不怕客人贏錢，假若賭客進來後均是以輸錢結果的話，
那麼，這家賭場必然開不了多久，遲早都是一個關門倒閉的結果。
有輸有贏，才能帶動賭場人氣，才能激發出賭徒的激情。

吃完了晚飯，回到了艙室中，羅獵提到了秦剛的呼嚕聲。「大剛，你這呼嚕打的真可謂是驚天地泣鬼神啊！知道的清楚是你在打呼嚕，可不知道的還以為是冬雷陣陣呢。」

秦剛不好意思地回道：「咱早晨起早了，四點多鐘就醒了，醒了便再也睡不著了，所以中午的時候確實有些犯睏，夜裡不會了，少爺，夜裡咱半躺著睡，也就不會再打呼嚕了。」

顧霆剛爬上了上鋪，卻又翻身下來，坐到了羅獵身旁，抱著羅獵的胳臂，央求道：「少爺，現在就上床睡覺嗎？太早了點吧，不如咱們出去逛逛？」

羅獵戳了下顧霆的額頭，道：「你又手癢了是吧？」

顧霆道：「我沒錢，你又不給我錢，手癢能有個屁用呢？我是說咱們到別的地方去逛逛，比如，聽聽音樂什麼的，不好嗎？」

秦剛咧嘴笑道：「就你？還聽音樂？」

顧霆白了秦剛一眼，道：「我是聽不懂洋人的音樂，但少爺能啊！咱家少爺既然是人傻錢多又貪圖享樂，那洋人的音樂當然要去享受一番咯。」

提到了少爺，那秦剛自然被堵上了嘴，不敢反駁。

羅獵琢磨了下，覺得此刻就睡覺確實有些早了，借著這個時間，能去聽聽音樂也確實是一個不錯的選擇，於是便點了點頭，應下了顧霆的要求。

顧霆大喜過望，急忙從床鋪下找來了羅獵的鞋子，並執拗地非得親手為羅獵穿上。給羅獵穿上了鞋，顧霆蹦跳著再去了艙室門口的衣架上取下了羅獵的外套，不單要伺候羅獵穿上，還要親手為羅獵扣上衣扣。「大水缸，學著點，身為跟班，就得把少爺伺候好，對不？少爺，你覺得小霆兒的話說得有道理嗎？」

羅獵早有了經驗，跟這個小霆子說話可是要小心，不然的話，隨時都有可能掉進他挖好的坑裡。最好的辦法就是含混其詞，既不說對，也不說不對：「嗯。」羅獵連嘴巴都沒張開，只是從鼻腔中發了一聲。

顧霆似乎並無別的企圖，開開心心地拉開了艙門，先羅獵一步走出了艙室。

遊輪為了跟火車爭客源，在娛樂設施及娛樂項目上做足了文章，在傳統的遊樂場、健身房、游泳池、賭場等娛樂項目之外，還增添了歌舞廳、電影院等場所設施。一張船票看似很貴，比如從紐約到邁阿密，坐火車臥鋪不過四塊多不到五塊錢，硬座更是便宜了一半，而坐遊輪的話，不說豪華艙，只是頭等艙便需要十五美元，比起火車臥鋪整整貴了三倍還要多。

但若是不考慮時間因素的話，乘坐遊輪還是比火車要划算許多。坐火車可不管飯，但遊輪卻管飯，雖然飯菜品質一般，但畢竟能讓旅客吃飽。坐火車也就那麼點狹窄空間，想伸個胳臂踢個腿什麼的都找不到地方，但在船上卻可以自由自在，想健身就去健身，想游泳還能游泳。另外，坐火車極其單調，最多也就是看看車窗外的景色，但在輪船上，卻可以玩遊樂場、去賭場碰運氣、甚至還有電影看有音樂會聽。

最關鍵的，所有這些娛樂專案都是免費服務，全都包含在了那張船票中。當然，低於頭等艙的檔次，是享受不到這些免費服務的。

顧霆打著聽音樂的旗號將羅獵騙了出來，但在遊樂場中卻是止步不前，玩了將近一個多小時，仍舊是意猶未盡。羅獵對那些個遊樂項目不感興趣，卻也沒阻攔顧霆，一個人站在遊樂場外，饒有興趣地看著場內玩得歡騰的顧霆。

眼前，又不自覺的浮現出了艾莉絲的身影。

當初從紐約回到金山的時候為什麼要選擇火車呢？為什麼當時就不能帶著艾莉絲乘坐遊輪圍著美利堅合眾國轉上一圈呢？艾莉絲平生從來沒坐過遊輪，若是她在遊輪上，玩得會有多開心呢？羅獵始終以為，他們年輕，還有足夠多的時間去籌畫未來的美好生活，卻沒想到，艾莉絲的生命卻在突然之間停了下來，使得羅獵對未來的所有憧憬在剎那間灰飛煙滅。

濃濃的悔意令羅獵的眼眶潮濕了，下意識地掏出了手帕擦拭的時候，卻被剛從遊樂場中出來的顧霆看了個正著。顧霆雖然古靈精怪，但心思卻很單純，見到羅獵在擦拭眼角，不由問道：「少爺，你怎麼哭了？是因為生我的氣嗎？」

羅獵順水推舟，道：「當然咯，說好的去聽音樂，結果你卻在遊樂場中玩了那麼久，我越想越氣，越氣就越傷心，所以就哭嘍。」

顧霆撇嘴道：「明明是小飛蟲迷了你的眼，別以為我小就看不出來你的心思，其實你根本不想聽音樂，你現在只想去賭場碰碰運氣，對不？」

羅獵苦笑道：「你哪隻眼睛看出來我想去賭場的？」

「嗯……這隻。」顧霆眯起了左眼，伸手指向了睜著的右眼：「哦，不對，是這隻！」

羅獵歎道：「小賭怡情，大賭傷身，小霆兒，你不能這樣迷戀賭博，十賭九輸，迷戀賭博是沒有好下場的。」

顧霆噘起了嘴來，從口袋中掏出了一把賭場籌碼，撿出了其中唯一一枚紫色的來，交到了羅獵的手上，道：「誰說的？你看，你中午輸的錢，我下午不是幫你贏回來了嗎？」

紫色籌碼是遊輪賭場中面額最大的一種，價值一百美元，再看顧霆手中剩下的數枚籌碼，粗略估計加在一起也得有個三四十美元，也就是說，午飯後顧霆拿了羅獵給他的二十美元，短短半個多小時，便贏了有一百多美元。

真是贏來的嗎？

羅獵的腦海中禁不住打出了一個大大的問號。

這小子假若真有這份本事，那為何在午飯前會讓羅獵輸掉了一百多美元呢？

顧霆看出來了羅獵的疑問，連忙辯解道：「少爺，這真是我贏來的，要是偷來的話，賭場早就要鬧動靜了。」

雖說顧霆的辯解有一定的道理，但羅獵仍舊無法打消疑問，於是便質問道：「那我問你，為什麼在午飯前你跟我一塊在賭場玩的時候，輸得會那麼慘呢？」

顧霆委屈道：「說了你又不懂，你又不給人家好處，人家憑什麼要告訴你？」

羅獵顛了顛手中的籌碼，道：「你解釋清楚了，這枚籌碼便是你的了。」

顧霆冷哼一聲，不以為然，道：「那籌碼本來就是我的呀？再說了，我要是想贏錢，隨時都可以啊，幹嘛非得要回來我已經給了你的籌碼呢？」

鬥嘴鬥不過，羅獵乾脆來硬的，臉色一沉，喝道：「你要是說不清楚，我就當這些籌碼是你偷來的！」

或者是羅獵口吻過於嚴厲，也或者是那顧霆在有意表演，總之，在羅獵的話音將落之時，那顧霆打了個誇張的激靈，不由撅起嘴來，頗為委屈道：「少爺，你也太霸道了吧？」但見羅獵依舊怒瞪著雙眼，顧霆吐了下舌頭，改口道：「好吧，我說，我說還不行嗎？」

再看羅獵的神態似乎緩和了一些，顧霆也跟著露出了笑臉，開口解釋道：「每一家賭場都有著自己的特點，而賭場中的每一個荷官也有著自己的習慣，咱們午飯前去玩的時候，小霆兒將注意力全都放在了觀察這些細節上，輸錢也就是理所當然嘍。」

羅獵戳著顧霆的腦門，笑道：「你小子真把本少爺當成冤大頭了是不？哦，借著本少爺輸錢的機會，你看懂了門道，然後贏自己的錢，是麼？」

顧霆哀嚎道：「少爺，你還講理不講理啊？你手上拿著的是什麼？籌碼啊！隨時可以兌換成一百美元的籌碼啊！」

羅獵手腕一翻，在展開的時候，那枚籌碼已然不見了蹤影，羅獵似笑非笑道：「你說的籌碼在哪兒？本少爺怎麼沒看到呢？」

顧霆一愣，隨即拍起了巴掌，喝彩道：「少爺你還會變戲法？教教小霆兒行不？」

雖然身為老鬼的徒弟，但羅獵從未跟師父學過戲法，就這麼一手，還是他為了騙艾莉絲，死纏爛打，從大師兄趙大新那裡學來的。哄哄小孩子倒還行，但要是真正登台表演的話，必會穿幫。達到了逗一逗顧霆的目的後，羅獵手腕一翻，將那枚籌碼再次顯露出來，並笑道：「本少爺再問你，你下午從賭場中出來的時候，為什麼會悶悶不樂？害得我以為你又輸乾淨了呢！」

顧霆道：「小霆兒在賭場中被人給盯上了，他們派了高手來對付小霆兒，小霆兒一時想不出破解之道，當然會悶悶不樂咯。」

羅獵道：「破解不了那就不去破解，賭博始終不是一件好事，小霆兒，聽羅獵哥哥的一句勸，別沉迷在賭博中，行嗎？」

顧霆先是點了點頭，隨即又搖起了頭來，篤定道：「少爺，小霆兒不是喜歡賭，小霆兒喜歡的是挑戰，但凡小霆兒贏過的賭場或是贏過的荷官，小霆兒便再也沒有了興趣。但他們今天派出的這名高手，小霆兒卻是極想贏了他。」

羅獵道：「你之所以拉著我要去賭場，就是想贏了他是嗎？」

顧霆撇嘴道：「那還用說？小霆兒在他手上輸掉了將近兩百塊，要是不能扳回來的話，小霆兒連邁阿密都不想去了。」

羅獵道：「那你想出破解之道了麼？」

顧霆搖了搖頭，嘟囔著嘴巴道：「沒有。」

羅獵疑道：「沒有？沒有那你還敢去？」

顧霆道：「小霆兒可以在別的台上先贏下一些，把那名高手逼出來後再輸給他就是了，只要跟他多切磋幾次，小霆兒一定能贏了他。」

羅獵道：「那你自個去不就成了？為什麼非要拖上我呢？」

顧霆露出了可憐楚楚的模樣來，道：「賭場的那些人，個個都跟兇神惡煞似的，小霆兒有些害怕，少爺，你就陪小霆兒去玩兩把，好麼？」

羅獵心軟，最怕別人求他，同時，羅獵對顧霆的賭技也頗為好奇，很想親眼見證一下，於是，便點頭答應了。

顧霆歡快地抓住了羅獵的手，將羅獵拖進了賭場。

然而，這哥倆剛進了賭場的門，便被賭場的人給盯上了。顧霆拉著羅獵剛擠進了一張賭台，三名賭場的人員便圍了上來，其中一個領班模樣的人道：「兩位先生，我們經理有請。」

東海岸的賭博業幾乎被馬菲亞所壟斷，包括這些遊輪上的賭場，亦是由馬菲亞經營。開賭場的不怕客人贏錢，假若所有的賭客進來之後均是以輸錢結果的話，那麼，這家賭場必然開不了多久，遲早都是一個關門倒閉的結果。有輸有贏，才能帶動賭場人氣，才能激發出賭徒的激情，而賭場經營者只需要把控大局，讓小部分人贏錢大部分人輸錢也就足夠保證自身的利益了。

但是，像顧霆這種贏錢的方式，卻是賭場經營者們所不能接受的。

「憑什麼？」有了羅獵的撐腰，顧霆底氣十足地叫嚷起來：「我出老千了嗎？憑什麼不讓我玩？」

賭場領班道：「這位先生請不要誤會，我們絕不會拒絕任何一個客人，只是，先生的賭技實在高明，在這兒賭，是對別的客人的不尊重，我們經理特意在雅間為二位開設一場高級別的賭局，希望二位能夠賞光。」

這就很明顯了，那賭場經理設下的高級別賭局，對戰者一定是顧霆遇到的那位高手。顧霆並不是一個真正的賭徒，他的快樂只在於贏，而不在於贏多少錢，因而，對這麼一場穩輸的賭局，顧霆是絲毫興趣都沒有。同時，顧霆也不是一個喜歡惹是生非的人，看到賭場決然的態度，這小子乾脆利索地拉住了羅獵的手，轉身就要回去。

剛過中午的那會，在短短的二十分鐘不到的時間裡，賭場被顧霆贏走了近四百美元，雖然之後派出的那名高手連贏了顧霆三局，但最終還是被顧霆帶走了一百多美元。馬菲亞習慣了驕横跋扈，哪裡能忍得下這口氣？可又得守規矩，任由客人來去自如，只能眼睜睜看著顧霆揚長而去。

到了晚上再一次逮住了這小子，那些個馬菲亞怎肯輕易放過？

「先生，您這是不敢應戰麼？」賭場領班攔住了顧霆，使出了激將法來。

年輕必然氣盛，氣盛者最怕的便是被激將，就算是一旁的羅獵，聽了那賭場領班的話，心裡也是頗有些不服氣，暗自希望顧霆能改變主意，進裡面跟那個所謂的高手鬥上一鬥，大不了，輸點錢就是了。

可是，顧霆卻撲簌著兩隻大眼睛，認真地點了點頭，道：「你說對了，我確實不敢應戰。」

那賭場領班登時愣在了原地。

羅獵也不禁有些發愣，他怎麼著也想不到顧霆居然乾脆利索地認了慫，按照正常的邏輯，即便心裡不敢應戰，那在口頭上也該回敬兩句硬話才對。顧霆根本沒給羅獵開口說話的機會，自己這邊的話音未落，手上已經發力，而腳下早已經抹了油。

「你不是說跟那名高手多切磋幾場就能贏了他麼？」出了賭場，那顧霆有說有笑，反倒是羅獵的心中有些疙疙瘩瘩，越想越覺得有些憋屈，於是道：「咱們先輸給他，等你熟悉了他的套路，再贏回來就是了，你幹嘛要逃走呢？」

顧霆站住了腳，拿捏出一副老成的模樣，語重心長道：「少爺啊，你還是太單純了，今晚上咱們要是進去了，恐怕會輸得只剩一條褲衩。」也不知道怎麼的，那顧霆說著，臉頰又飄上來了兩朵紅暈。「算了算了，跟你也說不清楚，反正是小霆兒已經打消了跟那名高手一較高下的念頭了，這間賭場，小霆兒發誓再也不會來玩了。」

羅獵稀裡糊塗，很想問個明白，但顧霆已經跑向了遊樂場。

巧的是，那遊樂場卻已經歇業了。

面對賭場領班的激將尚可以坦然面對的顧霆此刻卻委屈的不行，小嘴噘的老高，跺腳嚷道：「這遊輪就是個騙子！那麼早就關門啊，小霆兒以後再也不坐遊輪了！」

羅獵來到顧霆身邊，摸著顧霆的小光頭，安撫道：「已經快九點鐘了，也不早了，咱們先回去休息，等明天再來玩就是了。」

顧霆仰著臉看著羅獵，委屈巴巴道：「那明天你能陪我一起玩嗎？」

純粹是為了安撫顧霆，羅獵沒多想，便隨口應道：「能，當然能！在船上不是也沒別的事情好做麼？」

顧霆仍舊仰臉看著羅獵，道：「那你不能只在外面看著，要進來和我一起玩。」

羅獵不由得看了眼遊樂場中的那些個遊樂項目，不禁啞然失笑。什麼旋轉木馬、海盜船、坦克火車……那都是些小朋友才會熱衷的遊戲，他一個大小夥子帶著一個小小夥子，在裡面跟小朋友們打成一片，那場景……傳出去得有多丟人啊！

但又看著顧霆期待的眼神，羅獵實在不忍心讓他失望，於是便點了點頭，道：「好，明天我進來跟你一塊玩。」說是這麼說，心中卻打算著，等到了明天隨便找個藉口把他打發了就是了。

顧霆對羅獵的承諾卻是信以為真，臉上重新露出了燦爛的笑容。

同一時間，遠在近萬里之外的金山安良堂的堂口中，董彪已經收拾妥當，拎著兩隻皮箱下了樓。而曹濱已經坐在了停在樓門口的一輛汽車的駕駛位上。

將兩隻皮箱放到了車上後，董彪向曹濱打了聲招呼，道：「濱哥，再稍等片刻哈，我上趟樓去把那杆毛瑟拿過來。」

曹濱苦笑道：「步槍目標太大，你是想讓咱們倆被人家給盯上麼？」

董彪遲疑了下，道：「不把它帶在身邊，我睡不著覺。」

曹濱擺了擺手，道：「隨你吧，要是帶上的話那就把裝步槍的箱子也帶上，藏在車後座下面會方便一些。」

董彪轉身上樓，不過三兩分鐘後，叼著支香煙拎著一只長條形皮箱來到了車邊，掀起了車的後座，將那長條皮箱放好了，然後回到了副駕的位置上，道：「濱哥，要不還是我來開吧。」

曹濱回道：「四千七百多公里，誰先開誰後開，不都一樣麼？」說罷，曹濱發動了車子，踩下了油門。

董彪沒爭過曹濱，只得在將副駕位子的靠背往後放了放，然後仰躺在上面，閉上了雙眼。曹濱的車技那是沒得說，坐濱哥開的車，那要比自己開車還要放心，不只是放心的緣故，更重要的原因是董彪必須先睡，路途那麼長那麼遠，兄弟二人又沒有中途打尖住店的打算，只能是一人開車另一人休息，待開車的人疲憊了，再行調換。

「濱哥，修車的工具都帶上了麼？」閉著雙眼的董彪隨口問了一句。

汽車是個新鮮玩意，雖然近幾年的設計製造工藝得到了大幅度的提升，汽車的性能和穩定性也隨之而提高了不少，但發生各種各樣的故障依舊是家常便飯。在祈禱上帝保佑的同時，還必須做好最壞的打算，好在曹濱、董彪二人都會修理汽車，只要是車子不發生嚴重的故障，便無法阻擋他們前往邁阿密的行程。

曹濱叼上了一根雪茄，再次展現了他迎著風劃火柴的絕技，抽了口雪茄後，曹濱應道：「你現在才操心這個問題是不是晚了些呢？行了，抓緊時間瞇一會吧，我跑了一整天，可能撐不了太久。」

董彪長歎一聲，道：「有心思，睡不著啊！」

曹濱道：「你是擔心車子真的出了毛病，咱們無法及時趕到邁阿密是麼？」

董彪調整了下躺姿，依舊閉著雙眼，道：「可不是嘛，那小子若是心思正常，我倒是不怎麼擔心，可他真要跟二十年前的你是一樣的心思，瞅著個機會就要跟人家死磕，又沒有個幫手，那還不是死路一條嗎？」

曹濱轉頭看了董彪一眼，不禁笑道：「你怎麼一提起羅獵來就變得婆婆媽媽的呢？」

董彪忽地一下坐了起來，瞅著曹濱道：「你還不是一樣？咱倆啊……就是哥倆比機八，一個熊吊樣，誰也別笑話誰！」

邁阿密是美利堅合眾國最為靠南的一座海港城市。跟紐約相比，邁阿密甚至算不上一座城市，其規模，甚至還比不上紐約的唐人街。這並非妄言，定居在紐約的華人少說也得有十餘萬，且其中三分之二居住在唐人街社區中。而整個邁阿密的人口，卻未超過五萬人。邁阿密的海岸結構並不適合做為海港，因而，雖然地理條件優越，卻始終被聯邦政府所忽視。這也難怪，畢竟放眼整個美利堅合眾國，適合做海港的地方實在是太多，多一個邁阿密少一個邁阿密對整個國家來說幾乎沒有什麼影響。

六十年前，美利堅合眾國和墨西哥發生了一場戰爭，戰爭的結果是美利堅合眾國蠶食了墨西哥三分之一的國土，大批大批的墨西哥人要麼是顛沛流離一路南遷，要麼便是忍辱負重留在當地淪落為末流公民。六十年來，美利堅合眾國的經濟在大英帝國的支持下突飛猛進，而墨西哥國卻始終陷於貧窮和落後中不得自拔。有奶才是娘，眾多墨西哥人忍受不了自己國家的貧窮落後，忘卻了數十年前那場戰爭給人們帶來的切膚之痛，開始琢磨該如何才能搬遷到美麗富饒的美利堅合眾國的國土上。

然而，兩國雖然已經停戰和解，但相互之間的敵視態度卻未見減輕，雙方均在邊境線上布下了重兵，因而，若是想從陸路上偷渡進入美利堅合眾國的話，其成功率極為低下。

聰明的墨西哥人想到了海路，經過多年的嘗試，人們認定經邁阿密河域進入到美利堅合眾國是一條最為安全且最為方便的途徑。

那時候，邁阿密還是一片荒蕪，莫說城市，就連農莊漁村都沒有多少。

土地雖然荒蕪，但掩蓋不了它的富饒。許多勤勞的墨西哥人在踏上了這塊土地後便再也不願離開，他們辛勤勞作，拓荒開墾，用汗水和淚水終於換來了想要的物質生活。

在大移民的浪潮中，邁阿密富饒的土地引起了歐洲人的注意，從那時候開始，邁阿密一點一點發展，終於有了些城市的樣子。

同時，邁阿密也引起了墨西哥諸多煙土商的重視。和偷渡一樣，這些個煙土商想把煙土通過陸路運至美利堅合眾國的話，無異於自尋死路，因而，他們便盯上了邁阿密這塊風水寶地。一來是因為邁阿密地域的海岸非常適合小船停泊，二個原因則是聯邦政府尚未重視對邁阿密的管理，其中可鑽的漏洞實在是太多太多。

這些個煙土商為了佔據這條黃金通道，向邁阿密派去了大量的成員，一來二去，也就形成了當下邁阿密江湖幫派完全由墨西哥人統治的局面。

遊輪終於停靠在了邁阿密唯一一個可以停泊千噸級輪船的碼頭上。羅獵帶著顧霆秦剛走下了輪船，搭眼遠眺，失落心情油然而生。「這就是邁阿密？一層是平房，兩層便是高樓，三層就得叫大廈了，這哪裡是個城市啊？這分明就是大一些的鎮子！」既然是錢多人傻的闊少爺，那羅獵就不能收斂，必須在第一時間內將自己的挑剔以及傻勁釋放出來。

顧霆很會配合，應道：「可是少爺，邁阿密地處美利堅合眾國的最南端，一年四季如春，冬天不冷，夏天不熱，最適合老爺的生活習慣了。」

羅獵呲哼了一聲，道：「可是這種破地方卻不適合本少爺啊！」

秦剛插話道：「少爺，不管怎麼說，咱們也得先住下來是不是呢？」

羅獵四下裡看了看，不禁皺起了眉頭，道：「這破地方連輛計程車都沒有嗎？」

顧霆連忙解釋道：「少爺，這兒可比不上紐約，能坐得起車的人少之又少，所以啊，街上跑的多數還是馬車。」

羅獵再環視了四周，道：「可本少爺怎麼連輛馬車都看不到呢？」

顧霆苦笑道：「少爺，咱們現在還沒出碼頭呢，當然看不到馬車了。」

羅獵的裝傻充愣似乎有些過早且有些過分，但實際上並不多餘。在紐約堂口跟趙大明商討李西瀘為何來到邁阿密的時候，趙大明就判斷說，那李西瀘定然是跟邁阿密的某個幫派有所勾結。羅獵認同趙大明的觀點，因而，必須加以提防。而趙大明之前派過兩名弟兄前來邁阿密追捕李西瀘，卻不幸折在了此地，那麼，便有理由相信李西瀘所勾結的當地幫派已然有了警覺。

如此推測下，那個和李西瀘相互勾結的當地幫派必然會對車站及碼頭進行監視，雖然羅獵判斷對方對車站的監視要嚴密一些，但也不能排除碼頭就沒有被監視。

裝完傻充完楞，羅獵在顧霆秦剛二人的左擁右簇下走出了碼頭。碼頭外的馬路上，果然停著了一排馬車。

「你去，把那輛最新最大的馬車叫過來！」羅獵拍了下顧霆的禿腦門。

顧霆連忙跑過去，跟那車夫嘰哩呱啦聊了一通。隨後又跑回來向羅獵彙報道：「少爺，小霆兒跟那車夫說了，咱們要去邁阿密最好的酒店，那車夫推薦咱們住加泰皇家酒店，就是距離有些遠，車費要得有點高，那車夫開價要一美元呢。」顧霆的嗓門可是不小，顯然是想讓那不遠處的車夫能夠聽得到。那車夫雖是個墨西哥人，但在邁阿密生活久了，多少也能聽得懂幾句英文。

羅獵回應道：「一美元很貴麼？答應他就是了。」羅獵的英文發音原本練習的已經很純正了，但此刻，卻有意挺直了舌頭，顯得那英文發音很是生硬蹩腳。

顧霆隨即向那車夫招了招手。

上了車，羅獵依舊用著他那口拿捏出來的蹩腳英文向車夫問道：「想在邁阿密購買房產，要去哪兒才能買得到呢？」

車夫的英文水準原本就不高，聽了羅獵的蹩腳發音更是聽不懂，臉上自然顯露出了茫然神色。

顧霆道：「少爺，你就少問兩句吧，等到了酒店，小霆兒再幫你打探也不遲。」

邁阿密不大，但整個城市分佈卻挺寬，沿著海岸線從這一頭到那一頭，也有個二十多將近三十里的樣子，馬車便是沿著海岸線走了約莫半個小時，來到了一幢高樓大廈面前。正如羅獵說諷刺那樣，這幢高樓大廈也不過就是六層高，但這卻是邁阿密最為高端的一家酒店。

酒店的老闆來自於西班牙加泰羅尼亞地區，因而，整個酒店的設計佈置頗有些西班牙皇家風範，樓層雖然不高，但內部裝修裝飾的檔次水準著實不低，同等檔次的酒店，若是在紐約的話，一個房間一晚上至少也得要個七八美元以上，即便是在金山，房價也不會低於五美元一晚。但在邁阿密，加泰皇家酒店的一個房價一晚上才開價三美元。

「開三個房間，咱們一人一間，這麼便宜，不多開幾個房間就是吃虧。」羅獵拍出了一疊美鈔出來，錢多人傻的勁頭盡顯無遺。

秦剛道：「少爺，咱們不如開一個套間，您住裡屋，我跟小霆兒住外屋，既省錢，又能更好的服侍您，不好麼？」

羅獵還未表態，那顧霆卻先跳了起來：「不成，不成！你也不聽聽你那呼嚕聲，房間只是跟你挨著恐怕都會被吵得睡不著，我可不敢跟你住在一起。」

船上住了四個晚上，那秦剛在床鋪上坐了四整夜，最多也就是半躺著，可謂是遭了大罪。顧霆這麼一提，那秦剛想想覺得也是，於是便把嘴巴閉上了不再爭辯。

羅獵頗有些不耐煩，道：「你們兩個吵什麼？套間開了，你們倆一人一個房間也開了！」羅獵明面上在裝傻充楞，心中卻在安慰自己，在船上的時候不是一上來就在賭場中輸了一百多塊錢嗎？就當這筆錢沒被小霆兒給賺回來就是了。

安頓妥當之後，羅獵帶著顧霆秦剛下到了酒店一層的咖啡廳，顧霆鬼馬精靈，逢人便打聽邁阿密的房產交易市場究竟在哪裡，並且有意無意地洩露出自己這邊究竟想要購買一處怎樣的房產。面積要大，前有花園後有泳池，低於五百平米免談。地段要好，推窗就能望見大海，出門就能上得了公路，太偏了不行，離市中心太近也不行。房子的裝修檔次無所謂，沒裝修的為最好，反正老爺搬進來之前都要重新整飭一番。至於傢俱家私，則是一件不要，因為老爺說了，除了黃花梨材質且出自大清朝頂級工匠的傢俱家私之外，別的全都是垃圾。

牛皮吹得上了天，但顧霆在吹牛的時候，一臉神情卻是頗為嚴肅，讓人產生了不得不信的感覺。這就是水準！羅獵在一旁看在了眼中，唏噓在了心裡，幸虧把這小子給帶來了，不然的話，就憑他羅獵的水準，還真吹不出這麼好的牛來。至於秦剛，那完全可以忽略。

每一位美利堅合眾國的合法不合法公民都懷揣著一顆發財的夢想，而顧霆散佈出的資訊正是一個發財的好機會，因而，聽到了這個資訊的人們便立刻行動起來。

「你們家有房子要賣嗎？我手上有個大主顧……」

「兄弟，發財的機會來了，有個傻逼東方人，說是要買一處不低於五百平米的房產，售價至少能高出市面價百分之二十以上，趕緊去聯繫房源啊！」

「老闆，老闆！大生意啊，咱們開發的別墅可以一口氣賣掉四幢，只需要建個隔攔將四幢別墅圍在一起，再把別墅打通了就可滿足那個大客戶的要求了……」

不到一個下午，消息便傳遍了整個邁阿密。

做地產生意的人們自然是為之而激動，那些個從來沒碰過地產生意的人也是蠢蠢欲動，一單僅是傭金便可以得到上千美元的生意，又有哪一個能做到為之而不動心？

羅獵的一杯咖啡尚未喝完，便有人過來搭訕推銷房產，待到羅獵在咖啡廳中坐夠了，準備帶著顧霆秦剛去吃晚飯的時候，身邊已經圍上了十多位夢想發財的人。

「你們不能這樣無休止地騷擾我家少爺。」不用羅獵開口，顧霆便已經站了出來：「這樣吧，明天上午十點鐘整，我家少爺會把這家咖啡館包下來，到時候給你們每人五分鐘的時間來介紹自己的房產，我家少爺聽完了你們的介紹，自然會有定奪。」

這一招甚妙，冠冕堂皇地阻止了那些推銷員繼續騷擾羅獵，同時又給這些個推銷員留下了念想，而且，還產生了額外的收穫。人都是有疑心的，也都不情願看到別人賺便宜而自己吃虧，當顧霆嚴肅地提出了明日十點鐘在咖啡廳展開公平公正的競爭的時候，那些個推銷員雖然不便再繼續騷擾羅獵，但也不肯輕易離去，只因為生怕自己離去後，被別人鑽了空子，從而撬走了這位大金主。

於是乎，羅獵回到房間，那房間走廊的裡裡外外會有一堆人守著，羅獵帶著顧霆秦剛去了餐廳，那麼餐廳的大門外，也會有一大堆人或站或坐不住地往羅獵這邊張望。這就相當於一分錢不花為自己聘請了一大堆的保鏢，即便某個江湖幫派對羅獵動了邪心，卻也是絕無機會下手。

羅獵等三人吃完了飯，在眾多地產推銷員的「陪同」下，沿著海岸線來回閒逛了幾里路，領略了一下邁阿密的夜景風光，直到走累了，這才折回到酒店休息。雖然羅獵的房間房門都已經鎖死了，但那些個推銷員們仍舊不肯輕易離去，想想也是，萬一自己離開了，而那扇房門卻被別的推銷員給敲開了，那自己豈不是虧大發了嗎？

直到夜深人靜，確定這位大金主的房間門再也不會被敲開，眾位推銷員們才依依不捨地逐漸離去。

但到了第二天，酒店一層的咖啡廳尚未開門，外面便已經排起了隊來。

十點鐘開始，最多能到十二點便得結束，即便每一名推銷員都不超過五分鐘的陳述時間，那麼兩個小時也就只能夠排開二十來名推銷員的演說，若是中間再出什麼變故的話，可能排在第二十位的推銷員都有可能失去機會。所以，有些個聰明的地產推銷員們便起了個大早，草草洗漱吃了點早餐便心急火燎地趕到咖啡廳外面排起了隊。

咖啡廳上午的生意都很一般，顧霆只用了五美元的價格便包了場，全場消費不足五美元的時候以五美元來計算，當全場消費超過五美元的時候，以實際消費金額來結帳。羅獵再一次彰顯出了錢多人傻的特徵，將那些個排在門外的推銷員全都請到了咖啡廳中坐定後，每人均送上了一杯熱騰騰的咖啡。

「說好的十點鐘開始，那麼遲到了的就當他是自動放棄了。」待大夥坐定後，顧霆站了出來，吩咐道：「侍者，去把你家咖啡廳的門給鎖上，外面的人一個也不許放進來。」

這對已經進到了咖啡廳的推銷員來說應該是個利好，理應沒人反對才是，可偏就有少腦子的人向顧霆提醒道：「這位小先生，現在才九點五十分，距離十點鐘的約定時間還差了十分鐘呢！」

此人話音未落，已然招來了噓聲一片。顧霆更是沒好氣，道：「你要是覺得不公平的話，那就請你到門外去，看看你還能不能進得來？」

好在那人尚有自知之明，聽到眾人噓聲後便已然知錯，待到被顧霆懟完之後，更是不敢多言。

「咱們說好了，每人五分鐘，只許少，不許多，我在這兒看著錶，一到時間就必須停下來，要不然，就請你從外面將咖啡廳的門給關上，明白麼？」顧霆晃悠著一顆小禿頭，有條不紊地安排著。

有了顧霆這個得力幫手，羅獵無需管事，撿了個最順眼的位置坐定之後，便閉上了雙眼養起了精神。

便是這點小細節，也被顧霆考慮到了。「這是我家少爺的習慣，閉上了雙眼，就說明他在認真地聽，你們只管介紹你們的房產，我向各位保證，我家少爺一定會隻字不落的聽進心來。」

這下羅獵連睜眼的必要都免去了。

推銷員們按照在門外排隊的順序一個接一個將自家的房產做了介紹推薦，其中有一人在顧霆敲了桌子喊了停之後仍舊不肯甘休，嘮嘮叨叨又說了好些話，結果被顧霆鐵面無情地請出了咖啡廳。這一案例起到了殺雞駭猴的效果，接下來開口做房產推薦的推銷員們再也不敢有意拖延時間。

五分鐘一個，若是不計算銜接時間，一小時可以安排十二個演說，但銜接時間不可避免，因而，到了十二點鐘該去吃午飯的時候了，才進行了十九個推銷員的演說，咖啡廳中，尚有七八人沒能得到機會。羅獵終於睜開了雙眼，向顧霆招了招手，顧霆急忙靠了過去，將耳朵貼在了羅獵的嘴巴旁，認真地聽著。

隨後，顧霆宣佈，演說繼續，同時把咖啡廳的侍者叫了過來，讓他給在座的每一位推銷員再加一杯咖啡和一份點心。

錢多人傻，而且還厚道。

不過，在唯利是圖的人們面前，厚道往往也是傻的一種表現形式。

到了下午一點鐘的樣子，所有的地產推銷員們均做完了推銷演說，顧霆裝模作樣地跟羅獵商討了一番。這二人的商討並未壓低聲音，只不過，用的語言卻是華語，那些個洋人推銷員雖然聽得真切，卻沒一個能夠聽得懂，所有人都像是在等待著法官宣判一般，焦慮，不安，同時還充滿了期盼。

商討了片刻，顧霆起身道：「諸位，你們推薦的房產，大多數都符合我家少爺的期望。不過呢，我家少爺有個新的要求，就像你們墨西哥人喜歡跟墨西哥人住在一起，西班牙人喜歡跟西班牙人做鄰居，我家少爺說，他希望他選定的房產周圍也有華人居住，這一點，不知道你們誰家的房產能滿足我家少爺的要求呢？」

這一招數是一直閉著雙眼的羅獵在迷迷糊糊中想到的，那李西瀘攜帶了五萬美元的鉅款潛逃到了邁阿密，和他有所勾結的幫派最多只能為他提供安全保護，卻不可能為他提供棲身之所，因而，那李西濾很有可能已經在邁阿密購置了房產。這般詢問，明面上合情合理，自然不會引起他人的疑心，而那些個房產推銷員為了能促成交易拿到傭金，必然會知無不言言無不盡。

果然，這無心插柳的一招起到了奇效，那二十六七個房產推銷員有了躁動，一多半顯然是在編造謊言，但也有少部分說出了實情。邁阿密的定居華人極為稀少，而其中絕大多數從事的都是農業或是漁業，居住在城市當中的華人更是稀罕，偶爾能見到幾個，其居住地也是在城市的邊緣，根本不可能跟羅獵所要求的這種豪宅做鄰居。

不過，還是有一位推銷員的話引起了羅獵的注意。「我們公司上個月剛銷售了一套住宅，買主便是華人，如果羅先生能夠接受我推薦的房產的話，就可以跟那位華人先生成為鄰居。」

羅獵按捺住內心的激動，臉上儘量拿捏出一副滿不在乎的神色，道：「那位買主姓什麼叫什麼？我家老爺很講究，姓名不合，八字不符，住在一塊只會犯沖。」

洋人不懂什麼姓名不合八字不符之類的話意，臉上露出了迷茫之色，顧霆費了九牛二虎之力總算才解釋清楚了，那名推銷員懵懂表態道：「那單銷售並不是我做的，如果你需要詳細資訊的話，我需要回公司查詢一下。」

羅獵點了點頭，隨即又把顧霆叫到了身邊，叮囑了一番。顧霆認真聽著，不住點頭。

起身後，顧霆點了其中約有一半的推銷員，並宣佈道：「我家少爺對你們推薦的房產頗感興趣，從明天開始，上下午各兩家看房，其他的人員，我只能跟你們說一聲對不起了。」

過關的開心，被淘汰的沮喪，但推薦已然結束，都必須離開。顧霆專門將那名說公司賣了一套房產給一位華人的推銷員留了下來。

「我家少爺說了，他挺中意你所推薦的那套房產，若是跟那位華人的姓氏八字不犯沖的話，明天上午第一家就去看你推薦的房產，只要屬實，便可確定，那麼後面也就不需要再辛苦一家家去看房了。」顧霆交代的有鼻子有眼的，將那位推銷員激動地連連點頭。

「我這就回公司去調資料查找，等明天上午看房的時候，我就能夠將資料交到你們手上。」那名推銷員激動之餘，連忙做出了表態。

顧霆搖了搖頭，道：「你的決定太欠考慮了！你想啊，等到了明天，你拿來了資料，我家少爺一看，說跟那華人的名字八字犯沖，你這生意不就泡湯了嗎？」

那名推銷員頗為緊張道：「那我該怎麼處理呢？」

顧霆摸了摸自個的禿頭，狡黠笑道：「你查到資料後，先拿來給我看，我自然有辦法幫到你，不過……」

那名推銷員也是聰明，立刻心領神會道：「請先生放心，只要能達成交易，我這邊一定不會少了你應得的酬謝。」

顧霆點了點頭，道：「那就好，那你就趕緊去辦吧。」

那推銷員果然敬業，還沒等到晚飯時間，便將資料拿到了酒店，交給了顧霆。打發走了那名推銷員後，顧霆連忙敲響了羅獵的房門。

「少爺，小霆兒看過資料了，不是咱們要找的人。」顧霆進到了羅獵的房間，將資料交給了羅獵。

羅獵想出這麼一招也是計畫之外，因此並不抱有多大的希望，隨意掃視了一遍那份資料，看到資料上填寫的買主既不姓李也不叫西濾，其英文名查理更是沒有體現，便隨手放在了一邊，道：「不是就不是嘍，只要咱們沉住了氣，我想，那李西濾一定會主動出現在咱們面前。」

顧霆道：「說得也是，咱們鬧出了這麼大的動靜，風聲早晚會傳到李西濾的耳朵裡，邁阿密突然出現了咱們三個，肯定會引起他的懷疑。」

羅獵道：「咱們雖然在明，那李西濾在暗，但只要咱們的真實身分不暴露出來，那麼明暗關係也就掉了個個，明反而成了暗，那暗反倒成了明。」

顧霆眨巴眨巴了眼，道：「怎麼就明成了暗，暗反倒成了明了呢？少爺，小霆兒都被你說糊塗了。」

羅獵笑道：「咱們的真實身分只有咱們自己知道，只要咱們不說出去，那麼對邁阿密的人來說，明面上見到的不過是來自於大清朝的闊少一行，而來自於紐約安良堂的三人是不是始終處在暗處呢？」

顧霆豁然道：「小霆兒明白了，李西瀘雖處在暗處，但他為了摸清咱們的真實身分，必然要浮出水面，如此一來，暗處也就轉換成了明處。」

羅獵拍了拍顧霆的光頭，讚賞道：「小霆兒果真聰明，一點就通。」

顧霆受到了誇獎，反倒現出了一絲不快，道：「當初小霆兒說自己聰明的時候，少爺你還一臉的瞧不上呢！」

羅獵笑道：「是本少爺看走眼了，本少爺給小霆兒陪不是，行了不？」

顧霆這才換做了笑顏逐開的模樣，道：「少爺，那咱們明天真的去看房嗎？」

羅獵道：「做戲就得逼真，既然挑著買房的旗號來，那就得認認真真地看，不過，這一家我看就算了，就說那買主的名字和八字真的跟老爺犯沖。」

顧霆玩笑道：「可惜了小霆兒的好處，那個賣房的還答應小霆兒要給酬金哩。」

羅獵伸出手指，輕輕彈了下顧霆的禿腦門，笑道：「從小就不學好？好了，不說笑了，去吧秦剛叫出來，咱們出去轉轉，給你們買幾身替換衣服。」

提到了秦剛，顧霆的臉色倏地一變，當即愣在了原地。

羅獵見狀，不由問道：「小霆兒這是被人家給點了穴了嗎？」

顧霆搖了搖頭，道：「少爺，小霆兒想到了咱們的一個破綻。」

羅獵也是一怔，道：「破綻？什麼破綻？」

顧霆道：「你我二人並不經常到堂口去，所以根本不識得那個帳房先生李西瀘，而李西瀘也不可能識得咱們兩個，可是，那秦剛可是大明哥堂口的人，李西瀘沒道理不認得他呀！」

羅獵笑道：「我還真是看走了眼呢，小霆兒，你不單聰明，而且思維甚是縝密，等回去之後，我一定向大明哥舉薦你。」

顧霆道：「少爺，你別光誇我了，還是想想怎麼彌補這個破綻吧。要不，咱抓緊時間搶在李西瀘找到咱們之前把秦剛給咔嚓……」顧霆扮了個鬼臉，接道：「給送回紐約去吧！」

羅獵歎了口氣，搖頭道：「來不及了！小霆兒，你用過照相機嗎？咱們啊，很有可能被人家給照過了相，現如今那照片都很可能擺在了李西瀘的面前。」

顧霆收起了笑容，頗有些緊張道：「那怎麼辦啊？要是被李西瀘給認出來了，那少爺您的計畫不就全露餡了嗎？」

羅獵道：「你就乖乖地把心擱在肚子裡吧，李西瀘是不可能認識秦剛的，本少爺要是連這點意識都沒有，哪有資格帶著你們二人來闖蕩邁阿密呢？」

顧霆一臉疑惑道：「怎麼可能？」

羅獵手指房間一角的皮箱，道：「那裡面有李西瀘和秦剛二人的資料，你自己去看。」

顧霆還真是較真，果真走過去打開了皮箱，找到了那二人的資料。翻看了幾眼後，顧霆先是呵呵傻笑了幾聲，然後突然發出了一聲驚呼：「少爺，你來看！」

羅獵還以為那是古靈精怪的顧霆在故意搞鬼，於是笑道：「什麼呀？發現什麼鬼怪了不能拿過來給我看呀？」

顧霆一臉惶恐，捧著資料來到了羅獵身邊，道：「筆跡！這資料上面有李西瀘的簽名，看筆跡，跟那房產買主的簽名筆跡是一樣的，絕對是同一個人寫下的。」

羅獵猛然一驚，連忙將那份購房資料拿過來比對。羅獵從小就被爺爺逼著練習各種書法，對人的筆跡有著相當的瞭解，對比之下，那兩份資料上的字跡果然有九分相似。

「少爺，小霆兒願以性命擔保，這兩份資料上的簽名千真萬確是同一個人的，小霆兒最喜歡地就是觀察人的細微習慣，這一點，小霆兒絕對看不錯。」顧霆在賭技上能做到出類拔萃，靠的就是對人細微習慣的細緻觀察，因而，核對靜態筆跡對他來說，實在不是什麼難事。

羅獵緩緩點頭道：「不用你擔保，我也看出來了。」

顧霆咬牙道：「沒想到李西瀘來到邁阿密還改了名字。」

羅獵點了下李西瀘的資料，道：「他也有可能是用假名字進的堂口。」

顧霆忽地笑開了，道：「少爺，咱們真是應了那句老話，踏破鐵鞋無覓處，得來全然不費功。少爺，咱們既然有了他的地址，不如今晚就行動，打他一個措手不及。」

這正是羅獵所想。

即便那李西瀘打起了十二分的警惕性，即便那李西瀘在火車站以及碼頭都布下了眼線，但羅獵相信，自己這邊昨天下午才抵達邁阿密，到現在不過才在邁阿密待了一天半的時間，時間如此短暫，那李西瀘肯定還無法判斷清楚自己這邊的真實身分。而通過房產銷售這個管道得到了李西瀘的資訊，卻也是羅獵的偶然之作神來之筆，那李西瀘絕無可能想得到。因此，正如顧霆所建議，今晚上去登門拜訪，定然會給那李西瀘一個措手不及。

「這個建議相當不錯，不過，為了不打草驚蛇，咱們還是要去逛逛街，買幾身衣服，再好好吃上一頓，將咱們裝扮的錢多人傻的闊少身分坐實坐牢。」羅獵收起了那幾份資料，揣進了懷裡，以防止被賊人偷進了房間從而洩露了秘密。

顧霆興奮道：「好！那小霆兒就去叫大水缸了。」

秦剛就住在羅獵的對面，雖然一直沒有露面，卻始終沒有閑著。他貼在了房門的貓眼中盯住了羅獵的房間，親眼看著顧霆敲了門進到了羅獵的房間，又親眼看著顧霆走出來到了他的房間門口伸出了手來。

不等顧霆的手敲到房門上，秦剛已經拉開了房門，卻將缺少心理準備的顧霆嚇了一跳。「幹嘛呀，該死的大水缸！嚇死個人了！」

秦剛陪著笑，問道：「是你找咱？還是少爺找咱？」

顧霆插著腰，嗔怒道：「怎麼？非得是少爺才能找你嗎？我小霆兒就不能來找你了？」

秦剛繼續陪笑，道：「能，當然能，但要是少爺那邊找咱的話，小霆兒便只能往後靠靠了！」

倆人正鬥嘴，這邊羅獵已經收拾妥當走出了房門，道：「你倆在那摻和什麼呀？還不趕緊收拾妥當陪本少爺出去逛街去？」

一聽到逛街，那秦剛的神色登時暗淡了許多，嘟囔道：「少爺，逛街多累啊，再說了，這邁阿密有啥好逛的呢？比起紐約來，這兒連個鎮子都算不上。」

羅獵瞪起了雙眼，道：「要你逛街你就老老實實地跟在本少爺身後，哪來的那麼多廢話？」

第八章

後盾

對煙土商來說，貨源才是根本。
市場明擺在那裡，有多大的實力便可以佔據多大的地盤，
李西瀘和坦莉雅相信，只要拿出帳簿相要脅，
紐約安良堂的顧浩然便一定會屈服於他們，
即便不能達成合作，那也能夠讓紐約安良堂成為自己的堅強後盾。

邁阿密這座城市的形成得益於大移民浪潮，浪潮中，人和資本都處在極度亢奮的狀態下，那時候，湧進邁阿密的那些個弄潮兒被邁阿密迷人的海灘所吸引，相信邁阿密的未來定將迎來爆發式的發展。在這種心態下，邁阿密迎來了第一波基建高潮。

然而，社會的普遍規律決定了並不是人人都能成為富翁的現實結果，成千上萬不遠萬里來到美利堅合眾國的移民們絕大多數並未實現了改變命運的結果，那些個獲得了巨大財富的人只是鳳毛麟角。殘酷的現實使得大移民的浪潮逐漸消退，而邁阿密終究沒能迎來人們所期盼的那種爆發式的發展。

只有農業而缺乏工業的瓶頸使得邁阿密的人口在增長到了四萬五千人之後便停滯不前，直到一年前通上了火車，人口總數才重新恢復了增長的勢態，但增長的幅度卻極為平緩。如此現況，決定了那些地產商的手中積壓了大量的住房而賣不出去，無奈之下，價格只能是一降再降。尤其是羅獵要求的那種頂級房產，單價甚至還要低於普通四五十平米的套房。

化名為黎方舟的李西瀘買下的那套別墅，總建築面積達到了三百多平米，總價卻連七千美元都不到，加上裝修及購買傢俱家私，總數也花不到一萬美元，僅相當於他捲走的紐約安良堂的五萬美元鉅款的五分之一。

那名房產推銷員拿來的銷售資料詳細地寫明了李西瀘買下的這套別墅的地址，因而，當晚十時左右，羅獵帶著顧霆和秦剛，幾乎不費吹灰之力便找到了這幢別墅。

「少爺，趕早不趕晚，小霆兒感覺這別墅中並無防備，不如咱們現在就動手。」

顧霆的相貌並未脫離稚氣，可說出來的話，卻像是個老江湖。

秦剛搶道：「少爺，咱以為還是要晚點動手，裡面還有燈光，說明有人還沒睡，現在就動手，容易打草驚蛇。」

羅獵歎道：「早動手晚動手都不重要，重要的是，我怎麼感覺有些不對勁呢？」

顧霆道：「少爺你是不是擔心那李西瀘在別墅中設了機關……」

羅獵打斷了顧霆，道：「我倒不擔心這別墅裡面的事情，而是擔心這別墅外面，咱們乘坐馬車趕過來的時候，你們就沒有覺察到身後有輛汽車在跟蹤咱們嗎？」

秦剛搖了搖頭，道：「哪有啊？咱們一路過來挺肅靜的，哪有什麼汽車跟蹤咱們呢？」

顧霆道：「咱們一路過來一共遇到了兩次汽車，雖說這邁阿密的汽車極少，但遇上兩次也屬正常。而且，第一次時，那汽車從出現到消失，也就是幾百米的路程，根本不是在跟蹤，第二次更不是，咱們直行，人家轉彎，只能說是偶然遇上了而已。」

羅獵輕歎一聲，道：「起初我也是這麼想，這麼認為，可剛才回憶了一下，感覺那兩次出現的汽車卻是同一輛，假如我的感覺是正確的話，那麼，只能說開車跟蹤咱們的人是一個高手，而且是個高手中的高手。」

秦剛露出了不可思議的神態，道：「少爺，你是怎麼看出來那兩輛車是同一輛的呢？」

顧霆卻不以為然道：「不可能！少爺，一定是你多疑了。」彼時，汽車並無車牌，且車型極少，重複率相當之高。很多車主為了將自己的車子跟別人家的車輛區別開來，都會在車子的前後噴寫上自己的姓名或獨特的標記。「小霆兒看得真切，少爺，第一輛車上噴寫了主人的姓名，但第二輛車上卻只有一個圖案。」

羅獵皺起了眉頭，道：「你確定？」

顧霆篤定道：「這是小霆兒的毛病，就喜歡觀察細微之處，少爺，小霆兒願以性命擔保，絕不會出錯！」

對細微處的觀察能力，顧霆絕對要強於羅獵，這一點，羅獵深信不疑。同時，顧霆在這種問題上絕沒有理由會欺騙他，於是，羅獵相信了顧霆的判斷，認為是自己真的是多疑了。

「那盞燈已經滅了，估計再過半個小時那人也應該睡熟了，咱們十一點鐘準時動手。」羅獵蹲在地上，撿起了一塊石子，在地上畫出了那幢別墅的草圖。「大剛，你繞到別墅的後面，要注意觀察有沒有暗哨，我從前面進入，小霆兒在外面望風，將別墅院子清理乾淨了，咱們三個在別墅門口會合。」

顧霆從懷中摸出了羅獵轉贈給他的那把勃朗寧，遞向了羅獵，道：「少爺，你帶上它吧，萬一能用得上呢？」

羅獵抖落出一把飛刀，在顧霆的眼前晃了下，道：「近戰突襲，手槍絕對比不上本少爺的飛刀。」

等待是最為煎熬的，但也最能磨煉人的心智，漫長的長達四十分鐘的等待使得秦剛和顧霆都出現了不同程度的焦躁情緒，但羅獵卻始終淡定如初。這還要歸功於同耿漢的那場較量，

長達幾十天的耐性比拚都熬過來了，羅獵又豈能熬不過這短短的四十分鐘？

當懷錶的時針指向了十一點的位置，而分針剛好比時針多走了一大格的時候，羅獵終於下達了動手的命令。

別墅的前面是一塊草坪，後面是一處泳池和一處休閒的涼亭，除此之外，再無它物。而圍住這塊地方的僅僅是一道鐵柵欄，月光下，離好遠便可以將別墅的前後盡收眼底。這樣的情景，想在外面佈置暗哨幾無可能，唯一的陷阱，便是主人在別墅中藏有暗哨，只要有生人闖入，便可從屋內以冷槍狙殺。

這便是羅獵為什麼要安排秦剛從別墅後面突進的緣由，因為那別墅正面，過於開曠，若是真有人躲在別墅中打冷槍黑槍的話，突進之人很難躲避。

羅獵撿了一處陰影翻進了鐵柵欄，並順勢伏在了草坪上，確定沒有驚起什麼動靜後，才緩慢匍匐前行。

待羅獵安然抵達別墅外門的時候，秦剛也正好到達，對著羅獵搖了搖頭，示意別

墅後並無異樣。

羅獵將身子貼在了門柱後，用雙手捂著劃著了一根火柴，只將兩根拇指之間留出的洞口對向了守在外面的顧霆的方向。顧霆見到了羅獵發來的信號，亦由那處陰影翻過了鐵柵欄，匍匐前行，穿過了草坪，來到了羅獵的身邊。

開鎖是項絕技，但身為老鬼的徒弟，這項絕技對羅獵來說便是小菜一碟，兩根鋼絲插進了鎖眼，一挑一撥，那門鎖便悄然打開。三人魚貫而入，進到了別墅的客廳之中。

擒賊先擒王，這道理無需多說。別墅的主臥都在樓上，而別墅的主人絕無將主臥讓給別人居住的道理。客廳中，借著外面灑進來的月光，羅獵看清楚了樓梯所在，用手勢向秦剛顧霆二人做了分工。

就在三人剛有行動的時候，客廳中的燈突然亮了。

同時，樓上欄杆後伸出了數隻黑洞洞的槍口。

再轉頭，客廳四周亦湧出了數人，個個手中均握著一把手槍，指向了客廳中央的羅獵三人。

「歡迎來到美麗迷人的邁阿密。」一個女人的聲音在樓上響起，接著便是堅硬的鞋跟踩著樓梯的聲音，只是眨眨眼的功夫，一個擁有著魔鬼身材的妖豔女子出現在了樓梯拐角處：「邁阿密歡迎所有到訪的客人，但絕不歡迎不打招呼便闖進別人家中的盜賊。」

那女人下了樓梯，婀娜移步，來到了沙發旁，款款落座，並叼上了一支女士香煙。

離她最近的一位槍手立刻上前，掏出了打火機，為那女人點上了香煙。

那女人優雅地吐出了一串煙圈，彈了下煙灰，道：「說吧，你們究竟是什麼人？」

秦剛彪悍，但只適合徒手相搏，顧霆古靈精怪，手中又有一把勃朗寧，理應可以對付了兩三人，但對方卻有十多人，單憑自己的飛刀，絕不可能在一擊之下將他們全幹掉。羅獵也盤算過先將點燈擊滅的辦法，可是，除了頭頂上的一盞吊燈之外，四周還有七八盞壁燈，這些靜止目標對羅獵來說倒是有把握在一擊之下讓它們全都滅了，但如此一來，飛刀用盡，自己也就只剩下了挨槍子的份。

盤算再三，羅獵終究不敢用強，只得冷靜應對那個女人，同時期待對方出現破綻。

「本少爺姓羅，叫羅諾力，家父乃是大清朝八案巡撫大人，前來邁阿密是受家父之命置辦房產，以便家父卸官之後，能來此定居。」如此情景下，羅獵非但沒有緊張情緒，反倒是有那麼一絲興奮，只是在感覺到了顧霆秦剛的存在，羅獵才有了些許的擔憂。「今日有房產推銷員向本少爺推薦了這處房產，本少爺擔心其中有詐，故而親自前來考察。」

那女人冷哼道：「好一副伶牙俐齒！」

羅獵亦是回敬了一聲冷哼，道：「先不說本少爺的伶牙俐齒，本少爺還要詢問你們，你們為何會出現在這處房產中呢？莫非，你們跟那房產推銷員真有勾結，想綁架本少爺麼？」

羅獵話音剛落，二樓處卻傳來一陣大笑。

「趙大明果然是無人可用，居然從金山請了你羅獵前來。」聽聲音，說話的人應該是一名上了歲數的華人，因為嗓音蒼老，且用的中文。果不其然，一個五十歲左右的華人男人出現在了二樓欄杆處。「你身旁的那個壯漢叫秦剛，貼在你右邊的小光頭叫顧霆，是顧先生的本家侄子，羅獵，我說的對麼？」

那男人很顯然便是叛逃的李西瀘。既然已經被他識破，那麼羅獵也不想再隱藏，於是便暢快承認道：「沒錯，我就是羅獵，英文名叫諾力，所以，我自稱叫羅諾力也沒有錯啊？」

李西瀘嗤笑道：「可是你卻說你家父是大清朝的八案巡撫，這不是鬼扯嗎？」

羅獵蔑笑道：「鬼扯你個頭啊？本少爺的家父早在本少爺未滿周歲的時候便以病故，本少爺就封他做了陰間的大清朝八案巡撫，怎麼了？又關你個球事？」

李西瀘不怒反笑，道：「當然不管我的事，可你來邁阿密卻事關我的事，而且，現在你還落在了我的手上，是死是活，全看我李某人高不高興。羅獵，我奉勸你一句，別再逞口舌之強了，對你沒什麼好處。」

羅獵聳了下肩，笑道：「也沒什麼壞處啊？反正是幹不過你們，遲早都是一個死，罵你兩句還能做個痛快鬼，何樂而不為呢？」

李西瀘道：「既然如此，那我也就不再相勸了，可是，羅獵啊，難道你就不想知道我是如何摸清你的底細的嗎？」

羅獵微微一怔，隨即笑道：「肯定是趙大明出賣的我唄！」

李西瀘點了點頭，道：「怪不得曹濱會那麼看重你，果然是思維機敏聰慧過人，沒錯，在你們登上遊輪的時候，我便接到了趙大明發來的電報。當你們踏上海岸的那一刻，你們三人便已經掌握在了我的手上。只是，我頗為忌憚你手上的飛刀，所以才設下此計，將你誘騙到這裡，讓你親自品嘗一下被甕中捉鱉的滋味。」

羅獵微微搖頭，道：「我可沒有你說的那麼優秀，到現在我還搞不明白，趙大明為什麼會出賣我。李西瀘，如果你能解答了我的疑問，我想，等我死了之後，一定會感激你，而不會變成厲鬼回來找你。」

李西瀘沒有答話，而是後退了幾步，身形消失了片刻後，出現在了樓梯拐角上。一邊下著樓梯，李西瀘一邊解釋道：「紐約安良堂有著那麼好的資源，若是能和坦莉雅達成合作關係的話，那麼，紐約的煙土生意，我們至少可以獲得一半，可是，顧浩然那個老傢伙又臭又硬，始終不同意趙大明涉足煙土生意，無奈之下，我們才出此下策，偷走了堂口帳簿，以此來要脅顧浩然。」

羅獵不禁讚道：「好計策！那帳簿事關紐約安良堂的生死，只要你將它交給了聯邦稅務局，那麼，紐約安良堂必遭滅頂之災。不過，我還是不明白，你既然已經偷走了帳簿，為什麼不直接要脅顧先生，而非要一等再等呢？」

李西瀘來到了那女人的身邊，和那女人坐了擁抱，然後坐到了一旁，點上了一支雪茄，道：「我們最擔心的不是顧浩然同意還是不同意，我們最為擔心的是金山的曹濱，安良堂總堂主雖然德高望重，但他畢竟老了，管不了分堂口那麼多事，但曹濱不一樣，只要他在，就能鎮得住紐約的堂口，所以，我跟趙大明一直在想辦法除掉曹濱。卻沒想到，天賜良機，你羅獵居然主動送上門來，有了你的莽撞決定，除掉曹濱，指日可待。」

羅獵哼笑道：「你是想以我為誘餌，將濱哥引到邁阿密來，對麼？」

李西瀘道：「用不著這麼麻煩！趙大明應該已經將你前來邁阿密的消息傳遞給了曹濱，曹濱念及你的安危，必然會來邁阿密接應你，可是，他永遠也看不到邁阿密美麗迷人的海灘了。我承認，那曹濱實在是厲害，尤其是他跟董彪聯手，可能一個排的兵力都奈他不何，可惜啊，這次我們派出的卻是一個整編連，那曹濱縱然有三頭六臂，也絕難逃過此劫。」

羅獵忽然爆發出一陣大笑。

李西瀘莫名其妙問道：「你笑個什麼？曹濱落難，很好笑是嗎？」

羅獵忍住了笑聲，道：「我相信你前面所說都是事實，但是，濱哥、彪哥卻絕無落難的可能，不然的話，你早就殺了我了，何必跟我說那麼多的廢話呢？你這麼做，無非就是我剛才說的，想以我為誘餌，引濱哥、彪哥前來自投羅網。」

李西瀘抽了口雪茄，並輕歎了一聲，道：「我剛才說你思維機敏聰慧過人，或多或少還有些恭維之意，但現在看來，如此形容於你，只有欠缺而無多餘。沒錯，曹濱和董彪攜手前來，我們派出的一個整編連卻未能截擊到他，之後還斷失了他們的蹤跡。不過，我估計，他們此刻應該已經來到了邁阿密。」

羅獵點了點頭，道：「我很欣賞你的誠實，說真的，李西瀘，咱們若不是敵對關係的話，我都想跟你交個朋友了。」

李西瀘呵呵一笑，道：「就憑你這句話，我就很捨不得殺掉你，好吧，等我們處理了曹濱、董彪之後，若是你願意歸順我們的話，我想，我會認真考慮你的這個建議。」

羅獵抱起了雙拳，示意了一下，然後道：「既然如此，那你能否再解答我一個疑問呢？」

李西瀘道：「你是想問金山那邊偷走煙土的那些人跟我們有什麼關係，是嗎？」

羅獵不由得對著李西瀘豎起了大拇指，道：「薑還是老的辣啊！」

李西瀘道：「也沒什麼特殊的關係，之前坦莉雅曾經租借過他們的軍艦運輸了一些貨物，所以，當他們拿到了那兩百噸的煙土的時候，第一個便想到了坦莉雅。」李西瀘說話間不自覺地看了眼身旁的那女人，很顯然，那女人便是李西瀘口中所稱的坦莉雅。「可我們的實力卻吃不下那麼多貨，所以，我們便把計畫給提前了，要是能統治了紐約市場，莫說兩百噸，就算是一千噸的貨，我們都能吃得下。」

羅獵詭異一笑，道：「你還別說，濱哥的手上，還真有那麼多的貨，比你想像的還要多，足足有一千八百噸之多。」

自從李西瀘出現，坦莉雅始終未語，羅獵一直以為她是聽不懂自己跟李西瀘之間的華語對話，但此時，那坦莉雅卻突然用華語插話道：「不可能！曹濱的手上怎麼會有那麼多貨呢？」

羅獵笑道：「那你可就是孤陋寡聞了，想知道嗎？拿三張椅子來，讓本少爺還有本少爺的兩個兄弟坐下來，本少爺便告訴你們其中的故事。」

人處在坐姿狀態中比起站立姿態的反應力會低下許多，因而，對李西瀘和坦莉雅來說，羅獵的這個要求對他們只會是更加有利，於是，李西瀘便擺了擺手，讓手下人送去了三張椅子。

羅獵大模大樣地坐了下來，道：「跟你們有所勾結的金山軍警應該告訴過你們那兩百噸煙土的來源，可是，他們並不知道，那個叫漢斯的人其實坑了紐約最大煙土商比爾·萊恩兩千噸的煙土，那兩百噸只是漢斯拿出來做煙幕彈的，但是，漢斯最終敗給了濱哥，那剩下的一千八百噸煙土自然也就落在了濱哥的手上。」

李西瀘點了點頭，道：「我相信你說的是實話，不過，我很想知道，你為什麼會告訴我這些秘密呢？」

羅獵道：「想跟你做個交易唄……你看這樣好不好，反正你們拿到了那批貨只是在美利堅售賣，而不會運到大清朝。而濱哥最擔心的就是那批貨會毒害了大清朝的同胞，只要你們保證這批貨只在美利堅合眾國售賣的話，那麼，咱們金山安良堂和你李西瀘、坦莉雅之間就不存在根本性的矛盾。至於你們如何要脅顧先生，我會說服濱哥不去蹚那淌渾水，你們呢，也不用再惦記著濱哥、彪哥了，從今往後，咱們井水不犯河水，怎麼樣？」

李西瀘聳了下肩，道：「你說的很動聽，我聽了也很動心，可是，你如何保證你能說服曹濱呢？」

羅獵道：「誰就能一定保證得了呢？但是，不試試看的話，你也不能說我就一定做不到，對嗎？」

李西瀘點頭應道：「那確實不能這麼說。」

羅獵道：「那就是嘛！所以啊，既然是對雙方都有利的交易，我要是你的話，就一定會嘗試一下。」

李西濾呲哼了一聲，道：「可是，那曹濱、董彪神龍見首不見尾，你又有什麼法子能找到他說服他呢？」

羅獵道：「山人自有妙計。不過，今天實在是太晚了，先給我找張床睡覺吧，等明天一早醒來，我自然會告訴你究竟該怎麼做。」

對煙土商來說，貨源才是根本。

市場明擺在那裡，有多大的實力便可以佔據多大的地盤，李西濾和坦莉雅相信，只要拿出帳簿相要脅，紐約安良堂的顧浩然便一定會屈服於他們，即便不能達成深度合作，那也能夠讓紐約安良堂成為自己的堅強後盾。

有了紐約安良堂這棵大樹做為依靠，那麼，己方勢力便可以在紐約站住腳。而神一般存在的比爾・萊恩集團已經土崩瓦解，原先的煙土商業帝國已是分崩離析，此刻介入，正是最佳時機。正如李西濾所言，如果能夠拿下紐約市場，莫說兩百噸煙土，就算是一千噸，他們也能吃得下。

但是，哪裡能拿得到那麼多的貨呢？

南美大陸的貨源相對充足，可整個南美大陸的煙土被比爾・萊恩壟斷了七成以上，雖然現今比爾・萊恩不復存在，但南美大陸的貨源仍舊不是墨西哥勢力所能介入得了的。他們的貨源也只能局限在墨西哥本國之內，而狼多肉少，他們這幫勢力根本分不到多少貨源。

因而，羅獵說出來的一千八百噸的貨物總量，著實令李西瀘及坦莉雅興奮不已。只是，那羅獵已是身陷囹圄，連自己的性命都無法掌控，居然會提出給他找張床睡覺的奇葩要求，這使得李西瀘頗有些哭笑不得。

一旁的坦莉雅不免有些光火，樓上樓下，十幾二十只槍口對準了他們，隨便是誰，只要輕輕扣動了扳機，一聲脆響之後，便會有人倒在血泊之中。如此危難之時，那羅獵居然如此放鬆，這不能不說是對己方的一個莫大的侮辱。

坦莉雅剛想發火，卻被李西瀘攔住了。「時間確實不早了，但遇見了你，卻讓我頗為興奮，你現在就要去睡覺，合適嗎？」

羅獵聳了下肩，不滿道：「你要拿我做誘餌，自然不會殺了我，可濱哥、彪哥他們一時半會又不會上你的當，不睡覺能做些什麼？乾熬啊？」

李西瀘道：「我很想聽聽你的計策，這樣吧，你現在就告訴我該怎麼做，我聽明白了之後，自然會安排地方讓你休息。」

羅獵頗為無奈，道：「你還真是強，好吧，也不是什麼大事，說就說了吧。」羅獵換了個坐姿，脫下了外套，將縛在雙臂上的飛刀刀套摘了下來，扔在了腳下，道：「既然你堅信濱哥、彪哥他們來到了邁阿密，那咱們就按照他倆就在邁阿密來說話。你設下了這個陷阱，濱哥、彪哥卻沒能阻攔我，這中間有兩種可能，一是他倆沒能看穿你的把戲，二是看穿了卻未來得及阻攔，但不管怎麼說，今天我羅獵落到了你的手上卻是不爭的事實，而這個事實，相信濱哥、彪哥他倆很快就會發覺。等到了明天，你們把我往街上一帶，他們兩個自然會跟我聯繫，到時候，我只管說，他倆只管聽，要是能說服了他倆，那麼他倆肯定會跟你傳遞和解的信號，要是說服不了，該咋辦就咋辦唄。」

沒有了飛刀的羅獵就像是一隻沒有了牙齒的老虎，雖然仍舊有些戰鬥力，但已然失去了一擊致命的本事。羅獵將飛刀刀套解下並扔在了地上的動作，表明了他已經徹底放棄了反抗，李西瀘看在眼中，心裡踏實了許多。

羅獵提出的計策實在是不怎麼樣，在邁阿密，他和坦莉雅的實力並非是數一數二，比他們實力更強的幫派至少有三個，因而，李西瀘並不想把動靜鬧得太大。可是，羅獵說出來的一千八百噸煙土，對李西瀘的吸引力卻是巨大無比，而且，金山那邊的人確實提到過此事，說明羅獵所說並非妄言。

「很好！」李西瀘摁滅了雪茄，起身來到了羅獵身前，彎下腰撿起了羅獵丟在地上的飛刀，道：「我很欣賞你的態度，識時務者方為俊傑，羅獵，我開始有那麼一點喜歡你了，所以，今天夜裡，我一定會給你一張床讓你安息。」

羅獵似笑非笑道：「那就在此謝過了！」

李西瀘轉而用西班牙文對四周手下吩咐道：「將他們三個帶到地下室吧，嚴加看管，但不許怠慢。」

地下室無窗無門，只有頭頂上一個三尺見方的洞口，而洞口上還被厚厚的鋼板給封住了，因而，李西瀘的那幫手下似乎很是心大，連秦剛和顧霆的身都沒搜一下，便將此三人送入了地下室中。

「少爺，咱們還能脫身嗎？」顧霆一改古靈精怪的模樣，變得有些楚楚可憐，撲簌的雙眸中閃現出了一絲絲的恐懼。

羅獵歎了口氣，道：「咱們都被人家給戳穿了身分，這少爺的稱呼我看就免了吧！」

秦剛憤憤道：「李西瀘一派胡言，大明哥怎麼會跟他這種人勾結在一起呢？」

羅獵道：「我也不相信趙大明會跟他勾結在一起，可是，不相信也不行啊！咱們這趟邁阿密之行，除了咱們仨之外，知情者也就是趙大明了，而咱們仨又不可能出賣自己，你說，不是趙大明又會是誰？」

秦剛無從爭辯，只能是一聲長歎。

顧霆道：「羅獵哥哥，你說濱哥、彪哥他們會來救咱們嗎？」

羅獵苦笑搖頭，道：「我在上面跟他們周旋了那麼久，濱哥、彪哥若是在邁阿密的話，他們早就出手相救了。我聽那李西瀘的話意，金山那邊的軍隊或許沒能攔得住濱哥、彪哥，但他們兩個也很有可能被別的什麼事情所羈絆，而沒能趕到邁阿密來。」稍一頓，羅獵不無憂慮再道：「如果濱哥、彪哥趕到了邁阿密的話，他們一定會在第一時間內跟我取得聯繫的。」

顧霆道：「那要是等到了明天，羅獵哥哥你仍舊沒能跟濱哥、彪哥聯繫上，怎麼跟李西瀘交代呢？他會不會一怒之下殺了咱們呢？」

羅獵長歎一聲，道：「誰知道啊！現如今，咱們也只能是聽天由命了。」

秦剛道：「等到明天出了這地下室，咱瞅準了機會，跟他們拚命，掩護你們倆逃走。」

羅獵噗嗤一聲笑開了，道：「你赤手空拳，人家幾十把槍，怎麼拚命？」

顧霆從懷中掏出了那把勃朗寧來，道：「羅獵哥哥，他們忘記了搜身，這把槍給你，或許會派上用場。」

羅獵歎道：「這槍是趙大明送給我的，你不覺得他會在槍中做了手腳了嗎？要是不信的話，你就開上一槍試試，我保管你打不響它。」

顧霆愣了下，無奈地收起了槍來，道：「這也不行，那也不行，咱們只能是乖乖等死嘍？」

羅獵苦笑一聲，道：「早死早托生，倒也痛快了，可是，那李西瀘要以我為誘餌，設下陷阱引誘濱哥、彪哥，而他們倆一日不上當，那李西瀘就不會殺了咱們，唉，也只有這樣熬著了，鬼知道什麼時候是個頭啊！」

此時，頭頂上的別墅客廳中，李西濾正跟坦莉雅解釋著他的計畫。

「你說得對，坦莉雅，曹濱和董彪是不會妥協的。我當然能看得出，那羅獵的提議不過是想給曹濱、董彪創造一個營救他的機會，或者是想對他們兩個提出警告。」沒有了旁人，李西濾也改做了墨西哥人常用的西班牙語，和絕大多數墨西哥人一樣，李西濾的西班牙語也充滿了濃烈的墨西哥口音。「但是，曹濱、董彪並不好對付，我們控制了羅獵，在表面上取得了主動，但同時也暴露了我們的蹤跡，而曹濱、董彪若是始終躲在暗處的話，將會是對我們極大的威脅。」

坦莉雅吐了串煙圈，道：「我明白你的用意了，義父，你是想將計就計，將曹濱、董彪引誘出來，從而一舉殲滅，對嗎？」

李西濾忽然換成了華語，道：「孫子兵法云：上兵伐謀，其次伐交，其次伐兵，其下攻城，攻城之法，為不得已。」稍一頓，李西濾再換作了西班牙語道：「什麼意思呢？就是說雙方交戰，最優等的選擇是鬥智，其次才是談判，實在是談不攏了才會開打。咱們跟曹濱、董彪原本並無過節，只是因為考慮到他們一旦介入到我們的計畫中會使得我們極為被動，這才設計將他們拖了進來，但若是能和他們達成某種妥協，就像是羅獵所說那樣，井水不犯河水，那麼，我們為什麼又非得除掉他們兩個呢？坦莉雅，我們的實力並不算強大，我不想犧牲任何一個兄弟的性命。」

坦莉雅有著純正的墨西哥血統，但卻是李西濾辛苦養大的。

三十年前，李西濾乘坐的偷渡船隻在海上遇到了風暴，漂蕩到了邁阿密。那時候，邁阿密尚無形成城市的跡象。李西濾本是漁民出身並不會種地，流落到邁阿密後也只能以漁業為生，好在當地的漁民比較善良，而李西濾做事勤快且捕魚技術還能說得過去，慢慢地便在這一帶站穩了腳跟，還擁有了自己的漁船。

二十多年前，墨西哥煙土商們發現了邁阿密這條貨物運輸的黃金通道，但由於該水域較為複雜，貨船靠岸時又要在夜間進行，所以經常發生船隻觸礁擱淺甚或沉沒的事故，因而，對墨西哥煙土商們來說，最為或缺的不是船隻，而是熟悉當地水域的船老大。坦莉雅的父親桑托斯便是一家煙土商手下的小頭目，奉老闆之命，桑托斯來到了邁阿密，機緣巧合下，結識了李西濾。

李西濾不甘心自己一輩子就做個漁民，於是和桑托斯一拍即合。李西濾的駕船技術沒得說，對附近海域又是相當熟悉，經他手運送的貨物從來就沒有出過事故。但桑托斯賊得很，在跟老闆彙報的時候，平均每十批貨便會報一次事故，九成的成功率對老闆來說是非常欣慰的，同時也為桑托斯和李西濾攢下了第一桶金。

三年時間的積累，使得桑托斯和李西濾這對組合在邁阿密當地有了一定的影響力，樹大自然招風，桑托斯的老闆終於對桑托斯產生了懷疑。這種事情若是放在了一般商行，老闆睜隻眼閉隻眼也就過去了，畢竟那桑托斯為老闆創造的價值要遠大於他私吞的貨物價值。但是，做煙土生意的全都是江湖幫派，而幫派最為講究的是對組織對老闆的絕對忠誠。

老闆最終查證了桑托斯的罪行，並派出了殺手處決了桑托斯夫婦。桑托斯事先就有預感，在出事之前，將僅有三歲的坦莉雅交給了李西瀘來照看，這一照看，一晃眼便是二十年。

生不如養！這個道理在全人類各個民族都講得通，二十年的養育之恩令坦莉雅將李西瀘視為了這個世上最為親近的親人，而李西瀘亦沒有辜負了桑托斯的托孤，始終將坦莉雅當做了自己的親生女兒。

憑藉著桑托斯留下來的底子，李西瀘苦心經營，終於有所成就，論實力，在邁阿密或許排不到前三位，但是，排在前三位的幫派卻不得不對李西瀘禮讓三分。邁阿密成就了李西瀘，但同時也限制了李西瀘，因為在這塊地界上做煙土生意，不過是將貨從墨西哥本土運過來再轉賣給美利堅合眾國的煙土商，賺取的僅僅是一點勞苦費，李西瀘不甘現狀，也想像美利堅合眾國的那些個煙土商們那樣將煙土直接賣給癮君子，從而獲得十倍甚至是二十倍的利潤，為此，他將邁阿密這邊的業務交給了已經長大成人的坦莉雅來打理，獨自一人於三年前來到了紐約。

也該是李西瀘運氣，他抵達紐約的時候，紐約安良堂的出納剛好生了重病，有著極為豐富的江湖經驗的李西瀘偽造了自己的過往經歷，並成功騙取了顧浩然的好感，進入了安良堂，頂替了那位生了重病的出納。

李西濾藏得很深，在安良堂的三年時光中，兢兢業業勤勤懇懇，再加上善於學習的優點，終於得到了顧浩然的認可和信任，將其提拔為堂口的帳房主管。當李西濾有機會接觸到安良堂的核心帳目的時候，一個大膽的計畫終於有了原形。

正如李西濾自己所說，他起初並不想將金山的曹濱、董彪牽扯進來，他想要的只是紐約這塊市場，只要顧浩然能做出相應的妥協，能讓他打著安良堂的旗號在紐約站穩了腳跟，那麼李西濾也就相當滿足了。不過，隨後出現的金山方面兩百噸煙土的事情卻改變了李西濾的想法。金山那邊的朋友傳過來資訊說曹濱、董彪正在追查那兩百噸煙土的下落，而他們這幫人遲早會曝光在曹濱、董彪的面前，希望李西濾能幫他們想想辦法，除掉曹濱、董彪，解決掉這個心腹大患。金山距離遙遠，李西濾鞭長莫及，可就在他一籌莫展之際，羅獵卻闖了進來。

事先便得到了充分資訊的李西濾自然不擔心羅獵能在邁阿密掀起多大的風浪，墨西哥人組成的幫派或許是因為六十年前的那場戰敗的緣故養成了一個習慣，便是在外來入侵者面前一定會放下彼此恩怨而同仇敵愾，這個習慣特點在邁阿密尤為突出，只要李西濾放出風來，那麼整個邁阿密的所有墨西哥人都將成為羅獵的敵人。

只是，李西濾生怕別的幫派知曉了他的計畫而不願聲張。

在得知羅獵即將前往邁阿密的消息後，李西濾迅速調整了計畫，通知金山那邊的朋友，讓他們盯緊了曹濱、董彪，一旦發現他們有前往邁阿密來支援羅獵的計畫，便可以派出軍隊在半道上對其截擊。金山那邊的人有權力調動軍隊，但若是在城內直接對曹濱、董彪動手的話，動靜太大且找不到合適的理由，但曹濱、董彪若是出了城便不一樣了，軍隊可以隨便找個理由將他們兩個就地正法。

只是，那邊的人忙活了半天，卻連曹濱、董彪的影子都未能截擊到。

李西瀘無奈，只得再次調整計畫，設計捕獲羅獵，然後以羅獵為誘餌，將曹濱、董彪二人引入他佈置好了的陷阱之中。

捕獲羅獵的過程很是順利，對羅獵瞭若指掌的他早就做好了準備，那名洩露他購買房產的推銷員亦是他手下的兄弟，如此縝密的計畫當然能夠騙得過羅獵。只是，羅獵已然到手，但曹濱、董彪卻遲遲不肯露面。

處理完所有事務，李西瀘躺在床上，眼前不禁浮現出了一連串的問號。

曹濱、董彪是如何躲過一個整建制連隊的截擊的呢？曹濱、董彪究竟有沒有抵達金山呢？如果尚未抵達，那麼是什麼事情耽誤了他們呢？如果已經抵達，那麼他們為何遲遲不肯露面呢？

事實上，曹濱、董彪二人之所以能夠躲過軍隊在半道上的截擊，只能說是他們倆命不該絕！

將時光拉回到六天前。

軍方的人先一曹濱、董彪一步得到了李西瀘傳過來的消息以及安排，隨即便派出了一個整編制連隊在金山前往洛杉磯的必經之路上設下了關卡。若是能順利攔下曹濱、董彪，那麼只需要拖到路旁來上一通亂槍然後隨便偽造一個現場即可。若是那二人膽敢闖關的話，那麼關卡後一百多名士兵的制式步槍一樣能將他們打成篩子。

可是，這一整連隊的士兵在黑幕中守了整整一夜，卻連曹濱、董彪的影子都沒能見到。

那個晚上，對曹濱、董彪來說可謂是楣運連連，最怕什麼，偏就要來什麼，車子剛駛上了金山通往洛杉磯的公路，曹濱便感覺到左側前輪有些異樣，停了車一檢查，卻見左側前輪的輪胎扎進了一顆鐵釘。

這倒不是什麼大麻煩，車上備了備胎，更換了之後，繼續上路，待到明日白天路過某個小鎮的時候，將紮破的輪胎修補了就是。

可是，福不雙至禍不單行，堂口兄弟準備的修車工具中，那只千斤頂居然是壞的。

曹濱、董彪二人只得在路邊攔車，希望能借別人車上的千斤頂用一用，然而，兩張東方人的面孔根本得不到別的車主的信任，那兄弟二人攔了一個多小時也沒能攔下一輛車來。

還是董彪聰明，從皮箱中拿出了吳厚頓製作的「人皮」面具，哥倆打扮成了洋人的模樣，這才攔到了車輛，借到了千斤頂。

換好了備胎，曹濱、董彪也懶得摘下面具，雖然戴在臉上不怎麼舒服，但這種面具一旦摘下也就等於報廢了，而且，摘下面具比戴上面具更費時間。

吳厚頓製作的面具原本就足夠精良，又是在夜間，而且，那董彪還準備相應的證件，因而，那些個士兵設下的關卡根本沒有覺察到端倪，隨便看了曹濱、董彪兩眼，便揮揮手放了行。

在通過關卡的時候，曹濱也好，董彪也罷，並未生疑，但當他們過了關卡繼續前行的時候，這兄弟二人同時發覺到了不對勁的地方。

這是遇到了什麼大案了需要調動那麼多的士兵？

通過關卡後，繼續前行了十餘里，曹濱終於意識到了，那些個士兵設下了關卡，為的不是別人，正是他和董彪二人。

意識到這一點的曹濱立刻反向推理，得出了紐約安良堂必有內奸的推斷。

感覺到問題複雜了的曹濱隨即和董彪調換了座位，由董彪開車，而他則坐在了副駕的位置上，瞇起了雙眼，認真思考。

五夜四天之後，曹濱和董彪二人先羅獵一步抵達了邁阿密。

此時的曹濱，已然將所有的環節所有的疑點推算了個清楚，只是，那李西瀘躲在什麼地方，曹濱、董彪二人尚不能在短時間內打探清楚。

金山軍警勾結的那幫人盜走那兩百噸煙土只是個偶然事件，因此可以推斷，出現在紐約安良堂中的那個內奸並不是這夥人所安插，那麼，曹濱自然將矛頭指向了李西瀘。

邁阿密是一個走私煙土的黃金通道，這一點，莫要說江湖幫派，就算是聯邦政府也是心知肚明。李西瀘偷走了紐約堂口的帳簿並捲走了五萬美元鉅款，卻偏偏跑去了邁阿密，這只能說明，李西瀘一定跟邁阿密的某個幫派有著千絲萬縷的關係，而在邁阿密，幾乎所有的幫派都涉足了走私煙土的買賣。

這就使得曹濱很自然地將金山軍警勾結的那夥人和李西瀘聯繫在了一起。

曹濱在打探那夥人的組成結構的同時也在打探那兩百噸煙土的下落，而卡爾則告訴他那批煙土已經運出了金山，如果，卡爾所言屬實的話，這批煙土只有可能是通過海路運出的金山。曹濱當時並不相信卡爾的這個判斷，因為兩百噸煙土可不是個小數目，若是沒安排好消化管道的話，那麼這批貨將會長時間在海上漂蕩著。而那夥人也不可能在這麼短的時間內打通往大清朝傾銷的管道，故而，曹濱更相信的是這批貨仍舊被藏在了金山的某個地方。

但有了李西瀘這條線就不一樣了。

曹濱隨即便想到，那批貨很有可能如卡爾所說已經由海路運出了金山，而目的地，則是邁阿密。

斷定了金山那夥人跟李西瀘必然有所關聯之後，剩下的事情便容易推斷了。趙大明委派羅獵前往邁阿密捕捉李西瀘的消息走漏，李西瀘提前得到了堂口內奸傳給他的消息，他隨即將消息傳給了金山的那幫軍警，那些個軍警得到了消息後，便在路上設下了埋伏，只等著自己前來自投羅網，然而，楣運連連卻挽救了他和董彪，化妝成洋人的他們兩個輕而易舉地躲過了軍隊在半道上的截擊。

再往下的推斷那就更簡單了。

李西瀘既然知道了羅獵的底細，那麼，在羅獵踏上邁阿密的土地之時，便一定會遭受到李西瀘的嚴密監視。並很有可能提前對羅獵下手，以他為誘餌引誘自己和董彪落入他佈置好的陷阱之中。

「如此看來，那李西瀘應該明白，羅獵並非是他最大的敵人。」裝扮成洋人的曹濱坐在車中對著靠在車頭抽著香煙的同樣裝扮成洋人的董彪說道：「他應該已經得到了金山那邊傳來的消息，截擊失敗，曹濱、董彪二人可能已經抵達了邁阿密。」

董彪抽著煙點頭應道：「李西瀘在紐約堂口待了三年多，應該知道濱哥的厲害，所以，此時在他心目中，最大的敵人是應該是你。」

曹濱道：「尤其是還有你跟在我身邊，那李西瀘只會更加坐立不安。」

董彪彈飛了煙頭，笑了笑，道：「所以，他雖然很清楚羅少爺的底細，但還未動手，只因為他的目標是咱們兩個。」

曹濱深吸了口氣，道：「李西瀘能在顧浩然的眼皮下蟄伏了整三年，說明此人很不簡單，如果我們現在就貿然跟羅獵這小子取得聯繫的話，恐怕咱們三個就要立馬面臨一場血戰了。」

董彪道：「換句話說，只要咱們兩個始終不露面，那麼，無論羅獵做了些什麼，總會是安全的，對嗎？」

曹濱點了點頭，道：「李西瀘的手上就這麼一個誘餌能對咱們起到作用，他當然要萬分珍惜。」

董彪輕歎一聲，道：「我倒是不擔心李西瀘，我擔心的是那些個墨西哥人，不知道李西瀘能不能做得了墨西哥人的主。」

曹濱長出了口氣，道：「這一點無需擔心，李西瀘不會傻到一回來就將紐約堂口的帳簿交給墨西哥人，只要他掌握了帳簿，那麼他在墨西哥人的面前就會擁有絕對的話語權。」

董彪跟著吁了聲，道：「既然如此，那就讓羅獵這小子再多玩一會吧，說不定，他玩著玩著，還就真能找出李西瀘來呢。」

曹濱道：「我有種預感，李西瀘是不會讓羅獵玩太久的，他調動軍隊截擊咱們的目的沒有達到，此時一定是惴惴不安，所以，他一定會採取更為激進的辦法。」

董彪哼笑道：「那咱們的羅大少爺可就有得罪受嘍！」

曹濱笑道：「讓他多些磨煉也不是什麼壞事。」

羅獵果真沒讓董彪失望，在邁阿密只玩了一個半白天，便找到了李西瀘的老巢。而李西瀘的行為也沒能出乎了曹濱的預感，他果然沒能沉住氣，迫不及待地將羅獵捕獲在了手心。

羅獵乘坐馬車前往那處別墅的路上，兩次遇到的車輛均是曹濱、董彪二人所開，只是，這兩位老兄裝扮成了洋人，騙過了羅獵的眼睛，而且，身為老江湖，自然知道在連著兩次露面的時候需要將車子上的標記做上一些修改。

一直在遠處觀察著羅獵的曹濱、董彪二人自然不知道那羅獵是如何得知李西瀘的老巢地點的，但那三人闖進別墅後的情況表明了羅獵已然落入了李西瀘掌心的事實。

在海邊公路的一僻靜之處，曹濱停下了車，點上了一根雪茄。

董彪則到後排座上掀開了座位，拿出了那只裝著毛瑟九八步槍的長條皮箱。

「等一等，阿彪。」曹濱抽了口雪茄，將煙緩緩吐出，雙眸凝視著海面，若有所思道：「我在想，今夜動手是不是有些早了？」

董彪道：「羅獵進去之後，別墅內燈亮了半個小時，從頭到尾沒發覺裡面有什麼動靜傳出來，這只能說明羅獵那小子很聰明，沒做無謂的抵抗，而此刻，那別墅的燈光全都熄滅了，羅獵那小子一定是被關了起來，所以這個時候動手，應該是最佳時刻，濱哥你怎麼能說有些早了呢？」

曹濱微微一笑，道：「在過來準備的路上，我和你的想法是一致的，可停車的那一瞬間，我突然又想到了些別的東西。阿彪，羅獵進屋之後，屋內的燈光亮了半個小時，這說明了什麼呢？」

董彪猛然一怔，下意識回道：「是啊，這說明了什麼呢？」

曹濱道：「羅獵在屋裡跟李西瀘聊了半個小時。」

董彪的兩道眉毛擰成了一坨，道：「那又能怎樣呢？」

曹濱道：「他們聊了那麼久，一定說了很多話，羅獵那小子鬼精鬼精的，恐怕早已經將李西瀘的話套了個差不多。所以，此刻他應該知道咱們兩個已經抵達了邁阿密。」

董彪點了點頭，道：「那跟咱們早動手晚動手有什麼關係呢？」

曹濱道：「別墅中究竟藏了多少人多少條槍，我們一無所知，別墅中究竟是怎樣的建築結構，我們也是一無所知，羅獵的身邊有沒有看守，看守的形式是怎樣，我們仍舊是一無所知。所以，此時攻進去，風險著實不小。」

董彪歎道：「那明天夜裡咱們就能知道了嗎？」

曹濱點頭應道：「有這個可能！」

董彪鎖著雙眉思考了片刻，道：「你是說羅獵那小子能將資訊給咱們傳遞出來？」

曹濱再點了點頭，道：「有這個可能！」

董彪吁了口氣，道：「別急，讓我想想，假如我就是那羅獵，能有什麼辦法將資訊傳遞出來呢？」

曹濱笑道：「我勸你就別費那個心思了，我也想不到有什麼好辦法，但我還是覺得羅獵那小子一定能想得到好辦法來。」

董彪將長條皮箱放回了遠處，並蓋上了後座，回到了副駕的位子上，點了根香煙，道：「那就讓那小子多受一天的罪吧！只要他不像二十年前的你那樣一心求死，咱們兄弟二人就一定能滅了李西瀘並將他救出來。」

曹濱瞥了眼董彪，面有慍色道：「你怎麼哪壺不開提哪壺呢？」稍一頓，曹濱又道：「我可能錯怪羅獵了，他今晚的表現如此冷靜，跟我二十年前完全不一樣。」

董彪撇嘴道：「可我看，卻還是一模一樣，二十年前的人，只要身邊有弟兄陪著，你也是相當的冷靜，只因為你並不想讓兄弟陪著你一塊去死。」

曹濱笑了笑，道：「可羅獵身邊的那二人，能稱得上是他的兄弟嗎？」董彪剛想回話，卻被曹濱止住：「好了，你不用說了，我知道，我剛才的這句話說錯了，我承認，我跟那羅獵一模一樣，隨便什麼人，只要真心誠意地叫我一聲濱哥，我便會拿他當兄弟。」

董彪先是呵呵一笑，隨即又楞了一下，像是想到了什麼，道：「濱哥，你說那紐約堂口的內奸究竟會是誰呢？大明他辦事不會那麼毛糙，他一定會將消息封鎖在最小的範圍內，除了羅獵帶出來的那二人之外，還會有誰能提前得知羅獵要前往金山的準確消息呢？」

曹濱笑道：「這點並不重要！等你見到羅獵那小子，他一定會告訴你答案的。」

地下室中僅有一張光板床，上面沒褥沒席，更沒被子。

好在邁阿密地處南部，雖已到了十一月份，但氣溫卻猶如紐約的初秋。

羅獵沒跟秦剛顧霆客氣，直接躺在了光板床上。事實上，誰在那光板床上跟誰在地上並沒有多大的區別。

這一夜，說來也是奇怪，那秦剛居然一聲鼾聲都沒發出，而羅獵則一改失眠習慣，躺下沒多久，便進入了夢鄉。

第二天一大早，頭頂上的鋼板封蓋被掀開，金屬撞擊樓板的聲音吵醒了羅獵，揉著惺忪睡眼，衝著頭頂發了一通火後，羅獵翻了個身，想接著再睡。

洞口處卻傳來了嘰哩呱啦的墨西哥話，說話聲中，從洞口還放下了一張梯子。

顧霆連忙向羅獵翻譯道：「羅獵哥哥，上面那人說，李西瀘想讓你上去陪他吃早餐。」

羅獵仍舊躺著，回道：「你告訴他，讓李西瀘先把你倆的早餐送下來，我才會上去陪他。」

顧霆用墨西哥話將羅獵的意思告訴了上面的人。

沒多會兒，從洞口處便放下了一只竹籃，竹籃中有兩碗蔬菜湯，還有幾個麵包以及兩碟黃油。「媽的，這叫什麼早餐啊，你倆能吃得慣麼？」羅獵見狀，不由得爆了粗口。

秦剛道：「都成了階下囚了，那還講究這麼多？能有口吃的喝的算是不錯了。」

顧霆跟道：「羅獵哥哥，你也別要求太多了，墨西哥人哪會做什麼吃的呀，小霆兒估計這些食物應該是他們省下來的呢。」

羅獵道：「既然你們都不在乎，那我也就不再強求了，等咱們出去後，我請你倆吃大餐。」

秦剛苦笑道：「咱們還有機會出去嗎？」

羅獵聞得此言，一屁股坐在了光板床上，過了好一陣才歎道：「濱哥、彪哥一定是在路上出意外了，不然的話，夜裡他倆就會動手。」

顧霆的嘴角抽搐了兩下，道：「那大明哥會派人來救咱們嗎？」

羅獵忽地變了臉色，怒道：「趙大明他跟李西瀘是一夥的！要不是他，咱們會落到如此地步嗎？」一聲吼完，羅獵蹭蹭蹭踩著梯子爬了上去。

客廳中，十來個墨西哥男子正圍著餐桌吃早餐，顧霆說得沒錯，那些個墨西哥人吃的東西和送下去的簡直是一模一樣。

羅獵沒看到坦莉雅的身影，只見到了李西瀘坐在沙發上，面前的茶几上擺放了兩碗粥和幾樣點心。「洗手間在哪？刷不了牙好歹也得漱漱口，再說了，我肚子裡還憋著了一泡尿呢！」

上完了洗手間，羅獵坐到了李西瀘的對面。李西瀘指了指剩下的一碗粥，道：「隨便吃些吧，肯定不如在紐約堂口做得好，說實話，墨西哥人真的很笨，廚房裡總是搞得亂七八糟，做出來的飯菜簡直是難以下嚥。」

羅獵毫不客氣，端起粥碗三五下喝了個精光，再捏起了一塊點心塞進了嘴裡，含混不清道：「這粥熬得也太欠火候了，還有這點心，要是放在堂口的話，只怕是會直接倒進垃圾桶中。」

李西瀘已然吃完，此時點上了一根雪茄，噴了口煙後，道：「羅獵，你跟我說實話，你昨天說的那些話，是真心的嗎？」

羅獵再捏了塊點心塞進了口中，一邊嚼著一邊回道：「你說呢？」

李西瀘道：「那一千八百噸的煙土是真的，可是，你出的那個勸說曹濱、董彪的主意卻是想給他們兩個創造營救你的機會，對嗎？」

羅獵咽下了口中的點心，道：「算你聰明！你可能不知道，彪哥手中有一杆毛瑟九八步槍，精準度極高，而彪哥的槍法又是絕妙，一百米之外，指哪打哪，若是能騙得了你將我帶出室外的話，恐怕用不著濱哥動手，單是彪哥手中的那杆步槍，便可以將你們幹個精光。」

李西瀘點了點頭，道：「我相信，曹濱、董彪能在混亂的西部屹立不倒，必然有其過人之處。可是，你為什麼會告訴我這些話呢？你說出來了，那我還會上當麼？」

羅獵聳了聳肩，笑道：「我不說出來，你也不會上當，昨天晚上我就看出來了，我心裡盤算的這些個小九九根本騙不了你。」

李西瀘饒有興趣道：「你是怎麼看出來的呢？」

羅獵道：「說不出來，也就是感覺，等我躺在了床上，再稍加分析，便驗證了我那感覺應該是對的。」

李西瀘笑著問道：「稍加分析？我倒是很有興趣聽聽你的分析，能告訴我嗎？」

羅獵道：「你在顧先生的眼皮下蟄伏了三年整，能騙得過顧先生的人可是不多，但你卻做到了，這說明你李西瀘的心智絕非一般。還有，你設下的這一整套計畫確實很精妙，若不是金山軍方的人出了點差池，沒能截住濱哥、彪哥，恐怕現在你也沒必要跟我說話還請我吃早餐了，我羅獵可能在昨晚上就被你給扔進大海裡餵鯊魚去了。所以，我的這點小把戲是不可能騙得了你的。」

李西瀘點頭笑道：「分析得不錯。既然你騙不了我，那你接下來打算怎麼做呢？」

羅獵道：「我還是要奉勸你，不要幻想著將濱哥、彪哥誘騙到你布下的這個陷阱中來，他們倆不是我，要比我厲害多了，而且，濱哥、彪哥都是那種寧願站著死也不願跪著生的人，所以，當他們決定闖進來的時候，這幢別墅中必然會發生一場血戰。」

李西瀘道：「聽你這話的意思，是我可能會輸嘍？」

羅獵道：「你輸的可能性不大，因為我知道，在這幢別墅中，你不光布下了那十幾名槍手，還為濱哥、彪哥布下了機關。不過，我要說的是，即便你勝了，那也一定是慘勝。這十幾名槍手應該是你的核心力量吧，你肯定捨不得看到他們在一場血戰後全都死在濱哥、彪哥的槍下，對嗎？」

李西瀘道：「你說得很對，可是，成大事者不可拘於小節，必要的犧牲如果是在所難免的話，那也只好坦然面對，你說對嗎？」

羅獵道：「沒錯！在所難免下，只得犧牲。不過，什麼才是在所難免呢？明明有機會可以不流血而達到目的，那能叫在所難免嗎？」

李西濾道：「當然不能。可是，曹濱、董彪遲遲不肯露面，你的建議也無法傳遞給他，我又能如何避免掉這場血戰呢？」

羅獵歎了口氣，道：「是啊，昨晚上我躺在你款待我的那張光板床上就在想，濱哥、彪哥他們都四十多歲了，大半輩子都過去了，該享受的也享受了，該輝煌的也輝煌了，拚死在了這兒，還能拖下十幾條人命給他們墊背，也值了。可我不值啊！我才二十一歲，我的人生才剛剛開始，我還沒跟女人上過床，就這麼死了，你說我得有多冤？還有，他們兩個能拉上十幾個墊背的，可我呢，到頭來一定是被你像碾死一隻螞蟻一樣給弄死，那得有多憋屈啊！」

李西濾微笑歎道：「唉！誰說不是呢，正如你所言，這種結果，對誰都沒有好處。可是，又能有什麼辦法呢？」

羅獵跟道：「辦法還是有的，就是怕你因為昨晚上我騙了你而不再相信我了。」

曾經學過的讀心術在此時派上了大用場，羅獵從李西濾的言語、肢體動作以及其他一些因素中得以斷定，那李西濾是一個自視甚高，善於用腦用計而不喜歡使用武力的人，因而，他從昨晚上開始，便給李西濾挖了一連串的坑，到了今天，再坦然承認自己是為了欺騙李西濾，從而再成功引起了李西濾的興趣點的同時，還滿足了李西濾的自負之心，那麼，得到李西濾最終的信任，也就是水到渠成的事情了。

對李西濾來說，他可是一位欺騙及隱藏的高手，不然的話，也不可能在顧浩然的眼皮子下蟄伏了三年之久並成功騙取了顧浩然的信任。因而，昨晚上羅獵使出的那些個小把戲是決然騙不過李西瀘的眼睛的。不過，羅獵說出的尚存一千八百噸貨物在曹濱手上的事實他還是信了，而且，被激發出了濃厚的興趣來。

這才有了今天一早的共進早餐，李西瀘的目的在於想摧垮羅獵的心理防線，從而使得他能夠誠心誠意地跟自己配合起來。但沒想到，他還沒有發力，那羅獵的心理似乎就有了崩潰的跡象。

李西瀘不動聲色，沉吟道：「沒有完全的信任，也沒有絕對的懷疑，信任和懷疑之間就像是個蹺蹺板，信任多了些，懷疑勢必就會減少些，反之亦然。所以啊，你不必擔心我是否還願意相信你，你應該做的，是將你的想法說出來。」

羅獵聳了下肩，撇了下嘴，道：「你所擔心的莫過於是將我帶出去後遭到了曹濱、董彪不計後果的襲擊，從而浪費了你在這幢別墅中布下的陷阱。這樣好了，你呢，給我拿支筆和一些紙張來，我給濱哥、彪哥寫封信，然後你將這封信貼在別墅門口。」

羅獵接道：「如果濱哥、彪哥來了邁阿密，他們一定會知道我已經被你關在了這兒，那麼，那封信一定會被濱哥、彪哥取走。看過信後，他倆會做出怎樣的決定來，我不敢說，但我保證，這封信一定會寫得情真意切。當然，信寫好了之後，會交給你過目審查，你覺得沒問題了，再貼到門外去好了。」

羅獵的這個建議和李西瀘的想法居然完全吻合。

既然如此，那李西瀘也就無需在乎羅獵顯露出來的心理崩潰的跡象是真是假，他願意寫這封信那就讓他寫好了，反正寫過之後，滿意不滿意，能不能張貼出去，還是由他李西瀘說了算。「來人啊，拿筆和紙來！」李西瀘下完命令後才意識到自己手中的雪茄已經燃出了好長一截的灰燼。

拿到了筆和紙，羅獵道：「寫信容易，但要想寫出一封情真意切能打動別人的信來，卻是相當不容易。我沒怎麼讀過書，來美利堅合眾國之後，大多數時間都耗費在了馬戲團，所以啊，這封信對我來說可是一件不簡單的任務。我回去先打打腹稿，最終能寫成什麼樣，可能最關鍵的一點還在於午餐時能吃到什麼，你懂我的意思嗎？」

李西瀘笑著應道：「中午我會親自下廚，為你們做一餐正宗的中餐。」

羅獵呵呵一笑，衝著李西瀘豎起了大拇指。

回到了地下室，顧霆看到了羅獵手中的紙和筆，不解問道：「羅獵哥哥，你拿來紙筆是要給誰寫信嗎？羅獵哥哥，你不能屈從李西瀘啊，不然的話，你在安良堂中可就要英明掃地了啊！」

羅獵苦笑道：「但若是不屈從於他，那咱們三個便只能是英年早逝了。」

顧霆不甘心道：「即便是死在這兒，那也比被人指著後脊樑骨痛罵要好吧？」

羅獵依舊是一副苦笑模樣，回道：「要是真死了，別人再怎麼稱讚你，你也聽不到，不是嗎？那又有什麼意義呢？小霆兒，你比我還小個五六歲，怎麼能那麼不珍惜自己的生命呢？你想啊，你若是死在了這兒，你的父母得有多傷心啊？你忍心看到他們白髮人送黑髮人的那種淒切嗎？」

顧霆一時無語。

一旁的秦剛卻嚷道：「人活一口氣，樹爭一塊皮，羅獵，咱可能是看錯你了。」

羅獵歎道：「我也想活出一口氣爭得一塊皮，可是，如果用死亡來做為代價的話，那就要考慮值不值得的問題了。我很小的時候便沒有了父親，七歲那年又失去了母親，是爺爺含辛茹苦地把我拉扯大，又變賣了家產送我來美利堅讀書，只盼著我能出人頭地光宗耀祖。可是，來到美利堅之後，我卻在馬戲團中廝混了五年，隨後又淪落江湖，我已經很對不住我爺爺的殷切期盼了，若是不能活著回去的話，我又有何臉面去見我九泉之下的父親母親呢？」羅獵的語速極為緩慢，口吻極為沉重，那秦剛聽了，也是一時無語。

便在這時，頭頂的洞口傳來了人的說話聲。

顧霆翻譯道：「李西瀘擔心我們會影響到你寫信，所以要將我們倆另行關押。」

羅獵似乎仍舊沉浸於自己剛才的話語中，消極地應道：「那你們就上去唄！」

顧霆先行了一步，率先登上了梯子，秦剛隨後跟上，在踏上梯子的一刻，扭過頭來，對羅獵道：「咱勸你還是再好好想想，世上沒有回頭路，一失足成千古恨啊！」

羅獵翻了翻眼皮，回敬道：「是啊，你也好好想想，人死不能復生，一旦衝動，便再無未來。」

第九章

百分百的勝算

在坦莉雅心中，義父李西瀘是一名用槍的高手。
她隨即看了眼李西瀘，看到李西瀘的右手在口袋裡，
心中有了定數，義父插在口袋中的右手，此刻一定握著一把手槍。
有槍在手，對付一個手無寸鐵的羅獵，坦莉雅相信，
李西瀘有著百分百的勝算。

李西濾沒有食言，中午時分，親自下廚做了四菜一湯出來，並差人去叫羅獵。沒有了顧霆做翻譯，李西濾差來的手下說的英語又非常生硬蹩腳，羅獵費了老鼻子勁才弄懂了那人的意思，卻直接拒絕了李西濾的好意：「你跟他說，我懶得爬上爬下的，讓他把做好的飯菜送下來就好了。」

李西濾為了達到目的，對羅獵的無禮採取了大度處理，令人按照羅獵的意思，將四菜一湯連同一碗白米飯送到了地下室。

羅獵也沒有食言，在顧霆和秦剛離開地下室後，他便認真地打起了腹稿，待這會子吃飽喝足了之後，他立刻在光板床上鋪開了紙張，唰唰唰，寫出了一封洋洋灑灑上千字的信來。信中隻字未有提及關於李西濾及這幢別墅的秘密，只是交代了自己身陷囹圄命懸一線的事實，其他內容便是曉之以情動之以理，勸說曹濱、董彪不要跟李西濾開戰，最好能坐下來談一談，也不必插手人家堂口的事務，悶頭發自己的大財才是最明智的選擇。最後還說了下那一千八百噸的煙土，羅獵在信中勸說道：「燒了也就白燒了，只會污染空氣，不如把它給賣了，反正這批貨也不會被運回到大清朝。」

李西濾反覆審閱，終未探究出有何不妥之處，於是便令手下將此信拿到了別墅外面，張貼在了鐵柵欄的大門上。

沒過半個小時，便過來了一位拾荒老漢，來到了鐵柵欄的大門處，二話不說，揭了那封信便要離去。

別墅中，李西瀘安排的負責監視的手下立刻將這一情況彙報給了李西瀘。

「要不要把那老漢拿下審問一番？」手下人在李西瀘於窗前觀察之際多嘴問道。

李西瀘搖了搖頭，道：「那個拾荒老漢跟曹濱、董彪必有關聯，此刻出手，只會打草驚蛇，對解決問題沒有絲毫益處。」

曹濱並不會像傳說中那樣強大，這是李西瀘一直以來的評判。但是，當金山方面傳來截擊失敗的消息後，李西瀘便生出了疑慮。從金山趕來邁阿密救援羅獵，必須要爭分奪秒，乘坐火車肯定是來不及，搭乘長途大巴更是胡扯，唯一的辦法便是自己駕車，日夜兼程。而要從金山駕車駛往邁阿密的話，洛杉磯是一個必經之處。而從金山到洛杉磯，只有那麼一條道路可選，因而，以一個整編連隊的力量在這條道路上截擊曹濱、董彪，應該說是十拿九穩，絕無失手可能。

然而，結果卻是熬了一夜，連個人影都沒能截擊到。

這個結果對李西瀘的打擊頗大。曹濱、董彪明明已經上路，而且行駛方向正是南方的洛杉磯，可在路上突然間便蒸發掉不見了人影，這使得李西瀘不得不重新審視曹濱的能力。

最終，李西瀘做出了不可輕易跟曹濱、董彪開火決戰的決定。

不肯打草驚蛇的李西瀘實際上是喪失了一個大好機會，因為，那個拾荒老漢正是董彪所扮。不過，這也可能是李西瀘的幸運，不然的話，他若是對那拾荒老漢動了手，必然會遭致曹濱、董彪的堅決反擊。

董彪揭下了信件，塞進了懷中，若無其事大搖大擺地走出了這片社區，外面一輛黑色汽車駛來，董彪不等車子停下，一個側身翻便躍上了汽車，那汽車隨即加速，一轉眼便不見了影蹤。

「是那小子的筆跡嗎？」開車的曹濱瞥了眼蓬頭垢面的董彪，問道。

董彪點了點頭，掏出了那封信，道：「沒錯，是那小子寫的，而且看得出來，字跡從容不迫，不像是在逼迫下拿起的筆。」

曹濱將車子停到了路邊，點了根雪茄，道：「你看信的時候順便念出聲來吧。」

董彪展開信箋，輕聲念道：「濱哥，彪哥，見字如面，小弟叩拜兩位哥哥……」

曹濱笑道：「這小子酸起文來還真是有些肉麻。」

董彪淡淡一笑，接著念道：「因小弟逞強好勝，不幸落入對方手中，可小弟年方二十有一，尚有大好前程……」

曹濱突然打斷了董彪，道：「等一下，那小子告訴咱們，別墅中一共有二十一人。除去羅獵他們仨，敵方應有十八人。」

董彪隨即一怔，然後笑道：「我說他為什麼會虛報兩歲，原來是這個用意。」

曹濱點了點頭，道：「繼續，稍微念慢些。」

董彪繼續念道：「小弟未曾有過女人，若現在死去，心有不甘，小弟要求不高，能有一個女人便已心滿意足……」有了曹濱的點撥，那董彪也是豁然開朗，念到此處，不由停頓了一下，道：「那小子在提醒我們說別墅中有一個女人。」

曹濱笑道：「沒錯，那小子如此無聊，必有深意。」

董彪繼續念道：「若是兩位哥哥不能滿足小弟，小弟身處地下之時，也不會原諒兩位哥哥……」董彪愣了下，卻沒發現端倪，正準備往下念時，卻被曹濱打斷了。

「這兒有信息。」曹濱看了眼董彪，道：「你沒發覺嗎？」

董彪再愣了下，臉上露出了笑容來，回道：「那小子跟艾莉絲相處了近五年，受她影響，已經成了半個基督教徒了，他應該說上天堂而不是什麼身處地下。」

曹濱點了點頭，道：「沒錯，那小子是在告訴咱們，他被關在了地下室中。」

千餘字的信，不算短，卻也不算有多長。

董彪念過一遍，卻足足花了有十多分鐘。

聽過一遍後，曹濱瞇上了雙眼，躺在了座椅靠背上，沉靜了大約五分鐘後，才睜開眼睛，道：「那小子傳遞出來的資訊應該都被咱們掌握了，李西瀘確實不簡單，一個華人能在邁阿密這種地方站住腳，還能建立起屬於自己的幫派，殺了他實在是有些可惜。」

董彪呲哼了一聲，應道：「他自尋死路，咱們能有啥辦法呢？」

曹濱笑道：「是啊，招惹了你董彪的人，能有好下場麼？」

董彪頂嘴道：「瞧你這話說的，就跟濱哥你是個局外人似的。」

曹濱再一笑，道：「既然彪哥都有意見了，那我就不做這個局外人了，說吧，是今夜開戰還是現在就幹？」

董彪想了想，道：「各有利弊，不過，我還是喜歡夜裡幹活，月黑殺人夜，風高縱火時，夜裡幹活會更有激情。」

曹濱點了點頭，道：「那好，那咱們現在就先找個地方休息一下，養足了精神，等到了夜裡幹他一票大活！」

猶如井底之蛙，小地方出來的人很難擁有大視野，李西瀘成長於邁阿密，而邁阿密最為鼎盛時期不過才五萬人口，僅是金山五十萬人口的十分之一，跟紐約這種人口早已超過百萬的超大城市相比，邁阿密更是小到了微不足道。

人口基數的缺少，使得邁阿密江湖雖然複雜混亂，卻難以形成大幫大派，便如李西瀘、坦莉雅這夥勢力，全部人手加在一塊也不過就是百十來人。而這百十來人中，絕大多數人也就是扛把菜刀拎根鐵棍去街上參與幾場群毆混戰的嘍囉式成員，只有藏在這幢別墅中的那十來名槍手才是真敢殺人的硬狠角色。

李西瀘是到了紐約之後才領會到什麼才叫做真正的江湖，又是什麼才能稱得上真正的大幫派。且不說在紐約幾乎可以一手遮下半邊天的馬菲亞，單說那顧浩然掌舵的安良堂，內堂大字輩弟兄便有四十餘人，個個都是拚起命來眉頭不帶皺一下殺起人來眼皮不帶眨一下的硬狠角色，而這四十餘大字輩弟兄的手下，又各有一二十到三四十不等的通字輩弟兄，而這些個弟兄，除了在年齡上稍微小一些之外，跟那些個大字輩弟兄在硬和狠兩個字上並無多大差別。這還沒算上那些外堂的弟兄，若是全算上，紐約安良堂的兄弟總數怎麼著也得超過兩千人。

做了十幾二十年井底之蛙的李西瀘在紐約終於開了眼，同時也樹立起了他的人生目標，可是，始終待在堂口的帳房之中卻使得他根本沒機會看到什麼才是真正的江湖爭鬥，有限的認知也只能依靠從堂口弟兄那邊聽來的傳說加以臆斷想像。然而，傳說畢竟只是傳說，可能會將故事傳說得更為神奇，但傳說一定會缺少細節，甚至在細微之處發生偏差。

開了眼界並聽過了傳說的李西瀘確實長進了許多，不然，也設計不出眼下這一整套看似天衣無縫的計畫來，可是，單有意識上的長進卻是遠遠不夠，沒有實戰經驗的支撐，再強的意識也是白搭。而李西瀘在邁阿密這個小地方獲得的成功卻使得他養成了自視甚高的個性，過於自信的他雖然意識到了當夜有可能遭到曹濱、董彪的攻擊，卻片面認為他在這幢別墅中布下的各種機關以及那十六名絕對忠誠於自己的槍手定然能夠抵擋住曹濱、董彪，即便有所犧牲，但最終的結果一定是勝利。

穩操勝券的心情中又夾雜著分量不輕的惴惴不安，聽到的有關曹濱的傳說，加上羅獵的渲染，再加上金山軍方重兵截擊失敗的事實，使得李西瀘對那曹濱又頗有些忌憚，畢竟此刻已然演變成了自己在明而曹濱在暗的局面，而處在暗處的曹濱則顯得更加讓人恐懼。

目送那名拾荒老漢蹣跚離去，李西瀘的心中生出了另一種複雜的情緒，他期盼著羅獵的那封信能夠起到鳴鑼收兵的效果，同時又不敢對這種結果抱有多大的希望，隱隱中，甚至還希望曹濱、董彪能夠莽撞行事，儘早跌入他佈置已久的陷阱中來。

總之，在李西瀘平靜的外表下，一顆心已然有了些許慌亂。

「把羅獵給我請來，還有，你們留下兩人值班，其他人立刻休息，我擔心今晚可能有場惡戰，咱們必須要保持高度警惕。」心中的慌亂使得李西瀘對自己的行為有了些許悔意，這悔意倒不是後悔他的整個計畫，也不是後悔他招惹到了曹濱，而是後悔自己對羅獵下手有些早了，使得自己喪失了主動且暴露在了曹濱、董彪的面前。

手下人領命而去，李西瀘尚未等到羅獵，卻先見到了義女坦莉雅。坦莉雅承擔起了夜間守衛的任務，昨晚捕獲了羅獵之後，李西瀘安然入睡，但坦莉雅卻堅守了一整夜，直到天亮後李西瀘醒來，坦莉雅才回到了臥房補了一個覺。

剛剛起床的坦莉雅似乎精神稍顯萎靡，來到李西瀘身旁，點了支香煙，抽了兩口，這才有了些精神。

「坦莉雅，為什麼不多睡會呢？」李西瀘看著坦莉雅的眼神充滿了慈愛。

坦莉雅打了個哈欠，順勢再伸了個懶腰，抽著煙回道：「我做了個噩夢，夢到我們被羅獵給騙了，結果反倒落進了曹濱、董彪設下的陷阱中了。」

李西瀘呵呵笑道：「在義父的老家，有這麼一種說法，夢和現實總是相反的，坦莉雅，你做的不是噩夢，而是一個好兆頭。」

坦莉雅吐了個煙圈，露出了笑容，道：「坦莉雅當然知道以義父的經驗和智慧當然不會被羅獵給騙了。」抿嘴一笑後，坦莉雅問道：「義父，跟曹濱、董彪談和的希望還存在麼？」

李西瀘道：「當然存在，羅獵主動向我提出了以信件方式向曹濱、董彪提出勸說，現在信已被取走了，會是什麼結果，可能在接下來的幾小時內便會有所表現。」

便在這時，手下引領著羅獵走了過來。

羅獵原本是不樂意走出地下室的。資訊已經傳出，濱哥彪哥若是已經抵達了邁阿密，那麼一定會在短時間內看到那封信，羅獵相信，以濱哥對他的瞭解，一定能讀得懂信中的貓膩。以他倆那種乾脆俐落的個性，在掌握了別墅中的基本情況後，很有可能會立刻對別墅展開攻擊，而自己在信中明確告訴了濱哥彪哥他在地下室中，會很安全，他們二人完全可以放心大膽地使出各種招數。若是此刻走出了地下室，剛好遇到濱哥彪哥展開攻擊，那麼自己也就成了個累贅。

但轉念一想，要是不依從李西瀘的話，那麼，以他多疑的個性，說不定會生出疑問來。再想到彪哥喜歡夜間幹活的習慣，羅獵最終還是決定賭上一把。

「昨晚就沒睡好，一上午又忙著打腹稿，好不容易交了差想睡一會，可你……」羅獵大模大樣地坐到了李西瀘對面，不等把牢騷發完，便先打上了一個哈欠。「說吧，叫我來有何貴幹啊？」

李西瀘道：「信貼出去不到半個小時，便被一個拾荒老漢給揭走了，你說，那拾荒老漢會不會是曹濱、董彪的人呢？」

羅獵隨口應道：「怎麼可能？濱哥彪哥從未來過邁阿密，在這兒怎麼會有自己人呢？」

李西瀘鎖眉疑道：「不是他們的人？難不成那就是一個普通的拾荒老漢麼？」

羅獵笑道：「我寧願相信那就是彪哥本人。」一言既出，羅獵登時愣住，他突然意識到自己應該是失言了。

果然，那李西瀘聽到了羅獵不經意的這句話之後，先是倒吸了口氣，然後緊鎖的眉頭逐漸舒展開來，頗為愜意地點上了一根雪茄，笑道：「我終於知道他們兩個是如何躲過軍隊的截擊了，謝謝你，羅獵，謝謝你幫我解除了心中最大的一個困惑。」

事已至此，後悔已然無用，羅獵只能裝傻充楞道：「你是說他們兩個……」

李西瀘點了點頭，搶在羅獵的斷續中應道：「說實話，那董彪的裝扮能力確實一流，大白天的，居然連我的眼睛都讓他給騙過去了。」

羅獵只能附和道：「能在白天騙過了你，那自然就能在黑夜騙過那些大兵。」

李西瀘道：「你說得沒錯，不過，裝扮之術再怎麼高明，那也不過是雕蟲小技，在生死較量中並不能起到多大的作用。」

羅獵笑道：「那可是！即便能裝扮成了太上老君的模樣，卻使不出太上老君的法術，就算是一隻普通猴子，他也奈其不何。不過，你能知道的道理，濱哥彪哥同樣清楚，他們二人之所以敢於結伴來到邁阿密，就說明他們不光能裝扮成太上老君的模樣，還能使出太上老君的法術。」

李西瀘笑道：「聽你這麼一說，我倒有些期盼了，但願那曹濱、董彪沒能被你說服，不然的話，我又如何能夠見識一下他們兩個擁有的太上老君法術呢？」

對羅獵來說，他所期望的並不是嚇倒李西瀘。李西瀘在紐約堂口待了三年有餘，想必聽過了不少關於曹濱的傳說，如今仍敢於設下計謀將曹濱拖進這淌渾水中來，就說明那李西瀘恐怕是個不見棺材不落淚的主。單憑語言，自然嚇不倒他。

羅獵所期盼的只是能麻醉了李西瀘，然後能得到安然返回地下室的機會，以免在濱哥彪哥對別墅展開進攻的時候，成了倆老哥的負擔。

「我勸你啊，還是收起這份心思吧。」羅獵淡淡一笑，道：「李西瀘，我都被你給整得有些找不著北了，你說說你，你到底是個智者還是個莽漢呢？」

李西濾笑道：「那你以為呢？」

羅獵道：「我原先以為你是個智者，只有心思嫉妒縝密之人，才能設下這麼一個幾近完美的計畫。可是，但凡智者，追求的都是以最小代價博取最大利益，可你呢？始終放不下想見識一下濱哥彪哥本事的心思，這很好玩嗎？要死人的啊！」

李西濾道：「我當然知道會死人，不過，這世上哪天不死人呢？誰不是遲早都會死嗎？早死晚死，其實並沒有多大區別，你說呢？」

羅獵搖了搖頭，撇嘴道：「恕我不敢苟同，或許，當我活到了你這把年紀了，也會有著一樣的想法，可現在，我是真的不想死，也不想看到有別人死。」

李西濾微笑著盯著羅獵，抽了口雪茄，道：「既然怕死，那為何要來邁阿密？難不成是被那趙大明所逼而來？」

羅獵苦笑道：「趙大明欺負我閱歷淺薄，設了圈套，將我給騙了。我還以為你李西濾不過是跟邁阿密的某個幫派有些交情，偷了紐約安良堂的帳簿，不過是想換取那幫派對你的保護而已。所以我就盤算著，只要設計好了，把自個的身分掩蓋好了，邁阿密之行即便達不到目的，但也不至於喪了性命。可是啊，我是真沒想到，聰明反被聰明誤，自以為是個便宜，可抓在手中，才發現這便宜居然是你跟趙大明二人打好的圈套。」

李西濾暢快大笑。

羅獵接道：「現在我總算明白了，聰明並不等於有智慧，而有智慧的人並不一定就顯得很聰明，那句成語怎麼說的來著，對，大智若愚，我呀，道行還是太淺嘍！」

這話帶著強烈的馬屁意味，李西瀘聽了，極為受用，於是，也下意識恭維了羅獵一句：「你還年輕，假以時日，必成大器。」

羅獵翻了翻眼皮，道：「我還有機會假以時日嗎？」

李西瀘道：「那就要看曹濱、董彪看過你的信件後能不能被你說服了。」

羅獵長出了口氣，拍著胸脯道：「你早說這話嘛！可是把我給嚇得不輕，我還以為你變卦了，不肯跟濱哥彪哥他們談和了呢！」

在交談過程中，羅獵表現出來的對生命的期望、對開戰的擔憂以及對自己那封信所能起到的作用的自信，使得李西瀘安心了不少。坦莉雅一直在安靜地聽著，暗中觀察著羅獵的細微反應，然而，她畢竟沒有學習過讀心術，也只能是依靠直覺來對羅獵做出評判。而學習過讀心術的羅獵，相當重視自己的細微動作，或許無法騙過凱文老師，但騙過坦莉雅，卻是簡單之至。

坦莉雅沒在羅獵身上發現破綻，向著李西瀘微微點了點頭。

李西瀘接著問道：「那你認為，曹濱、董彪接受你的建議的可能性有幾分呢？」

羅獵輕歎一聲，道：「我要是說有十分把握的話，恐怕你根本不信，可是，除了十分之外，說個其他的數字，卻都是在違心騙你。」

李西瀘稍顯困惑，道：「你為何有此把握呢？」

羅獵苦笑一聲，道：「有些事我不方便跟你說，可是，若是不說的話，你又不會相信我，這樣吧，你向我保證，你聽完了我說的這些事後，第一不准外傳，第二，萬一有人問起，千萬不要說是我說出去的。」

李西瀘在心中暗自笑道，畢竟還是年輕啊，居然能說出這種幼稚的話來。但李西瀘臉上卻顯得很嚴肅，道：「我保證，絕對不會把咱們之間的交流告訴第三個人。」言罷，轉而對坦莉雅道：「坦莉雅，我想你並沒有休息充沛，此時是不是應該到樓上再休息一會呢？」

在坦莉雅的心中，義父李西瀘絕對是一名用槍的高手。她隨即看了眼李西瀘，看到李西瀘的右手始終插在口袋裡，心中便有了定數，義父插在口袋中的右手，此刻一定握著了一把手槍。有槍在手，對付一個手無寸鐵的羅獵，坦莉雅相信，李西瀘有著百分百的勝算。

於是，便順從地站起身來，跟李西瀘行了貼面禮後，轉身上了樓梯。

羅獵忽地笑開了，道：「你說，這時候我要是突然向你動手的話，會吃到幾顆槍子呢？」

李西瀘先是一怔，隨即笑道：「你感覺應該吃到幾顆呢？」

羅獵指了指李西瀘插在口袋中的右手，道：「這兒肯定會射出一顆子彈來。」然後再指了下腦後，道：「後面還有幾個槍口對著我，那我就不知道了。」

李西瀘笑道：「只要你不起歹心，你便是安全的，又有什麼好擔憂的呢？」

羅獵撇嘴道：「走火啊！老兄，那槍口不是衝著你的，你當然不會擔憂嘍！好吧，誰讓我現在是階下囚呢，危險就危險吧，只求你們千萬要打起精神來，別真他媽走火了。」

李西瀘稍稍沉下臉來，道：「我說過，只要你不起歹心，你就是安全的。」

羅獵聳了下肩，道：「生什麼氣啊？我不過是借著開玩笑的空檔打一下腹稿而已，既然你這麼沒優越感，那我就直接說正事好了！」

李西瀘沒有答話，臉色亦未有緩和，只是點了點頭。

羅獵道：「你知道我為什麼要去紐約嗎？為什麼又會那麼積極地鑽進趙大明為我打下的圈套中去嗎？我實話跟你說吧，濱哥彪哥他們老了，對江湖心生倦意了，我不知道你在金山那邊的朋友有沒有跟你說過，濱哥已經把麾下的賭場生意全都轉讓給了馬菲亞，他建了個玻璃製品廠，還計畫再建一個棉紡廠，並要逐步退出其他江湖生意，徹底擺脫江湖紛爭。我做為他的接班人，卻對這種生意是一點興趣都沒有，可是，濱哥卻逼著我學這學那，去紐約，就是想讓我學習玻璃製作的技能。兄弟我心裡那個苦啊！所以，一聽趙大明說他的堂口出了你這麼一檔事情，便想都沒想，就這麼來了。」

這瞎話雖然是羅獵臨時編出來的，但其中有真有假，且符合邏輯，那李西瀘聽了，雖是將信將疑，但信的成面卻遠大於懷疑。

「這人啊，其實活的也就是一口氣，身在江湖的時候，這口氣絕對咽不下，所以也就只能死撐著往前衝，即便前面有著天大的危險也得是面無懼色，因為你一旦怕了，便立刻會失去江湖地位，別說還能不能守住了自己的財富，恐怕連自己的性命都難以保全，你說，是不是這個道理呢？」但見李西瀘下意識地點了下頭，羅獵接道：「但是，當他決定要退出江湖的時候，那就不一樣了，他會有很多顧慮，會更加珍惜自己的性命，他將成為一個真正的生意人，在面對問題的時候，一定會權衡利弊，得不償失的事情絕對不會做，會危及到自己生命安全的事情更不會做。」

李西瀘從來沒有退出江湖的念頭，因而無法體會到羅獵的那種說法，但在心中思忖，卻認為羅獵所言不無道理，於是道：「所以，你斷定當曹濱、董彪看到能夠談和的機會時，他們一定不會放過，是嗎？」

羅獵沒有直接回答李西瀘，而是按照自己所準備，繼續說道：「問題是濱哥彪哥雖有退出江湖的決心，但卻無法一步到位，這口江湖氣還得在口中銜著，金山安良堂的面子還得拚死維護著，不然的話，等他們退出江湖的時候，還不得被人家給欺負死啊？所以，你若是逼他，必然會遭到更為強烈的反擊，可你若是退一步，那麼濱哥彪哥自然也會陪你退一步，至少，他們不會因為你退了一步而更進一步。」

李西濾不由點頭應道：「有道理！」

羅獵微微一笑，再道：「不過，說句實話，他們倆成名已久，而你卻偏於邁阿密一隅，雖然這話有些不好聽，但卻是事實，在他們心中，你還不入流，所以，你要是指望你退了一步後他們能夠立刻跟著退上一步的話，恐怕是不太可能。」

羅獵的話確實有些不中聽，但同時也是不爭的事實。

金山安良堂做為安良堂的第一個堂口，雖然在人數上比不上紐約堂口，但在實力上，卻能趕超了兩個紐約堂口。而他的幫派，卻連紐約安良堂的一根腳趾頭都比不上，又如何能跟金山安良堂相做比較呢？

不過，李西濾對羅獵的這話並無惱怒之心。

再大的幫派也是從小做起的，他李西濾現如今雖然弱小，但若是能夠跟曹濱、董彪達成了和解，拿到了曹濱手中掌握的那一千八百噸煙土，再利用手中帳簿裹挾住顧浩然，迫使他答應為自己開拓紐約市場做背書，那麼，有貨又有市場，何愁不能發展壯大將自己的幫派做大做強呢？

「那依你之見，曹濱、董彪會怎麼做呢？」李西濾仍舊是一副面如沉水的鎮定表情，但右手卻悄然從口袋中抽出，拿起架在煙灰缸上的半截雪茄，連抽了幾口，將雪茄的暗火抽出了明火來。

羅獵道：「他們會原地不動，等著你再退一步。」

李西盧疑道：「再退一步？怎麼退？我還能退到哪裡去？」

羅獵淡淡一笑，道：「你當然能夠再退一步，只要你交出帳簿，那麼，對濱哥彪哥來說，面子裡子都全了，還有什麼好說的呢？」

李西盧放下了雪茄，伸手將藏在口袋中的手槍掏出，指向了羅獵的額頭，冷笑道：「你究竟是何居心？」

羅獵似笑非笑，瞅著那黑洞洞的槍口，緩緩搖頭，道：「李西盧，你果然不是個智者，至少，你不夠聰明。那帳簿，只有原裝的才能起到要脅顧先生的作用嗎？你就不能再抄一套嗎？到時濱哥最多罵你一句老狐狸真夠狡猾的，你不還是一樣能達到目的嗎？你真是白在紐約堂口待了三年，那紐約堂口跟咱們金山堂口除了安良堂三個字有些關聯外，其他還有什麼關聯呢？濱哥彪哥他們憑什麼就得為顧浩然賣命呢？」

李西盧被羅獵的一連串反問給搞得一愣一愣的。

羅獵所言，不無道理，單是打出羅獵這麼一張牌來，便讓曹濱、董彪完全妥協顯然有些不現實，若是再送上紐約堂口的帳簿，那麼曹濱、董彪自然會和平收手，說不定，那一千八百噸的煙土還會無償贈送給自己……

這麼想著，李西盧的臉上重新浮現出笑容，手中的槍口也自然而然地垂了下來。

羅獵接道：「實在不行，你弄一套假帳簿交給濱哥，反正濱哥也沒見過紐約堂口的帳簿長啥樣，他不過是為了自己的臉面，怎麼會認真考究那帳簿的真假呢？」

就像是在海上迷失方向已久卻突然看到了海岸處航塔上的燈光一般，李西濾的心中登時是恍然開朗，臉上不禁現出喜悅之情，稍有些激動道：「怪不得那曹濱會選你為他的接班人，說實話，我李西濾真是有些小看你了！」

羅獵苦笑道：「你可別再捧我了，再怎麼捧，也抹不去我落進你跟趙大明設計好了的圈套之中的羞辱，唉……不過，好在咱們金山安良堂就要退出江湖了，不然的話，單就這一檔子事，還不得被江湖朋友給笑話死啊！」

李西濾笑道：「面子雖然丟了，但你落下了裡子，我李西濾絕不是一個不講究的人，今天受益於你羅獵，我李西濾必然心存感激，等我成功開拓了紐約市場，定然少不了你的一份好處，一千八百噸的煙土，就算只分給你一成的利潤，也足夠讓你成為百萬富翁。」

羅獵驚喜道：「真的？」話音未落，那羅獵的驚喜之色頓然消退，隨即搖了搖頭，道：「還是先別說那麼遠了，你要是真想感謝我的話，今晚上是不是能多加一道肉菜呢？」

李西濾呵呵笑道：「莫說加菜，今晚上我還要陪你喝上兩杯！」

能喝上兩杯，那就說明李西濾這個老傢伙已然被羅獵的花言巧語給騙倒了。羅獵暗自開心，臉上卻顯露出一副苦相，道：「喝酒啊？我最怕的就是喝酒，酒量不行啊！」

李西盧笑道：「小酌兩杯，點到為止，只是聊表經驗。」

羅獵歎了口氣，道：「那也只能是恭敬不如從命了。」

在得知金山方面對曹濱、董彪的截擊失敗的消息後，李西盧已經做好了跟曹濱、董彪長期對峙比拚耐性的準備，因而，那別墅中不單準備了大量的糧食蔬菜，還備下了不少的肉食罐頭。李西盧隨即叫來了值班的手下，開了四罐罐頭，又拿來了一瓶產自於墨西哥的龍舌蘭酒。

剛蒸餾出來龍舌蘭新酒是完全透明無色的，但儲存在橡木桶中後，會逐漸呈淡淡的琥珀色，而李西盧拿出來的這瓶酒，顯然是陳年佳釀，應該屬於頂級的龍舌蘭酒。

但見李西盧拿出了酒來，那名手下隨即鑽進了廚房，不一會兒，端出了一碟鹽巴和一碟檸檬片。李西盧為自己和羅獵各倒了一杯酒，然後捏起了一小撮鹽巴撒在了手背虎口處，並用同一隻手的拇指和食指握住了酒杯，再用無名指和中指夾起了一片檸檬片。飛快地添了一口虎口上的鹽巴，接著將杯中酒一飲而盡，再咬上一口檸檬片，整個過程絕對是一氣呵成。

「這是喝龍舌蘭酒最傳統的喝法，你只有學會了這種喝法，才會被墨西哥人當做真正的朋友。」李西盧放下了酒杯，向羅獵做出了解釋，同時示意羅獵，可以模仿他的動作試一試。

羅獵依葫蘆畫瓢，學著李西盧剛才演示的動作喝下了一杯，雖然沒能提防住龍舌蘭酒的高度數而嗆了兩聲，但依舊體會到了那種從未品嘗過的美輪美奐的獨特滋味。

「好酒！」嗆咳了兩聲後，羅獵不由地豎起了大拇指來。

李西瀘將兩只酒杯重新倒滿了酒，並道：「有錢人會在冬天的時候在地窖中存下一些冰塊，等到了來年的夏天，用冰塊冰鎮了這酒，喝起來會更加甜爽。」

羅獵點了點頭，道：「我相信你遲早會有一天能在夏天喝上冰鎮過的龍舌蘭酒。」

李西瀘在面前的罐頭中叉了塊肉放進了口中，笑道：「借你的吉言，我希望等到那一天來臨的時候，坐在我對面陪我喝酒的人，仍舊是你羅獵。」

羅獵在心中呸了一聲，暗道，你個老貨，知不知道你大爺的根本活不過今夜啊！

「邁阿密的冬天不會結冰，想實現這個願望便只能去紐約。」羅獵端起酒杯，跟李西瀘的酒杯碰了下，然後一邊往虎口上撒著鹽巴，一邊道：「不過，如果一切順利的話，你可能在年底就可以實現進軍紐約的夢想，而明年的夏天，我也許在紐約就能喝到冰鎮的龍舌蘭酒了！」

李西瀘舉起了酒杯，道：「我們這一老一少，也算是不打不相識了，我李西瀘誠心誠意交你這個朋友，若是之前有不當之處，還請小兄弟多多擔待。」言罷，卻不再撒鹽夾檸檬片，直接乾了杯中酒。

羅獵剛剛夾起了檸檬片，但見李西瀘如此痛快，索性也放下了檸檬片，顧不上將虎口處的鹽巴抹去，舉起酒杯亦是一飲而盡。

李西瀘不禁衝著羅獵豎起了大拇指來，贊道：「爽快！」拎起酒瓶在斟酒的同時，李西瀘又道：「早知你如此聰慧又如此豪爽，在紐約的時候，我就該結交你。」

羅獵吃了口罐頭，笑道：「你可拉倒吧！那時候你就結交我了，那我還會上趙大明的當嗎？上不了他的當，就不會來到邁阿密，更不會給你出謀劃策。當然，那你也就沒機會招惹到濱哥彪哥他們了。」

李西瀘飽含著笑意回道：「一切都是緣分啊，來，兄弟，咱們再乾一個！」

李西瀘的酒量可是不小，半兩一個的酒杯他乾了有十杯之多卻是面不改色，但羅獵已然顯露出了酒態，雙眼頗有些迷離，而且舌頭也有些僵硬：「不，不能，再喝了，再喝，就要醉，醉了。」

李西瀘道：「醉了就扶你上床睡覺，昨晚上老哥哥有些怠慢兄弟了，今晚改過，樓上為你準備了客房。」

羅獵癡癡地看著李西瀘，擺了擺手，道：「你，可別，開玩笑了，被濱哥彪哥，知道了，那我，以後，還，混個屁啊？」

李西瀘笑道：「在這別墅中，曹濱、董彪又怎能得知？」

羅獵傻笑道：「你是不，知道，我一喝酒，就打呼嚕，還他媽特別響，他倆，雖然不會，動手，但難保會來，盯著，濱哥的，耳朵，賊，賊尖，離老遠就，就能分辨出來。你，還是，送我回，地下室吧！」

不怕一萬，就怕萬一，李西瀘想想，覺得此刻的羅獵應該不會欺騙他，該說的說了，不該說的那羅獵也說了，此刻有床睡卻不睡，那還能是假話麼？

完全上了套的李西瀘吩咐值班手下將羅獵送回了地下室。

那羅獵歪扭著下了梯子，倒在了床上，幾秒鐘不到，便打起了震天響的鼾聲。

海邊，一個噴嚏標誌著董彪已經從瞌睡中醒了過來。

這聲噴嚏同時也將仰躺在車上的曹濱給吵醒了。

「幾點鐘了？」董彪從車子旁的地面上爬起，活動了一下四肢。

曹濱掏出懷錶，看了眼，應道：「十點一刻。」

「唉……」董彪長歎一聲，道：「醒早了，還要再等兩個小時，怎麼熬啊？」

曹濱笑道：「接著睡呀！」

董彪苦笑道：「年紀大了，哪像年輕那會兒，說睡就能睡得著。」

曹濱跳下車來，衝著董彪招了下手，道：「咱倆多久沒練練了？怎麼樣，有興趣嗎？」

董彪脫去了外套，從車子後面繞到了曹濱的面前，道：「練練就練練，閑著也是閑著。」

曹濱擺出了一個獨特的起手式，像是白鶴亮翅，又有些類似蒼松迎客。

「惡霸納妾？又是這一招！」董彪呵呵一笑，架起了雙拳，顛起了西洋拳的步法。

二十多年來，這哥倆不知道對練了有多少回，彼此對對方的套路均是相當熟悉，又到了這個年齡份上，再怎麼刻苦練拳也不可能提高自己的搏擊技能，因而，那哥倆也不過就使出了五六成的功力，圖的就是一個好玩，順便還能熱熱身。

你來我往，拳打腳踢，看似激烈無比，簡直就是以命相搏，但實際卻是嬉鬧玩耍，純屬娛樂健身。纏鬥了百餘招後，董彪猛然一拳直奔了曹濱的面龐，口中同時高呼道：「封眼！」

曹濱身子一擰，側閃過董彪的拳風，一招醉漢敬酒遞出，口中喝道：「鎖喉！」

董彪不等拳勢老去，猛然沉臂，砸向了曹濱的鎖喉手，二人同時呼喝：「踢褲襠！」

完全相同的招數使出，力道，速度，角度，幾乎一模一樣，結果只能是兩人的腳踹在了一起，同時翻倒在了海灘上。

「真是老嘍！」曹濱仰躺在海灘上，舒展開四肢，不由感慨道：「就玩了這麼一會，氣便有些跟不上了，想當年……」

董彪搶著接道：「想當年我可是被你給揍苦咯！」

曹濱哈哈大笑了幾聲。

董彪接著說道：「你說，我當時那麼笨，你怎麼對我就那麼有耐心呢？」

曹濱剛收住了笑，卻被董彪引得又是一聲噗嗤，笑過之後，曹濱道：「你皮糙肉厚，剛好適合當我的拳靶子，而且，你還特單純，總以為我是在陪你練拳，我稀罕都來不及呢，怎能對你失去耐心呢？」

董彪坐起身來，死死地盯住了曹濱，咬牙切齒道：「等你有了兒子，看我怎麼弄他一個生不如死。」

曹濱感慨道：「阿彪，二十年來，你陪著我吃了不少的苦遭了不少的罪，濱哥別的就不多說了，只想跟你說一句，別再什麼事都死摽著我了，等忙完這陣子，挑個順眼的娶了吧，也該給你們老董家留個後了。」

董彪翻了個身，滾到了曹濱身邊，道：「那你呢？你就不打算娶一個嗎？」

曹濱眺望著天空，歎道：「我就算了吧，習慣了一個人，再娶一個的話，只能是給自己添麻煩。」

董彪道：「那你好歹也得給你們老曹家留個後啊？」

曹濱道：「那你就多生幾個，撿一個最看不順眼的過繼給我。」

董彪笑道：「你想得美！我替你生，還得替你養，過繼給你了，我還捨不得折騰他，有意思嗎？」

曹濱也坐起身來，白了董彪一眼，歎了口氣，道：「這點小忙都不願意幫？做兄弟做到了這份上，傷心啊！」說著，再站起身來，脫去了外套，來到車邊，從外套的口袋中掏出了一根雪茄，將外套丟在了車上，卻沒能摸得到火柴。

董彪笑嘻嘻趕過來，從褲兜中掏出了一盒火柴，劃著了一根，為曹濱點上了火。「濱哥，你就死了這條想不勞而獲的心吧，我把話給你撂這兒了，你不娶，我就不嫁……唉，呸，什麼不嫁呀，你不娶，我也不娶，你不生，我也不生，這輩子，我阿彪算是賴上你了。」

曹濱苦笑道：「我就問你，有意思嗎？」

董彪篤定應道：「有！」

曹濱歎了口氣，道：「你覺得有意思那你就繼續吧，只要你開心，比什麼都強。」

董彪摸出了香煙，抽出了一支，再劃了根火柴，正想點煙，可忽地刮過一陣風來，吹滅了火柴。董彪看了看天，月雖不圓，卻也是明亮如燈，四周繁星點點，端的是一個晴朗之夜，怎麼會邪門地吹來這麼一陣大風呢？可是，那風一旦生起，卻不見有消停之勢。

曹濱遞過來雪茄，並道：「這美利堅的天到底是誰在當家呢？咱倆又不信什麼上帝，這上帝為何要眷顧咱倆呢？」

董彪接過曹濱遞過來的雪茄，接上了火，再將雪茄還給了曹濱，道：「依我看，那上帝也是個看熱鬧不嫌事大的主，覺得月色太明不夠刺激，所以才會把天給變了，遮住了月光，看得才會更過癮。」

曹濱上了車，準備發動車子，同時道：「那就上車出發吧，省得半路上再淋了雨。」

第十章

極度危險

這時，感覺到了極度危險的顧霆怯怯地叫了聲：

「羅獵哥哥，救我。」

羅獵忽地沉下了臉來，冷冷回道：

「你還有臉叫我哥哥？」

顧霆掙扎嚷道：「羅獵哥哥，我做錯什麼事了？

惹你生這麼大的氣？」

天空中，烏雲更密，地面上，風雨更緊。

遙遠處忽地閃了一道光亮，兩步路的時間後，一陣隱隱的滾雷聲傳了過來。

和羅獵、秦剛突襲那幢別墅一樣，曹濱、董彪也是分成了兩路，董彪自別墅的正前方突進，而曹濱則繞到了別墅的後方。但和羅獵秦剛不一樣的是，那董彪翻過了鐵柵欄之後，並未匍匐前進，而是端著一杆步槍，貓著腰快速突進到了別墅的門外。

等待了片刻，卻未見曹濱的身影，而董彪似乎也沒準備等見到曹濱後再展開下一步行動，只見他飛身一腳，踹開了別墅外門，卻不著急進屋，側身躲在門外立柱後，從那大袋子中掏出了一枚手雷，拉開了引信，丟進了別墅之中。

「轟——」

爆炸過後，董彪仍舊不肯衝進屋內，而是再摸出了兩枚手雷，拉了引信，一前一後丟了進去。

「轟——轟——」

這便是經驗。

自鐵柵欄處突擊到別墅外門，並未見到別墅中有過狙擊，這其中存在兩種可能，一是別墅中人正處在蓄勢待發的狀態，故意放敵人進了屋再打，二是別墅人中疏於防範，尚且不知敵人已經來到了門前。踹開房門的時候，董彪並沒有聽到屋內有什麼動靜，更不說有人按耐不住向門口射擊，這只能說明，裡面的人要麼尚未從房間中衝出來，要麼便是訓練有素，仍舊堅守在隱藏的位置上。

第一枚手雷爆炸之後，按照常理，進攻之人理應發起衝擊才是，可董彪偏不按常理出牌，就是要欺負對手的火力不如自己，接著再扔進兩枚手雷進去，以期達到擾亂對方的目的。

兩聲巨響帶來的震波尚未平息，董彪壓低了身子重心，趁著爆炸的煙霧，鑽進了別墅之中，蜷在了門口一角，端著槍，掃瞄著屋內任何一個可疑的目標。

二樓欄杆處閃出一個人影，董彪槍口一抬，「砰砰」便是兩槍，那人影連聲悶哼都未能來得及，便一頭栽了下來。

董彪隨手往步槍中補壓了兩發子彈，繼續端槍掃瞄，四下裡黑漆漆一片，再也沒有人影閃現。

便在董彪與樓下門口處同李西瀘一夥形成了短暫對峙之時，別墅的最頂層閣樓處現出了曹濱的身影，閣樓有個出口，出口安裝著鐵門，鐵門上掛著一把看似極為牢固的鐵鎖。然而，鐵鎖這種玩意，對外行來說，沒有鑰匙你休想打開，但對內行來講，鐵鎖不過是個擺設，那曹濱跟老鬼相識多年，就算再怎麼愚笨，也能從老鬼那裡學來一套開鎖的本事。

曹濱輕而易舉打開了鐵鎖，拉開了鐵門，鑽進了閣樓之中。從閣樓下到二樓處，仍舊有一扇鐵門阻攔，不過，這一次那曹濱卻遇上了一點麻煩，因為那鐵門是從二樓那一面給鎖上了。

幸好曹濱準備充分，從背後包中拿出了一塊高爆炸藥，貼在了鐵門的門軸處，後退幾步，舉槍便打，那炸藥被彈頭引爆，一聲轟鳴後，那道鐵門的門軸從牆壁上脫落下來。

李西瀘怎麼也想不到敵人居然從上方攻擊進來，連忙組織人手進行反擊，可哪裡敵得住曹濱的左右開弓，兩把左輪打光了膛中子彈，閣樓下到二樓處的樓梯附近躺下了五具屍身。

一樓處，李西瀘的手下聽到了頭頂上的爆炸聲以及槍聲，救主心切，便想著衝上樓去支援李西瀘，可是，稍有露頭，便遭到了躲在暗處的董彪的槍殺。

那李西瀘原來盤算的曹濱、董彪的進攻路線理應是衝進別墅之後，必然要沿著樓梯繼續強攻二樓，因而，他設下的機關陷阱便在必經之處的一樓客廳以及樓梯之中，可是，從一樓攻進來的董彪不過只是佯攻，而從閣樓上攻下來的曹濱那才是主攻。

守在二樓處的李西瀘身邊只剩下了兩名手下，此刻，他才真正意識到了曹濱、董彪聯手的威力，己方近十倍於對方，竟然落了絕對的下風。

「住手！」李西瀘發出了一聲爆吼。

客廳中的吊燈以及一樓二樓處的十多盞壁燈同時亮起。

坦莉雅躲在了顧霆的身後，用槍逼住了顧霆的後腦勺，出現在了曹濱的視野中。

而一樓處，兩名槍手推出了五花大綁著的秦剛。

李西瀘的吼聲再次響起：「不想讓他們死在你們面前的話，就把你們手中的槍給老子丟在地上。」

躲在一樓角落中的董彪根本不吭聲，而處在閣樓樓梯上的曹濱輕鬆應道：「放了人質，我可以饒你不死！」

樓上有了對話，樓下那些個躲在隱蔽處的槍手也放鬆了下來，而董彪則借著這個機會，看清楚了樓下的整體情況。秦剛的身後，藏著兩名槍手，以秦剛為十二點方向，兩點鐘處的房間後面躲著兩人，九點鐘方向的沙發後同樣躲著兩人，整個樓下，便只剩下了這六名槍手。

「你們別衝動啊！」二樓處形成了僵持後，董彪扔掉了手中步槍，舉起了雙手，現出了身形。「樓上，老闆對老闆，他們該怎麼談怎麼談，咱們這些做手下的沒必要在這個時候玩命，對麼？」說話間，那董彪還衝著秦剛笑了笑，眨了下眼。

董彪的輕鬆舉動使得躲在房門口以及沙發後面的槍手也是鬆了口氣，剛要走出來跟挾持秦剛的那兩名兄弟會合，卻見那董彪忽地一個側翻，在半空中從腰帶處拔出左輪，不等落地站穩，衝著秦剛的方向「砰砰」便是兩槍。

畢竟都是安良堂大字輩弟兄，在這種狀況下一個眼神拋過去便可得到對方的心領神會，在董彪忽地翻身之際，那秦剛猛然扭曲身體，掙脫了身後兩名槍手的拉扯，硬生生撲到在地。

董彪射出的那兩顆子彈，自然被秦剛身後的那倆哥們給分享了。

這只是開始，兩槍之後，董彪再一個側翻，背部著地，平躺在地上只抬起了頭來，右手一把手槍貼住了地面，衝著那沙發下的空檔左右開弓，一口氣射光了槍中剩下的五發子彈，射擊的同時，左手在懷中摸出了一枚手雷，拉了引信，也不用看，便向後拋出，那枚手雷像是長了眼睛一般，落進了躲著二人的那間房間。

「轟——」

董彪躺在地上，伸了個懶腰，這才爬了起來。不用再行檢查，董彪有著十足的自信，樓下敵人，全都被清理乾淨。

爬起身來的董彪來到了秦剛身前，從靴子處拔出短刃，割斷了秦剛身上的繩索，道：「沒事吧？還能戰鬥否？」

秦剛擺脫了身上的繩索，站了起來，點了點頭，回道：「咱沒事。」

董彪道：「知道地下室在哪麼？去把羅獵救出來，我先上樓去了。」

秦剛面露不悅之色，頗有些遲疑。

董彪驚道：「怎麼啦？羅獵出什麼事了？」

秦剛冷哼了一聲，道：「他要投降！」

董彪噗嗤一笑，道：「先救他出來，回頭再給他算帳。」

說罷，董彪將左輪手槍裝填了子彈，插在了腰間，貼著牆根，繞到了沙發後，看了眼那兩位躲在沙發後自以為安全卻忘了腳跟中槍一定會倒地的那倆槍手的屍身，輕蔑一笑，然後縱身一躍，借著在沙發上猛蹬一腳之力，向上竄起，攀住了二樓樓板，雙臂再一發力，整個人便來到了二樓上，拍了拍手，整理了下衣衫，衝著曹濱不好意地笑道：「老了，身手不如以前了，你可別笑話我呀！」

曹濱拋來一個笑眼，應道：「還不錯，比我強。」

樓下亂成了一坨，樓上的李西瀘、坦莉雅仍舊不敢動彈，倘若此時失去了顧霆做擋箭牌的話，恐怕他們四個便會立即死在曹濱的槍口之下。

困獸猶鬥，李西瀘也不再躲著了，站上前來，單臂夾住了顧霆的脖頸，用手中槍口抵住了顧霆的頭顱，同時將坦莉雅擋在了身後，令僅剩下的兩名手下護住了自己的兩側。「曹濱，你知道我手上的這人是誰嗎？」

曹濱笑吟吟搖了搖頭。

李西瀘惡狠狠道：「他是顧浩然的侄子，若是傷了他，哼，看你怎麼跟顧浩然交代？」

董彪笑道：「如實交代唄，哪有什麼不好交代的呢？」

李西瀘明顯一怔，不知該如何作答。

曹濱道：「別衝動，老顧這人心眼小，傷了他的侄子，咱們確實不好交代。」

董彪嬉皮笑臉道：「不能傷了他，那就直接殺了他，拐回頭就說是死在了李西瀘的槍下。」

曹濱呵呵笑道：「這倒是個不錯的主意。」

便在這時，羅獵沿著董彪上來的路線也飛身落在了二樓之上，尚未跟曹濱、董彪打聲招呼，先衝著那李西瀘呵呵一笑，道：「你後悔麼？」

這是廢話！要是那李西瀘能來得及後悔的話，腸子都要悔青了。

顧霆並非堂口弟兄，因而不可能像秦剛那樣只需一個眼神便跟曹濱、董彪這邊達成默契，再有，即便能夠達成亦是無用，因為那顧霆人小個矮，論力氣根本擰不過控制他的李西瀘。而槍聲和爆炸聲已然傳出，即便邁阿密的那些個別的幫派不來支援，員警們也不可能毫無作為，因而，留給曹濱這邊的時間並不充裕。

羅獵當然知道這個道理，但他仍舊不急不躁道：「我還是那句話，交出帳簿，饒你一條性命。」

李西瀘冷笑回道：「你覺得有這個可能嗎？我李西瀘是怕死之人麼？」

曹濱道：「那你想怎樣？」

李西瀘咬牙道：「放下你們手中的武器，滾出邁阿密！」

董彪笑著模仿著李西瀘剛才的口吻道：「你覺得有這個可能嗎？我董彪是怕事的人嗎？」

這時，感覺到了極度危險的顧霆怯怯地叫了聲：「羅獵哥哥，救我。」

羅獵忽地沉下了臉來，冷冷回道：「你還有臉叫我哥哥？」

顧霆掙扎嚷道：「羅獵哥哥，我做錯什麼事了？惹你生這麼大的氣？」

羅獵陰著臉道：「你小小年紀卻如此陰險，居然和李西瀘勾結在一起?!」

此言一出，那顧霆、李西瀘明顯一怔，其身後的坦莉雅也變了臉，而曹濱、董彪這邊不明就裡，還以為那羅獵是在用計。

但羅獵接下來的話改變了曹濱、董彪二人的想法同時擊破了李西瀘最後的幻想。「趙大明不可能背叛安良堂，能給李西瀘通風報信的人只有你顧霆。你以為你藏得挺深裝得挺像，可在我眼裡，卻是漏洞百出。那一千八百噸煙土之事，我已告知了趙大明，若是他背叛了堂口，那麼他李西瀘不可能不知道，這是破綻其一。

「其二，他李西瀘故意將購房資料送到我面前，你一個生在邁阿密長在邁阿密的年輕人，從來沒在漢字書法上浸淫過，又如何識得筆跡？為了能自圓其說，你在遊輪上製造了一個賭場奇才的神話，編出了一套你精於細節觀察的特點，可是，你卻忘記了，濱哥彪哥都是做過賭場生意的，對顧客也好，對莊家也罷，從來都是願賭服輸，又怎麼可能因為你賭技高超而攔著你不讓你下注呢？等等這些，只能說明你經驗欠缺，留下了百般漏洞。

「其三，在我們從酒店前往這別墅的路上，那輛在我們面前出現了兩次的汽車，分明是濱哥彪哥所駕駛，他們雖然換了標誌，但卻未改變裝束，你一個善於觀察精細之人又怎能分辨不出？」

顧霆呢喃問道：「你是什麼時候看出來這些破綻的？」

羅獵淡淡一笑，道：「從趙大明將你推薦給我之時，我便意識到你很有可能跟李西瀘有所勾結。」

顧霆道：「是因為我也來自於邁阿密嗎？」

羅獵搖頭道：「不是……是你的眼神告訴我，你心裡藏了太多的東西，遠不是你表面上顯露出來的那樣單純。」

顧霆再道：「既然那時候你已經意識到了，為什麼還要帶我過來？」

羅獵道：「只因為帶你過來，會更容易找到李西瀘！」

顧霆轉過頭來，衝著李西瀘喟然歎道：「舅舅，認輸吧，把帳簿交給他們，或許還能換來咱們的一條性命。」

李西瀘淒慘一笑，道：「沒想到，我布下的局原以為毫無破綻，可……」

羅獵笑著打斷了李西瀘，道：「再怎麼精巧絕妙的局，也改變不了邪不壓正的結果，李西瀘，如果有來生，我奉勸你一句，走正道，別走邪路！」

李西瀘長歎一聲，將槍口從顧霆的頭顱上移到了自己的太陽穴處，悲愴道：「十八年後，咱們再來比試！」

身後坦莉雅驚呼道：「義父，不要啊！」

李西瀘面露猙獰之色，卻忽地將槍口對向了曹濱，說時遲那時快，電石火光間，一道寒光已然從羅獵手中飛出，「叮」的一聲脆響，李西瀘手中的手槍飛向了半空。

「哆——」從羅獵手中飛出的那道寒光再撞飛了李西瀘的手槍之後，斜飛出去，釘在了李西瀘側後方的門框上，赫然是一把用來吃西餐的鋼質叉子。

幾乎同時，董彪扣動了手中左輪的扳機，一顆子彈擦著顧霆的耳邊，射中了李西瀘的額頭。

護衛李西瀘兩側的手下剛有反應，卻接連吃到了曹濱送上來的子彈，自己手中的槍口發射出來的子彈只能飛向了天花板，而人則再也沒有機會去思考為什麼自己會比對手慢那麼多。僅剩下的坦莉雅急速奔到了窗前，隔著窗戶向天空中開出了一槍，那一槍甚是詭異，像是信號彈，又更像是過年才捨得點燃的煙火。

那一槍射出之後，董彪的子彈也隨即趕到。坦莉雅不由垂下了右臂，左手捂住了右肩處的槍傷。

「老子從不殺女人！但是你必須告訴老子，李西瀘將帳簿藏到了什麼地方？不然的話，老子很有可能為你破例一次。」董彪手中左輪的槍口已然對準了坦莉雅。

坦莉雅冷哼一聲，驕傲地昂起了頭來。

顧霆簌簌發抖，蜷縮著蹲在了地上，羅獵來到他的面前，輕聲道：「如果你知道那李西濾將帳簿藏到了什麼地方，告訴我，我可以認為你功過相抵。」

顧霆指了指一側的主臥房，道：「房間裡有個保險箱，帳簿便藏在保險箱中。」

羅獵轉過身來，對曹濱道：「濱哥，那就看你的了。」

顧霆猛然起身，掏出懷中藏著的勃朗寧，頂在了羅獵的後腦勺上，犀利且有些得意地叫喊道：「不想死的話，叫你的人趕緊滾出邁阿密！」

事發突然，而曹濱、董彪對那顧霆均是疏於防範，而羅獵個高肩寬，將瘦弱的顧霆遮掩了個嚴實，曹濱、董彪二人也只能是變了臉色卻是無能為力。

羅獵忽地一笑，道：「我猜，你手中拿著的是我轉送給你的勃朗寧手槍，你以為，那手槍能打得響嗎？」

顧霆冷笑道：「我不相信一開始就對我產生了懷疑！」

羅獵輕鬆應道：「那你就扣動扳機試上一試。」說著，肆無忌憚地轉過身來，衝著顧霆笑了笑，道：「如果你不接話，我還真不敢確定你拿的是不是那把勃朗寧，可是，你太缺乏經驗了。」

顧霆將槍口對準了羅獵的腦門，一咬牙，扣動了扳機。

卻只是輕微的一聲悶響。

羅獵道：「這種槍的口徑不同於別的手槍，因而子彈只能是專門配備，趙大明將槍送給我之後，我把槍中的子彈全都去掉了底火才轉送給你的。沒有了底火的子彈，怎麼能打得響傷得了人呢？好了，現在我該收回這把槍了。」羅獵伸出手來，從呆傻住了的顧霆手中拿過搶來，揣進了口袋，再道：「你幫我很輕易地找到了李西瀘，算下來，功過可以相抵，你走吧，回紐約也好，留在邁阿密也罷，一切隨你。今日之事，到了明天日出之時，我便會全部忘記，只希望你今後遇見我的時候躲遠些，省得咱們彼此尷尬。」

顧霆咬了下嘴唇，愣愣地看了羅獵一眼，想說些什麼，張開了嘴卻未能發出音來，最終是跺了下腳，奔向了樓下。

開保險櫃卻不等同於開一般鐵鎖，對老鬼而言，天下的各種鎖都是同一原理，在他手中沒有難易之分。但對曹濱而言，保險櫃的鎖卻是一道不小的坎。

「阿彪，別傻待在這兒，我一時半會開不了它，而那女人射出的一槍很有可能是求助信號……」曹濱進到了主臥房，看到了那只保險櫃，不禁倒吸了口氣，急忙對董彪吩咐道。

董彪不等曹濱把話說完，已然明白過來，將兩把左輪拋給了羅獵，急道：「我去開車，等我回來！」奔到了樓下，正見到端著董彪拋下的毛瑟九八步槍守在了門口的秦剛，董彪搶過步槍，將放在門口尚剩了十來枚手雷的袋子甩給了秦剛，喝道：「守好了大門，不管是什麼人，只管用手雷炸他就是。」

面對羅獵看管的槍口，受了肩傷的坦莉雅尖聲叫嚷道：「我已經發射了求助信號，用不了幾分鐘，整個邁阿密的墨西哥人都會趕來，而你們，是絕沒有機會打開保險箱的……」

殺女人是一種恥辱，除非是這女人罪大惡極，而坦莉雅不過是李西瀘的從犯，罪不至死。可是，就讓她這樣叫嚷下去，不單叫嚷讓羅獵心煩，更為影響到曹濱開鎖，於是，羅獵狠了狠心，一拳揮出，擊在了坦莉雅的太陽穴處。坦莉雅悶哼一聲，就此昏厥，而羅獵甩著手，不住地倒吸冷氣，這一拳發力過猛，將自己的拳頭都傷到了。

主臥室中，曹濱輕輕地轉動保險櫃的旋鈕，凝神貫注地聽著旋鈕發出的細微聲音，兩側臉頰不自主地滲出了滴滴汗珠。

別墅外突然傳來了手雷的爆炸聲，而曹濱仍舊未能打開保險櫃。

「濱哥，撤吧，咱們打不開，那別人也打不開！」羅獵勸說著曹濱，卻忘記了那坦莉雅只是昏迷而非死亡。

曹濱歎了口氣，搖了搖頭，站起了身來。

便在這時，秦剛衝了上來，喝道：「濱哥，羅獵哥，再不撤就來不及了！」

曹濱看了眼秦剛，眸中突閃出光亮道：「還有手雷嗎？試一試能不能炸開它！」

秦剛卻將裝著手雷的袋子扔給了曹濱，撲到保險櫃前，喝道：「讓咱來試試！」

保險櫃不大，卻也足有兩三百斤，那秦剛雙手兜底，試了下分量後，怒瞪雙眼，暴喝一聲：「起！」居然硬生生將那保險櫃抱了起來。

曹濱在前，秦剛懷抱保險櫃隨後，羅獵斷後，三人奔下樓來。

別墅之外，影影綽綽，看情形，將此處包圍起來的絕不下百人。只是，忌憚於秦剛拋出的手雷威力，一時間並無人敢往前衝。

遠處，突然亮起了兩道光芒，接著便是槍聲響起，曹濱立刻拔出槍來，快速向外射擊。從別墅門口到那些陰影綽綽的包圍之人，距離至少有五十餘米，早就超過了曹濱那左輪手槍的有效射程。羅獵隨即意識到濱哥的用意本不是傷人，而是在干擾包圍之人的注意力，同時在告訴董彪他們所在的位置。

秦剛已經將保險櫃放在了地上，此時，搶過曹濱背上裝著手雷的包，掏出了一枚，拉開引信，猛吸了口氣，大喝一聲，將手雷擲出。那手雷在黝黑的夜色中劃出了一道看不見的弧線，落在了那些個陰影綽綽的人影當中。

「轟──」爆炸帶來的火光，映射出數條飛向了四周的身形。

秦剛再掏出了一枚手雷，正欲拉開引信，卻被曹濱攔住：「不可再用，阿彪就要衝過來了！」話音剛落，那兩道燈光驟然提速，衝過了剛才的爆炸之處，直接撞開了鐵柵欄，駛過草坪，一個急剎車再加上一個橫向漂移，穩穩地停在了別墅門口。

秦剛丟下了手雷袋子，再次發力抱起保險櫃，邁出幾步，將保險櫃放在了汽車的後排座上。曹濱、羅獵亦是毫無耽擱，撿起了裝有手雷的袋子，衝出別墅，跳到了車上。只是，那後排座上有著個近三百斤的保險櫃，又有個兩百來斤的秦剛，汽車的後輪明顯有些吃不住勁。

曹濱一把拉下秦剛，將他推到了副駕位置，然後和羅獵一左一右守住了保險櫃。董彪將手中步槍甩給了曹濱，從腰帶處拔出了左輪，同時踩下了油門。車子負重過高，啟動極為艱難，但好歹還是動了起來。

董彪倒著將車駛向了週邊的包圍人群。這車是經過改裝的，只是改裝的極為簡單，僅僅是在車屁股後加了一塊擋板，而就是這塊擋板，使得在車子倒著前行的時候，車中的人幾乎不用擔心正面射過來的子彈。再加上後排座上曹濱、羅獵手中的四把左輪的火力，包圍之人雖然人數眾多，而且擁有著不少的槍支，但就是無法阻止了這輛汽車的撤離。

自剛才撞出來的鐵柵欄豁口處倒出了車子，董彪一個原地打轉，將汽車調了個頭，向遠處疾駛而去。

邁阿密真的不大，即便車子無法開得飛快，也僅僅是幾腳油門便駛出了市區，但見安全之後，那董彪不禁笑道：「你們還真行啊，居然連人家的保險櫃給搶走了？」

曹濱苦笑應道：「那能怎辦呢？誰讓你濱哥學藝不精，折了老鬼兄的臉面呢？」

轉而再對前面的秦剛道：「也多虧這位兄弟天生神力，對了，你叫什麼名字？」

羅獵代為答道：「他叫秦剛，也是大字輩的弟兄，我答應了他，等回去之後，就請顧先生為他賜字。」

董彪笑道：「賜個屁字啊？這等人才，幹嘛留在紐約？歸咱金山了！」

秦剛訕笑道：「那不好吧，畢竟咱已經拜了顧先生了。」

董彪側過臉來，瞅著秦剛呵呵一笑，道：「拉倒，開不起玩笑的人，留在了金山也是白搭。」

秦剛陪笑道：「對不住啊，彪哥，咱太笨，不知道您是在跟咱開玩笑。」

秦剛的樸實反倒讓董彪有些不好意思了，一時不知道該如何接話，便乾脆閉上了嘴，專心開車。

秦剛接著又向羅獵道歉道：「羅獵哥，咱也得向你說聲對不起，是咱誤會你了，咱還以為，你真的要向李西瀘認慫呢！」

憋不住的董彪立刻找到了話題，搶道：「他認慫？他跟誰認過慫？還是小屁孩的時候就不鳥我的嚇唬，現在學了一身本事，除了濱哥之外，你看誰還能鎮得住他？」

羅獵剛想跟董彪調侃兩句，但順著董彪的話突然想到了他的飛刀，不禁驚呼道：「不好！」

曹濱急道：「怎麼啦？」

羅獵哭喪著臉道：「我的飛刀落在了那別墅中。」

董彪呵呵一笑，道：「要不，咱們拐回去找找？」

曹濱從後面給了董彪一巴掌，然後安撫羅獵道：「不就是一套飛刀麼，等回頭濱哥找最好的工匠再給你打一套。」

羅獵幾乎帶著哭腔道：「可那是我師父留下來的呀！」

董彪噗哧一聲笑道：「我說你是不是喝多了？那飛刀明明是濱哥找人打造想送給你師父的，怎麼就成了你師父留下來的呢？」

羅獵一怔，隨即糾正了自己的記憶偏差。他的第一套飛刀確實是師父留下來的遺物，但這是他用過的第二套飛刀，確實是後來濱哥送給他的。

曹濱道：「即便是你師父的遺物，也沒必要如此遺憾。要把對故人的那份情感埋在心中，睹物思情，那只能說明情感還不夠，要需要故人的遺物才能想起故人，你不覺得太過矯情了嗎？」

羅獵心道，這是個什麼歪理啊？有這麼勸人的嗎？

不過，在明面上，羅獵還是鄭重的點了點頭。

這時，那董彪卻突然再喝了一聲：「不好！」

這一聲不好絕非是董彪故意之為，後排座上的曹濱已然感覺到了一樣，急忙扭頭往後看去，遠處清晰地看到了兩點燈光。「陰魂不散啊？居然還有膽追過來？」曹濱輕歎了一聲，拿起了那杆毛瑟步槍，拍了下前面董彪的後背，道：「停車！」

董彪心有靈犀，已然知曉曹濱的目的，不禁提醒道：「濱哥，萬一不是呢？」

曹濱應道：「那萬一是呢？」

董彪呵呵了一聲，將車停了下來。

曹濱端好了槍，瞄準了，輕輕地扣動了扳機。

一聲清脆的槍響，後面那輛車子的一側車燈應聲而滅。

「我看他還敢追來？」曹濱的口吻中不無輕蔑意味。

追上來的那車挨了這麼一槍後果然不敢再往前追，董彪重新發動了車子，繼續向前。

再駛出了百十里路，遇到了一家汽車旅館，董彪建議道：「濱哥，大夥都累了，不如停下來打個尖吧。」

曹濱應道：「也好，剛好借這個機會把保險櫃打開了，要不然，咱們帶著這麼重的一個玩意，那得多費多少油錢啊。」

美利堅合眾國的路邊汽車旅館才不管你是什麼人，即便是全國通緝犯，只要給夠了錢，同樣可以讓你入住。只是，當汽車停穩之後，那秦剛卻再也抱不動那死沉死沉的保險櫃了。

董彪禁不住玩笑道：「我說咱們是不是帶錯人了？此秦剛而非彼秦剛？」

那秦剛也是納悶，可連著試了好幾把，那保險櫃最多也就是抬起了一半。

曹濱解釋道：「這人啊，在情急之時，往往會爆發出自己的潛能出來，可一旦安全了，那潛能也就不見了。」

這解釋原本十分合理，也算是給足了秦剛臉面，可那秦剛偏就不認，摸了摸肚子，道：「咱可能是餓得沒力氣了，在李西瀘那裡，從來就沒能吃飽過。」

董彪歎道：「你真是個實在人！沒得說，咱董彪就是佩服你這種實在人！」

曹濱擺了擺手，道：「行了，別再耍你的嘴皮子了，一起搭把個手，趕緊把這玩意給搬進屋吧。」

說來也是邪門，在別墅中的時候，曹濱花費了十多分鐘，急出了一頭的汗水，卻也無法打開那保險櫃的門鎖，可在這汽車旅館的房間中，只用了一分鐘不到的時間，便聽到了咔嚓一聲，然後，輕輕一拉，那保險櫃的櫃門便悄然打開了。

裡面擺滿了整整齊齊幾十疊十美元面額的鈔票，鈔票最下層則墊放了兩本帳簿。

羅獵不禁長歎一聲，道：「顧先生還有大明哥總算是安然渡過了一劫。」

董彪冷哼道：「渡過一劫？你可拉倒吧！最黑的可不是那李西瀘……」

曹濱笑著對羅獵道：「最黑的是你彪哥，你等著看吧，有的是老顧和那個趙大明好受的。」

相對從金山趕來，回紐約的路程要近了一多半。不過，回去的時候用不著心急火燎的日夜兼程，四人開著輛破車，走走停停，遇到了風景要遊覽一番，遇到了美食必品嘗一頓，足足用了一個禮拜的時間才回到紐約。

聽說羅獵安然歸來，顧浩然拖著虛弱的身子板親自迎在了堂口大門之外，但見同車的還有曹濱、董彪，顧浩然更是欣喜萬分。

趙大明像是個做錯了事的孩子一般，侷促不安地跟在了顧浩然身後，但見曹濱下了車向自己這邊走來，趙大明急忙迎了上去，距離曹濱尚有十步之遠，雙腿併攏，噗通一聲便跪倒在地。

曹濱連忙急趕幾步，來到趙大明跟前，伸出雙手就要將其攙扶起來。

趙大明執意不肯，道：「小侄做錯了事，請師叔責罰。」

曹濱爽朗笑道：「大明何出此言？你又何錯之有？」

趙大明道：「小侄不該未經您同意便把羅獵兄弟派去邁阿密，差點鑄成大錯。」

董彪趕過來笑道：「也虧得你膽大把羅獵給派去了，這要是換個別的誰，比如我阿彪吧，恐怕還真不容易將那個李西瀘給揪出來呢。」

曹濱亦道：「阿彪說得沒錯，除了鬼精鬼精的羅獵，誰又能在出發之前便識破了那顧霆居然會是李西瀘的眼線呢？」

趙大明驚道：「顧霆居然會是李西瀘的眼線？」

董彪道：「可不是嘛，羅獵那小子知而不說，一路裝傻充愣，引得李西瀘在他抵達邁阿密的第二天便對他動了手。明面上是被李西瀘給俘了，可實際上卻幫濱哥和我找到了李西瀘的老巢。而且，這小子還用計騙過了李西瀘，將李西瀘的老巢情況一五一十地傳遞給了濱哥和我。咱們在摸不清楚情況的狀態下都敢說有七成勝算，再得到那小子傳來的資訊，豈有不勝之理？」

待董彪說完，曹濱再次伸手攙扶趙大明，並道：「好了，大明，起來吧，就算你有錯，那也不必如此。」

身後大門處，顧浩然亦道：「濱哥既然發話了，你也不必執拗，起來吧！」

趙大明這才肯站起身來。

羅獵和秦剛收拾了車上的零散，自己帶去的行李扔在了邁阿密的酒店中，但曹濱、董彪的東西卻是不少，單是皮箱就有三隻，還有手槍子彈以及一路上買的好吃好玩的東西，足足有十幾大包。來到了堂口，當然不會讓有功之臣再行勞苦，堂口弟兄已然迎過去了幾人，待羅獵、秦剛收拾妥當了，一人拎著兩件，隨著曹濱、董彪身後，在顧浩然、趙大明的陪同下走進了堂口。

顧浩然畢竟是身體虛弱，走起路來，竟然有些蹣跚。

曹濱在一旁攙扶著，並心疼道：「老顧，你也是迂腐，咱兄弟二人近二十年的交情了，你怎麼還跟我這麼客套呢？」

顧浩然歎道：「別的時候我跟你客套過嗎？今天不是非同一般嘛！你跟阿彪，還有羅獵，是咱們紐約堂口的恩人貴客，我顧浩然能不出門迎接嗎？」

羅獵在身後插話道：「顧先生，你還少說了一人，要是沒有秦剛的話，咱們可是真的拿不回那些個錢和帳簿呢！」

董彪立馬急眼道：「你，你瞎說什麼呢？哪兒就拿到了錢？帳簿倒是看到了一本，可跟紐約堂口也沒關係啊？」

說話間，顧浩然已坐到了堂主座位上，衝著董彪笑道：「阿彪啊，這麼多年了，我還不瞭解你嗎？想怎麼黑你顧大哥，儘管開口就是了，何必再做那麼多鋪墊呢？」

董彪呵呵笑道：「還是咱老顧大哥明白啊，好吧，我承認，那帳簿倒是找到了，但是那錢卻已被李西瀘拋肆光了，剩下的那點錢，只夠給我修車的了。」

顧浩然笑道：「我看那車就不用修了，趕明天讓大明再給你提一輛新車來，剩下的那點錢你就留著喝花酒吧！」

保險櫃中的那幾十疊美鈔全都是十元一張，每疊一百張，總數加一塊有四萬三千美金，那董彪也真是敢開口，坐在一旁的羅獵在心中讚道，彪哥還真是夠黑的，今後一定得向他多學習。

曹濱深知董彪的個性，要是不讓他黑上一把絕說不過去，再說，自己這邊不辭勞苦趕了萬餘里地花了十幾天時間，又幫顧浩然解決了這麼大的問題，收點好處也是應該。只是這數目有些巨大，不表示一下就照單全收總是有些過意不去，於是道：「這筆錢就當紐約堂口支持兄弟轉型經營好了，我那玻璃廠，算你老顧兩成的股份。」

顧浩然點了點頭，道：「那都是小事，拿回了帳簿，那才是關鍵。」

羅獵再次插話道：「是啊，這關鍵可少不了秦剛的功勞啊！」

顧浩然看向了坐在最末端的秦剛，道：「大剛啊，羅獵兄弟已經兩次為你請功了，說吧，你想要怎樣的獎賞呢？」

秦剛登時漲紅了臉，磕巴道：「先生，我，我……」

羅獵著急，替他說道：「出發前我答應了他，等歸來後求顧先生為他賜字。」

顧浩然道：「大剛啊，除了賜字之外，你還想要些什麼？」

秦剛紅著臉，說不出話來，只是將自己的腦袋搖得像只貨郎鼓。

顧浩然道：「賜字一事，我應下了。但只是賜字，遠遠不夠，大明啊，你考慮一下，看看有沒有合適的崗位，給大剛安排一下，都是堂口的老人了，只要忠誠，就理當重用。」

趙大明起身領命。

顧浩然再對羅獵道：「羅獵吶，你不能光為大剛請功啊，你才是最大的功臣，你總該也得要點什麼吧？」

羅獵笑道：「想當年，我的命都是顧先生救下的，今天能幫顧先生做點事情，只有榮幸，那還需要什麼獎賞啊？」

董彪撇嘴道：「真是個笨蛋！不知道老顧大哥是咱們安良堂六個堂口中最有錢的主嗎？不知道訛詐老顧大哥的堂口弟兄，那不叫厚道，叫笨蛋，懂不？」轉而再對顧浩然道：「羅獵面皮薄，不好意思向你開口，我就代他說了，他知道你存了幾瓶好酒，想討一瓶來過過癮。」

顧浩然笑道：「是紅酒還是白蘭地？又或是威士忌？」

羅獵突然問道：「有沒有龍舌蘭酒呢？」

顧浩然饒有興趣道：「哦？你還知道龍舌蘭酒？看來真是個喝酒的行家啊！這樣好了，待會吃飯，想喝什麼酒，你們兄弟二人隨便挑，想喝多少喝多少，只管盡興就好。完了我再送你兩瓶絕世珍品的龍舌蘭酒，那可是總堂主賞給我的，十年多了，我都一直沒捨得喝。」

羅獵道：「那我們不就成了奪人所愛了嗎？」

顧浩然歎道：「我這身子啊，看來是再也喝不了酒了，酒這東西，必須要被懂它的人喝到肚子裡才有意義。大明是個不懂酒的人，堂口弟兄們也找不出有資格喝總堂主賞賜的酒的人。所以啊，這酒歸了你，那叫物有所值，可不是什麼奪人所愛。」

董彪對顧浩然還真是不客氣，也不用讓人帶領，自己輕車熟路地便去了顧浩然的酒窖，就像是條光棍見到了滿屋的漂亮姑娘一般，進了顧浩然酒窖的董彪，兩隻眼睛呲呲冒著綠光。這個好，那個也不錯，董彪拎起了一瓶，頗有些捨不得地放下了手中的另一瓶，挑了足足有十五分鐘，才挑選出了紅酒，白蘭地，威士忌各一瓶來。

回到了飯桌上，顧浩然調侃道：「阿彪啊，要不然到我紐約堂口來吧，只要你點點頭，我那酒窖就全歸你了，怎麼樣？」

董彪看了眼曹濱，頗為認真道：「怎麼辦啊？濱哥，我有些動心了，要不然你就把我借給老顧大哥吧，等我喝完了他酒窖中的酒，自然就會回去。」

趙大明笑道：「彪哥，那你可就回不去嘍！先生他剛剛買下了一個酒廠，他那酒窖啊，永遠不會斷酒。」

曹濱道：「老顧，你怎麼想的呢？現今的限酒令管得那麼嚴，做酒水生意得有多難啊？」

顧浩然微微一笑，道：「若是金山有好的酒廠的話，我勸你也買一家下來。」

曹濱陡然一凜，道：「有什麼小道消息嗎？」

顧浩然點了點頭，道：「一年內，限酒令就會被修改，甚至會被撤銷，而現在，正是酒業最為艱難的時候，此時出手，最為划算。」

曹濱歎道：「薑還是老的辣啊！資訊就是金錢，這話說的果然不假。」

顧浩然再道：「還有一個消息，你可能更感興趣，眾議院提案，今後三年，國家要大力發展西海岸經濟，但凡從東海岸遷至西海岸的，以及移民到美利堅並直接定居在西海岸的，聯邦政府都會給予一定的資助。」

曹濱驚喜道：「此事通過眾議院的機率有多大？」

顧浩然道：「幾乎是板上釘釘。」

曹濱道：「這類提案，只要過了眾議院，到了參議院那邊，不過是走個過場，看來，西海岸終於要熬出頭來了。」

顧浩然道：「我也是前幾天才知道這個消息的，阿濱，哥哥送你兩個字，買地，能買多少買多少，三年內，我估計金山的地價至少要上漲一倍。」

曹濱面露喜色，舉起了酒杯，道：「兄弟多謝老哥提攜。」

顧浩然道：「都是自家兄弟，不必客氣！」

曹濱忽又露出難為之色，道：「不瞞老兄，我為建那玻璃廠投資了不少的錢，現在堂口能動用的現金實在不多……」

顧浩然笑著打斷了曹濱，道：「我就知道在所有的弟兄中，你阿濱是最靈光的那一個，哥哥我把消息透露給了你，當然也是想通過你大賺一筆啊！這樣好了，你回去後儘管拿地，別管他多大要多少錢，只要是能拿下來的地，你就儘管去拿，錢的事情，哥哥我來辦，若是虧了，全算我的，若是賺了，咱們五五分賬。」

曹濱道：「那不成，本金你來拿，風險你來擔，怎麼還能跟哥哥您五五分賬呢？

有個三七開，小弟已經是心滿意足了。」

顧浩然道：「你也別三七，我也不五五，咱們折個中，四六開，就這樣了！」顧浩然說完，不由分端起酒杯跟曹濱碰了下，放在唇邊沾了下唇。

曹濱端起酒杯一飲而盡。

這便是顧浩然的能耐。要論打打殺殺，年輕時候的顧浩然也算是把好手，但跟曹濱相比，十個顧浩然也比不過曹濱，甚至可能都比不過董彪。但是，要論做生意，則是十個曹濱也比不過顧浩然。被李西瀘盜走的那兩本帳簿，不光是記錄了紐約堂口的各種偷稅漏稅的灰色生意，其中更是有著跟華盛頓方面的各種帳目往來，若是將這帳簿曝光了出來，不光是紐約堂口要死翹翹，甚至會引起華盛頓的一場地震來。

兩位堂主在聊著堂主該聊的大事，但坐在下首的董彪、趙大明、羅獵等人已經鬧起了酒官司。趙大明已然養成了儘量不喝酒，實在不行必須喝的時候也有少喝酒的習慣，可是，這種習慣在董彪面前卻根本行不通，而那羅獵，為了討巧少喝酒，便跟著董彪一塊，將喝酒的矛頭指向了趙大明。

趙大明明顯在耍賴，道：「彪哥，這酒可都是顧先生珍藏的好酒，顧先生也說了，我趙大明根本不懂酒，所以啊，這酒喝到了我肚子裡，純屬浪費不是？」

董彪笑道：「那你喝什麼酒才叫不浪費呢？沒關係，彪哥可以下次再來喝老顧大哥的好酒，但今天我非得跟你一醉方休，說吧，你要喝什麼，彪哥就陪你喝什麼。」

羅獵跟風道：「我贊成彪哥意見，大明哥，你也是，做主人的不喝，你讓我們做客人的怎麼好意思喝呢？」

趙大明以胡扯來化解董彪、羅獵的攻擊，道：「彪哥，羅弟，你倆是真不知道還是裝糊塗？就你挑的這三瓶酒，可都是絕版酒，喝完了這瓶，再也沒有了下一瓶，你要是不多品嘗兩口，豈不是後悔一輩子？」

這話要是從顧浩然的口中說出來，那董彪還真要認真地考慮一下。可是，這趙大明並不懂酒，那董彪怎麼能相信趙大明的這通鬼扯呢？「正是因為它珍貴，它是絕版，才要跟弟兄們分享，你說對不？」

趙大明實在是找不出推脫的理由了，只得哀聲歎氣地陪著董彪一杯杯喝了起來。好酒就是好酒，喝到了口中，那感覺確實是種享受，趙大明感受到了酒的香醇，壓抑已久的酒癮終於按耐不住，索性爆發開來，跟董彪對著拚起了酒。

可是把羅獵在一旁樂得不行。那倆拚起來了，便沒人再顧及自己，而桌上僅剩下了個不愛說話也不愛敬酒的秦剛，羅獵自然是輕鬆應對。

趙大明的酒量雖然跟董彪稱不上是半斤八兩，但董彪想拚倒趙大明也是不易，至少，喝光了桌上的三瓶酒是絕對灌不倒趙大明的。

尤其是顧浩然跟曹濱說完了生意上的事情後，隨便吃了兩口便回去休息了，那曹濱隨即加入到了喝酒的陣營中來，三瓶酒，更是沒機會灌倒趙大明。

「不行，我還得找老顧大哥要酒去，他說了，想喝多少喝多少，我今天要是喝不倒他趙大明的話，我就不回金山了！」眼看著桌上的三瓶酒已然見了底，董彪擼起了袖管站起了身來。

曹濱卻將他一把按了下來，道：「你是打算明天就滾蛋麼？非得一頓喝個夠？留點量吧，趕明天一塊去見總堂主，還有得你喝的呢！」

曹濱一開口，那董彪登時就蔫了，乖乖的喝完了剩下的酒，這頓晚飯也就算是吃完了。

趙大明隨即擺開了茶桌。

曹濱道：「你們兄弟二人先聊著，我跟阿彪說點事，待會就回來。」

董彪起身跟曹濱去了，秦剛幫忙收拾餐桌，茶桌旁只剩下了趙大明、羅獵二人。

「兄弟，你是怎麼看出顧霆有問題的呢？」趙大明一邊抓著茶，一邊忍不住問出了心中的疑問：「莫不是你因為那顧霆來自於邁阿密才懷疑了他？」

羅獵搖了搖頭，道：「有這方面的原因，但微不足道。我當初對他有所懷疑，是因為在時間上的巧合。李西瀘是三年前來到紐約，而顧霆一家，同樣是三年前來到紐約，而且，他們來紐約的時間還是同一個月。這或許是個偶然的巧合，但我聽說過一句話，**任何偶然當中都有著一定程度的必然。**」

趙大明道：「這一點我也曾想過，可是，那顧霆的父親畢竟是顧先生的本家，而且，他們和李西瀘並不是來自於同一個地方。」

羅獵道：「但事實卻恰恰相反，李西瀘篡改了他的經歷，來紐約之前的近三十年裡，李西瀘一直生活在邁阿密，而且，他回到邁阿密並不是投靠某個幫派，而是回歸到他自己的幫派。」

趙大明長歎一聲，道：「教訓啊！」

羅獵接道：「單從來紐約的時間巧合上並不能證明什麼，事實上，我一開始對這一點也沒有足夠的重視，但是，他在船上的表現實在是有些弄巧成拙了。他把自己偽裝成一個賭博高手，卻不敢在我面前露上一手，尤其是當他被遊輪賭場的領班所激將的時候，居然出奇的冷靜，不單不接招，而且就此便再也沒踏進賭場半步。雖然他的解釋是他喜歡的只是挑戰，而不是錢的輸贏，但我見到過的賭場高手，卻從來沒一個能像他那樣，說不進賭場便連想一下都沒有過，這絕對不符合邏輯。從那時候開始，我才真正對他有所懷疑。」

趙大明道：「聽你這麼一說，我也意識到了一個問題，那天我領他來見你的時候，他的表現有些亢奮，急於表現自己。」

羅獵道：「沒錯，尤其是我一開始拒絕他的時候，他在極力表現著自己的胸有成竹捨我其誰，可是，那些個情緒，卻掩蓋不了他當時的失落，而後來，在我點頭同意帶他一同前往邁阿密的時候，他極力表現出了一種淡定下的喜悅，可是，他實際的心情確是如釋重負。為什麼會有如釋重負的心情呢？唯一的解釋是他完成了他所背負的任務的第一步。」

趙大明歎道：「看來，這讀心術還真是厲害啊！等我有了時間，一定要跟你好好學學這讀心術。」

羅獵自謙道：「我不行，我那都是事後諸葛亮，要不是他在船上玩過了，我也不可能反推出這些疑點來。」

趙大明待水燒開，沖出了第一泡茶，先為羅獵斟滿了，再為自己斟上，同時道：「換做了我，就算被提醒了，也反推不出這些疑點。」

羅獵道：「大明哥謙虛了，要是換作了你，就不會像我那樣，傻不愣登地非得見到了李西瀘才肯甘休。現在想來，要是當時能控制住自己的情緒，再忍一忍，等跟濱哥彪哥聯繫上再做決定的話，就不會落到最後被好幾百人包圍的境地了。」

趙大明端起茶盞，淺啜了一小口，道：「不管怎麼說，大明哥都得好好謝謝你。哦，對了，那顧霆你們是如何處置的？」

羅獵道：「被我給放了。」

趙大明驚道：「放了？為啥要放了他？我還想找他父親算帳呢！」

羅獵道：「我也不知道為什麼就會放了他，反正當時我是不忍心對他下手，而且，也不忍心看到濱哥彪哥對他下手。」

趙大明想了想，道：「既然你放了他，那我也沒必要再去找他父親算帳了，或許他父親並不知情，就算他父親參與了這件事，但李西瀘已經死了，他的幫派也終結了，這件事也就應該劃上句號了。」

總堂主歐志明已是一名年過花甲的老人。

自打同治八年來到美利堅合眾國，歐老已經在這塊土地上生活了四十年。這四十年間，歐老從來沒有回去過，不是他不熱愛生他養他的那片熱土，而是他對大清朝實在是失望透頂。他不敢回去，他生怕再見到大清朝的腐敗以及同胞們的愚昧的時候，他會因為受不了而發狂。

這或許可以被詬病為逃避現實，事實上，這四十年間，歐老本人也常常會有如此的自責，責備自己沒有足夠的勇氣來面臨這血淋淋的現實。戊戌年間，歐老著實興奮了一把，算起來，康梁二人還應是他的學生，只可惜，戊戌之變轟烈而生卻戛然而止，故土重新陷入了死氣沉沉毫無光亮的黑夜之中。

這之後，孫先生和他的組織嶄露頭角，成為大清朝的眼中釘肉中刺，「驅除韃虜，恢復中華」的口號讓歐老既興奮又擔憂，他早已經看透了滿清的腐敗無能，認定不破不立的道理，然而，祖國如此羸弱且飽受西洋欺凌，再也經不起戰爭和動盪的摧殘，而孫先生及其組織的激進，又不可避免了他的那種擔憂。

兩利相權取其重，兩害相權取其輕，歐老權衡再三，又跟孫先生多次促膝長談，終於理解了孫先生的理念，並堅定不移地站到了孫先生這一邊。近十年來，他在物質及精神兩個層面上給予了孫先生及其組織莫大的幫助，不敢說是毀家紓難，卻也是傾囊倒篋。

回到紐約的第二天，曹濱便帶著董彪、羅獵二人登門探望歐老來了。

歐老住在曼哈頓下城的海邊上，宅院不大，卻是按照老祖宗的設計建造，只是一個進出的四合院，坐北朝南的正堂為三間青瓦紅磚紅木立柱的麒麟屋脊高闊平房，東西兩側廂房各有四間，正門兩旁分別是柴灶間。十字形的兩條青磚鋪成的小路將院井隔成了四塊區域，種滿了各種瓜果蔬菜。

歐老事先並不知道曹濱要來，正在堂屋前的簷亭下跟一位四十來歲的中年男人下著圍棋，但見曹濱領著董彪、羅獵走進了院中，歐老也只是抬頭隨意看了眼，便收回了目光，繼續盯著棋盤。曹濱也不吭聲，便默默地站在歐老的身後，饒有興趣地觀看著棋局。

和歐老對弈的那位中年人看樣子跟曹濱非常熟絡，只是彼此對了下眼神，隨意點了下頭，便埋下頭來，對著棋盤苦思冥想。

大大咧咧慣了的董彪此刻也跟個小媳婦似的，將大包小包放在了一旁，垂手肅立在曹濱身旁。好久沒接觸過農家氣息的羅獵被那四塊菜園子所吸引，但見歐老面前的棋盤上子數不多，想必棋局漫長，乾脆蹓躂到了菜園子中，這兒嗅一嗅，那兒摸一摸。最後乾脆摘了根黃瓜，也不洗淨，在褲子屁股處蹭了蹭，便大口吃了起來。

那盤圍棋已然進入了中盤階段，卻因那中年漢子的右邊上一塊黑棋被白棋分斷而需苦苦做活，中年漢子苦思冥想，下出了一招妙手，眼看兩隻鐵眼就要成型，那中年漢子的臉上也不禁洋溢出得意神色。

歐老執白棋，為了淨殺白棋，他在其他地方已有多處損失，若是無法淨殺這塊黑棋，哪怕得來一個劫殺的結果，那白棋恐怕都要因為實地不夠而輸掉此局。黑棋下出了一招妙手，略懂棋理的曹濱看到了，不由得搖了搖頭，黑棋最差的結果也應該形成一個打劫活，而棋盤上的黑棋的劫才要明顯多過白棋。

哪知歐老早有準備，那中年漢子臉上的得意神色剛剛溢出，歐老的一粒白子便拍在了二路托的位置上。這一子看似送死，卻令那中年漢子面色突變，得意之色自然是煙消雲散，雙眸中流露出來的盡是不解和困惑。計算良久，那中年漢子撚起一子，卻下在了別處。

歐老從容應對。

那中年漢子又在棋盤別處想挑起事端，可都被歐老一一化解，末了，那中年漢子長歎一聲，投子認輸。

曹濱不解，上前問道：「龍哥，這二路托的一子明明可以殺掉，你為何要認輸呢？」

被叫做龍哥的那位漢子苦笑了下，隨手在棋盤上擺了個變化，道：「殺是能殺得掉，可你看，這樣殺掉了之後，卻形成了倒脫靴的形態，那兩眼還是做不出來啊！」

曹濱不由歎道：「這圍棋還真是博大精深啊！」

歐老抓起了身旁的拐杖，點了點地面，樂呵呵道：「阿濱啊，有時間多學學圍棋，省得你每次來看我都找不到事情做。你若是能有阿龍的棋力，咱們爺倆喝喝茶下下棋該有多愜意啊！」

曹濱笑道：「我這輩子算是沒指望了，生就是一副坐不下來的個性，要是像龍哥那樣陪你下棋的話，估計最多三天我就得瘋掉。」

歐老呵呵笑著，將目光投向了董彪，道：「那阿彪你呢？」

董彪嘿嘿了一聲，回道：「阿彪連一天也撐不下來。」

歐老舉起拐杖，作勢要戳董彪，董彪嘿嘿笑著，躲到了曹濱身後。「我剛才還看到了一個小朋友，這會子跑到哪去了？」

曹濱四下張望，卻看到蹲在菜園子邊上正在用了一根枯枝撥挑菜葉上蟲子的羅獵。「羅獵，總堂主叫你呢！」

羅獵急忙抛下枯枝，站起身疾走過來：「總堂主好，晚輩羅獵見過總堂主。」

歐老笑呵呵道：「你手中拿著的是什麼呀？」

羅獵不好意思地亮了出來，道：「我剛摘的番茄，只來得及吃掉了一半。」

歐老笑道：「好吃麼？」

羅獵點了點頭，嘿嘿笑道：「好吃！我剛才還吃了一根黃瓜呢。」

歐老笑道：「也虧得你有這份口福，前日我還把這幾個園子給封上的呢，這兩天看天氣好，溫度也不低，便拆了封，讓這些蔬菜見見陽光。」

羅獵道：「都到了該入冬的季節了，總堂主這兒還能長出這些個夏秋天的瓜果，真是不容易哦。」

歐老退隱江湖已有近十年，下棋種菜是他的唯二愛好，相比下棋，歐老對自己的種菜技術更為自豪，因而，羅獵的這句不經意的讚歎卻是令歐老大為受用。

叫龍哥的漢子頗為自豪道：「可不是嘛，放眼整個紐約城，就這個季節，也只有在咱這兒才能吃得上這等時令蔬菜。」

羅獵咬了口手中的番茄，道：「所以，我是真心忍不住才會偷吃的。」

歐老呵呵笑道：「到我這兒來的年輕人中，也就是你一個能做到無拘無束，有時候我都會在想，我就這麼嚴肅嗎？就這麼讓人感到害怕麼？」

曹濱道：「不是害怕，是敬畏。」

歐老哼了一聲，道：「那還不是一個意思？小羅獵，你來評評理，總堂主是不是和藹可親？」

羅獵連連點頭，道：「一見到您，我就想起了老家的爺爺，爺爺是最疼愛我的了。」

人和人之間是有緣分的，首先是情緣，其次是眼緣，再有便是話緣和玩樂的緣。歐老多次聽過曹濱提及羅獵，對他已有情緣基礎，羅獵生得白淨，五官精緻，甚是討人喜愛，對歐老來說，眼緣也是相當不錯。開口說話，那羅獵不缺規矩禮節，而且落落大方毫不拘謹，說出來的話又是極為中聽，因而這話緣也是令歐老非常滿意，假若再能玩得到一塊去，那真可謂是完美了。

請續看《替天行盜》第二輯卷十五　人為財死

替天行盜 II 卷14 高瞻遠矚

作者：石章魚
發行人：陳曉林
出版所：風雲時代出版股份有限公司
地址：10576台北市民生東路五段178號7樓之3
電話：(02) 2756-0949
傳真：(02) 2765-3799
執行主編：劉宇青
美術設計：許惠芳
行銷企劃：林安莉
業務總監：張瑋鳳

初版日期：2022年9月
版權授權：閱文集團
ISBN ：978-626-7025-69-7
風雲書網：http://www.eastbooks.com.tw
官方部落格：http://eastbooks.pixnet.net/blog
Facebook：http://www.facebook.com/h7560949
E-mail：h7560949@ms15.hinet.net
劃撥帳號：12043291
戶名：風雲時代出版股份有限公司

風雲發行所：33373桃園市龜山區公西村2鄰復興街304巷96號
電話：(03) 318-1378
傳真：(03) 318-1378
法律顧問：永然法律事務所 李永然律師
北辰著作權事務所 蕭雄淋律師

行政院新聞局局版台業字第3595號 營利事業統一編號22759935
©2022 by Storm & Stress Publishing Co.Printed in Taiwan
◎如有缺頁或裝訂錯誤，請退回本社更換

定價：290元 **版權所有 翻印必究**

國家圖書館出版品預行編目資料

替天行盜 第二輯 ／ 石章魚 著. -- 臺北市：風雲時代出版股份有限公司，2022.02- 冊；公分

ISBN 978-626-7025-69-7（第14冊；平裝）

857.7　　110022741

風雲時代

風雲時代 風雲時代 風雲時代 風雲時代 風雲時代 風雲時代 風雲時代
雲時代 風雲時代 風雲時代 風雲時代 風雲時代 風雲時代 風雲時代 風雲
風雲時代 風雲時代 風雲時代 風雲時代 風雲時代 風雲時代 風雲時代
雲時代 風雲時代 風雲時代 風雲時代 風雲時代 風雲時代 風雲時代 風雲
風雲時代 風雲時代 風雲時代 風雲時代 風雲時代 風雲時代 風雲時代
雲時代 風雲時代 風雲時代 風雲時代 風雲時代 風雲時代 風雲時代 風雲
風雲時代 風雲時代 風雲時代 風雲時代 風雲時代 風雲時代 風雲時代
雲時代 風雲時代 風雲時代 風雲時代 風雲時代 風雲時代 風雲時代 風雲
風雲時代 風雲時代 風雲時代 風雲時代 風雲時代 風雲時代 風雲時代
雲時代 風雲時代 風雲時代 風雲時代 風雲時代 風雲時代 風雲時代 風雲
風雲時代 風雲時代 風雲時代 風雲時代 風雲時代 風雲時代 風雲時代
雲時代 風雲時代 風雲時代 風雲時代 風雲時代 風雲時代 風雲時代 風雲
風雲時代 風雲時代 風雲時代 風雲時代 風雲時代 風雲時代 風雲時代
雲時代 風雲時代 風雲時代 風雲時代 風雲時代 風雲時代 風雲時代 風雲
風雲時代 風雲時代 風雲時代 風雲時代 風雲時代 風雲時代 風雲時代
雲時代 風雲時代 風雲時代 風雲時代 風雲時代 風雲時代 風雲時代 風雲
風雲時代 風雲時代 風雲時代 風雲時代 風雲時代 風雲時代 風雲時代
雲時代 風雲時代 風雲時代 風雲時代 風雲時代 風雲時代 風雲時代 風雲
風雲時代 風雲時代 風雲時代 風雲時代 風雲時代 風雲時代 風雲時代
雲時代 風雲時代 風雲時代 風雲時代 風雲時代 風雲時代 風雲時代 風雲
風雲時代 風雲時代 風雲時代 風雲時代 風雲時代 風雲時代 風雲時代
雲時代 風雲時代 風雲時代 風雲時代 風雲時代 風雲時代 風雲時代 風雲
風雲時代 風雲時代 風雲時代 風雲時代 風雲時代 風雲時代 風雲時代
雲時代 風雲時代 風雲時代 風雲時代 風雲時代 風雲時代 風雲時代 風雲
風雲時代 風雲時代 風雲時代 風雲時代 風雲時代 風雲時代 風雲時代
雲時代 風雲時代 風雲時代 風雲時代 風雲時代 風雲時代 風雲時代 風雲
風雲時代 風雲時代 風雲時代 風雲時代 風雲時代 風雲時代 風雲時代
雲時代 風雲時代 風雲時代 風雲時代 風雲時代 風雲時代 風雲時代 風雲
風雲時代 風雲時代 風雲時代 風雲時代 風雲時代 風雲時代 風雲時代
雲時代 風雲時代 風雲時代 風雲時代 風雲時代 風雲時代 風雲時代 風雲
風雲時代 風雲時代 風雲時代 風雲時代 風雲時代 風雲時代 風雲時代
雲時代 風雲時代 風雲時代 風雲時代 風雲時代 風雲時代 風雲時代 風雲
風雲時代 風雲時代 風雲時代 風雲時代 風雲時代 風雲時代 風雲時代
雲時代 風雲時代 風雲時代 風雲時代 風雲時代 風雲時代 風雲時代 風雲
風雲時代 風雲時代 風雲時代 風雲時代 風雲時代 風雲時代 風雲時代
雲時代 風雲時代 風雲時代 風雲時代 風雲時代 風雲時代 風雲時代 風雲
風雲時代 風雲時代 風雲時代 風雲時代 風雲時代 風雲時代 風雲時代
雲時代 風雲時代 風雲時代 風雲時代 風雲時代 風雲時代 風雲時代 風雲
風雲時代 風雲時代 風雲時代 風雲時代 風雲時代 風雲時代 風雲時代
雲時代 風雲時代 風雲時代 風雲時代 風雲時代 風雲時代 風雲時代 風雲
風雲時代 風雲時代 風雲時代 風雲時代 風雲時代 風雲時代 風雲時代
雲時代 風雲時代 風雲時代 風雲時代 風雲時代 風雲時代 風雲時代 風雲
風雲時代 風雲時代 風雲時代 風雲時代 風雲時代 風雲時代 風雲時代